ノー・アニマルズ

鈴木涼美

集英社

ノー・アニマルズ

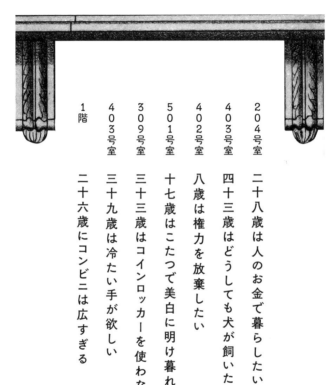

204号室

二十八歳は人のお金で暮らしたい

色素沈着しないしハリもコシもしっかり出るのでリピート二本目で毎晩使ってます、まつげがグングン伸びるわけではないから過度な期待は禁物——。

そこまで読んで芹《せり》は一度削除した商品をもう一度カートに入れた。割引を使って千四百円ちょい。これを加えれば合計七千円以上となり十パーセントオフのクーポンが使える。実質千円を切るのであれば期待外れの効果だったとしてもそれほど惜しくはないし、なんとなくこの口コミは信用できる気がする。座席の中央に設置されたスタンション・ポールを抱え込むようにして身体《からだ》を支え、減速していく電車の揺れに備えて両足に力を入れながら手指を動かしてレジに進む。

どうしてか昔から塩ひとつまみ程度の謙虚さを添えた宣伝文句に弱かった。「細身スーツのポケットに入れると少しもっこりするけど」「鼻が高くなるわけではないけど」と、過去に惹かれたテレビコマーシャルの謳《うた》い文句を脳内で反芻しながら指を巧みに動かしてクーポンの選択、ポイントの利用、支払方法の指定と進んでいく。ECサイトが表示する口コミについても、デメリットやマイナス要素がスパイス的に入っていると俄然信用したくなる。時給二千二百円で今夜は三時間半しか勤務しなかった芹にとって、七千円ちょっとの買い物は今日一日の稼ぎとほぼ同額ということになるが、指先で購入手続きを始めてしまうと迷いはすっかり消え、すでに商品到着が待ちきれない気分になってくる。

　前回入力した住所とカード情報を確認する画面になったところで、電車は大げさに揺れて停車を知らせ、駅ホームの停止位置に合わせて止まった。芹の立つ場所から見える座席もいくつかが空き、それまで立っていた何人かが代わりに座ったが、ポールの前で器用にバランスをとって立つ芹の右前に座った量販店のスーツを着たサル顔の若い男はぴくりとも動かずにスマホでサッカーの中継を見続けているし、左前に座ったコモドドラゴン風の中年女性は寝ている。二つ隣で空いた席には、やや離れて立っていたレインコートのような悪趣味なビニール製の上着を羽織った四十前後の女が素早く近づいて座ろうとしている。

　恥知らず恥知らず恥知らず、と目に見えるほぼすべての人間に連続で毒づいて、芹は購入決定のボタンを指で強く触った。ダイエットも兼ねて電車ではなるべく立ち、駅ではなるべく階段を使うようにしているから、座れないこと自体に苛立ちはないが、上野で乗る私鉄の客層が気に入らない。安いスーツ、粉っぽい化粧、厚かましい表情、時代遅れの靴に飾りっ気のない匂いが、何のセンスもない銀色の真四角の車体に乱雑に詰めこまれて江戸川を渡る。終電となるとさらに客層が悪化するので、余程のことがない限り、夜の十一時には店を上がることにしている。それでも車内の人間の誰一人としてその人生を真似したいと思えるような者はおらず、むしろなりたくない未来を缶詰にしたような光景で、その中に一緒くたに混ざっていることは芹の自尊心を毎晩酷《ひど》く傷つける。

　仕事帰りの電車内を専ら化粧品や服のネット・ショッピングの時間にしているのはその痛み

を和らげるためだ。韓国コスメをいくつもカートに入れたり、フリマサイトで〝いいね〟のたくさんついたワンピの購入ボタンをサクッと押したりすると、ストレスは幾分軽くなる。最後に追加したまつげ美容液はともかく、プロポリス入りの美容液もツボクサエキス入りのトナーパッドも敏感肌でも使えるレチノールもかなり前からお気に入りリストに入れてあったので、購入してリストから一旦消すことができた喜びは大きい。人の皮脂のたっぷりついたポールを片方の腕に食い込ませるように押し付け、マスクの内側で酒臭い自分の息を吸い、スニーカーの中で蒸れていく足で立って、電車が江戸川を渡って最初の駅に到着するまでの残り十二分をやり過ごすには、この喜びは必要なものなのだった。

結局最後まで同じポールでバランスをとり、立ったまま電車は江戸川を渡った。ホームに降り立つと、湿度は想像より高くなく、生ぬるい空気は車内でやや冷えた肌に気持ちがよかった。スウェット生地のワンピースから伸びた脚は汗ばむことなく、左ふくらはぎの外側にある虫刺されももうほとんど痒《かゆ》みが止《や》んでいる。

十年住んでいるマンションの最寄り駅前は相変わらずただのひとつも惹かれる店はないし、コンビニですらなぜか都心とは違う品揃えでレトルトカレーの種類だけやたら多いが、少し歩けば広い川べりがあることと、東京から零れ落ちた人々のつくる街の生暖かい空気は悪くないような気がしている。何より、五月に二十八歳になったものの、客にはなんとなく大学生だと思われているほど若く見える芹は、この街では引っ越してきた当日から圧倒的強者なのであって、それは当然住み心地のよさに直結する。くたびれた安スーツたちの視線を全身に感じながら高架下の改札を抜けて、駅前のコンビニにはあえて寄らずに早歩きで自宅マンションの方に歩き出す。改札から徒歩できっかり六分半の場所にある自宅マンションの一階部分には、レジ前のパック詰めのから揚げやコロッケが、より庶民的な雰囲気を醸し出しているコンビニが入っている。深夜帯のバイトに入る不愛想な韓国系の男子か吹き出物の痕がいくつかあるバンドマン風の男の慰安のためにも、夜食とタバコはそこで買うことにしていた。

インスタント用カップに入った春雨スープとメントール入りの細いタバコ、一リットルの紙パック入り麦茶を買ってから冗談みたいに古いエレベータを使わずそのすぐ横にある重い扉を押して内階段を上り、自宅のドアの銀色の取っ手を手首で回して力強く引く。鍵はかかっていない。芹の部屋はシンナーの臭いがする。中学の頃、地元の先輩たちの間で一瞬リバイバルブームを起こした、昭和の臭い。

「大久保にさぁ、ネパールとかフィリピンの食材売ってる店あるのわかる?」

手の甲と首筋に緑色の塗料のついた男がおかえり、と言いながら芹の持っていたコンビニの袋や正方形の革のバッグを受け取る。シンナーの臭いの元凶はベランダで看板のイラストを仕上げていたこの男だった。そういえば先週、恵比寿におにぎりカフェを開業する知り合いによい条件で店内掲示用のメニューや道に出す看板の制作を依頼されたと言っていた。そのおかげで今月は収入が二桁になるらしい。

「大久保なんてそんな店ばっかりありそう」

靴下が脱げるのが嫌で、玄関の框《かまち》に座ってわざわざ靴紐をほどきながら居間のベランダに続く窓の枠に立てかけられた四つ切サイズのパネルに目をやる。筆記体で「Onigilista」と描かれた、恵比寿で開業を控えるおしゃれなカフェのおそらく壁上部に飾られる店のロゴは、寒色系と白でまとめた色のバランスも、悪趣味な装飾のない字体も完璧で、その隣に並ぶ基本メニューもまたデコラティブすぎないデザインが悪くない。

「いや一か所すっごい品揃えのいい狭い店があって、そこの米とか酸っぱいスープの素とかもらったから、明日の昼はそれ作るよ」

男がそう言いながらベランダの窓を閉めようとしたので芹は慌てて鼻をつまみながらその行動を手で制した。男の鼻はすっかり塗料のシンナー臭に慣れているらしいが、外から帰ってきた芹には部屋はちょっとハイになりそうなほど臭かった。芹の家は台所と一体になった比較的広い居間の奥には左右に二つ小部屋があり、片方は寝室、片方はウォークイン・クローゼット風の物置にしている。どちらに繋がるドアもきちんと閉められていないのを見ると、おそらくシンナー臭はすべての部屋に充満しているのだろう。

「あ、やっぱり臭い？　でも物置でやるよりはベランダでやった方が籠らないと思ったんだよ」

「ベランダじゃなくて、ベランダの窓開けた部屋の内側でやったでしょ」

「いや、部屋とベランダの段差に座ってやった」

「それ、内側って言うんだよ」

「パネルはベランダに置いてやってたんだけどさ」

「直後に部屋の中で乾かしてるじゃん」

「ごめんごめん」

男がパネルを窓の外にずらし、ベランダ用のサンダルの上に器用に立てかけながら笑って、ジャスミンライス好きでしょ、と甘えたような声を出した。五つ年上の誠《まこと》が芹の家で寝起きするようになってもう二年経つ。身長が一八〇を軽く超えるからなのか、あるいはその俊足と運動神経のおかげで大抵の男にある中学生時代の無慈悲な競争社会や女子への怨念が一切ないからなのか、誠の辞書にはコンプレックスという文字がない。コンプレックスのない男には、馬鹿にされたくないとか、見返してやりたいとか、俺は正当な評価をされていないとか、そういった醜い感情がなく、つるんと綺麗な心をしている。どんなに芹の口調がきつくても、何か自分に不手際や不備があれば最初に謝る。

居間の一角にある台所を見ると、なるほど見慣れない袋に入った一キロ分くらいの米や日本語でも英語でもない不可解な文字が入ったスープの素などが色々と置かれている。以前は化粧品やコンタクトレンズのストックと、せいぜい飲み物しか入っていなかったコンロ下の棚は、料理も片付けも得意な誠のおかげで今や食材と調味料、それに安い割には趣味のよい食器で整えられている。ほどよく肩の力の抜けた丁寧な暮らし。芹には最近、それがよいことなのかどうか、ちょっとわからない。

「マコが買ったんじゃないんだ。なんでもらったの？　誰に？」

大げさな手振りで部屋の空気を窓の外に押し出すようにしながら、お、満月だなんて言っている誠に、芹は台所に近づいてアジアの食材をひとつひとつ確かめながら聞いた。フィリピンのものらしいクノール印のスープ・ストック。長粒米。スリランカのカレー粉。パクチーの束。よくわからないお菓子とマンゴージュース。フォーと春雨の間のように見える乾麺。青パパイヤ。ライム。

「コンって覚えてる？　高円寺で店やってる奴《やつ》。前にパーティー行ったでしょ、あそこも看板とかカウンターとかこないだ作り替えたんだよ。お友達価格で出動したお礼」

「ジェンベだかジャンベだか、太鼓たたいてた人？　東北弁の？」

「そうそう、大学の同期なんだけど、青森出身でさ、昔から変な奴だったよ」

「コンってあだな？」

「いやいや、今って書いてコンって苗字なの」

「でも高円寺のお店って自分で持ってるの？」

「そうだよ、たしか。親父さんに借金して開店したんだと思うけど。青森の水道だかなんだかインフラ系の結構でかい会社の社長の息子だからなぁ」


学校名に高貴なイメージがあるという理由だけで新宿区の女子大に指定校推薦で入学した芹なんかより、誠はずっといい大学を出ている。高円寺のバーにコロナでさんざん延期をくり返したらしい周年のパーティーに行ったとき、集まっていた誠の同級生たちは、男も女も有名企業の社員がほとんどだった。少なくとも芹の話した者のほとんどが高収入で、さらにすごいのは誰一人まだ親の収入を超えてはいないことだった。芹の同級生にもそれなりの金持ちの娘が多かったが、それを超える上流階級の集まりのように見えた。高級ビーグル犬みたいな顔をしておきながら三十歳を超えて司法試験準備中という者と、バーのオーナーであるアフリカ系音楽のバンドマンが、数少ない誠の低収入仲間のようだった。ただ誠の親は大学の先生で、べつにそれほど資産家というわけではない。かといって年収二百万に満たない息子が三十歳まで実家暮らしをしていてもそれほど思い悩まないおおらかさはあるようだったし、体格や足腰の丈夫さなど生物的に優れた息子にもそのおおらかさは引き継がれていた。根本にコンプレックスのない男には醜い感情がない代わりに向上心もない。お金を稼ぐ気概もない。

「コンが時々その大久保の店から色々仕入れるらしくて、ネパール人かなんかの店長と仲良しらしいよ。今度ネパール行くとか言ってたわ」

エアコンはついていないが、江戸川から近いこのマンションに吹き込む風は、夏でも割と爽やかで、鼻が慣れたのか空気が入れ換わったのか、塗料の臭いも気にならなくなってきた。冷蔵庫を開けようとすると手前に小包があったので、よっと持ち上げると誠が、それ受け取っといたよ、と言った。宛名が英語で梱包が頑丈なので、おそらく先週、電車の中で個人輸入代行のサイトから注文したダイエットサプリだ。

初めて誠とセックスしたとき、芹は何の努力もせずにイッった。それまでは目を固く瞑《つむ》って、イクことだけに全集中力を投入し、足がつる一歩手前まで両脚の付け根に力を入れないと、人の手でイクことなんてなかった。高校三年生に上がる直前の春休みに、県内の中途半端な偏差値の私立高で、大会なんかに出ることはない緩い男子バレー部の先輩と生まれて初めてしたときにはセックスで絶頂なんていう発想すら湧かなかった。新宿区内にある女子大にいた頃は、ワセダの野球部ともラグビー部とも応援団ともしてみたが、イクふりだけ年々巧くなっただけだった。好きとか彼氏とか楽しいとかかっこいいとか、そういうおおまかに言えば恋にまつわるエトセトラとセックスは、密接しているようでいて別のところにあり、最初はうきうきと会いに行くような相手に対しても徐々に対応がおざなりになるのは、多くの場合セックスがやや面倒になるからだった。その代わり、セックスに関する裏切りは相手によるものであっても自分によるものであっても芹の自尊心や罪悪感を酷く刺激することはなかった。

女子大卒業と同時に当時勤めていた池袋の魔法少女系コスプレのカフェを辞めて大手化粧品会社の派遣職になったタイミングで付き合い始め、半同棲にもつれ込みそうになった十歳年上の証券会社の男とも、セックスで奪われる体力と快楽のバランスの悪さが徐々に居心地の悪さとなって同棲にいたらず別れた。あのまま彼の汐留《しおどめ》のマンションに移り住んでいたら、上野発の終電一本前の不快とは無縁で生きられたかもしれないが、人口が二万に満たないような田舎から東大に入ったそいつの、お金に対してどこかがつがつした姿勢にも、過剰な自己責任論を振りかざしてくるところにもだんだん辟易としていたし、セックスでイクことのない人生は振り返ってみれば惜しくない。今から三年前、コロナ禍の始まる前の年に、派遣社員を辞めて今度は上野でお酒を出すコンカフェの仕事に就いてからは、それほど積極的に出会いを求めなくなっていた。彼氏ができたり男にモテたりするときと限りなく同質の快楽が、客にもらうチップやネットの人気ランキングで得られた。まれにフェスに一緒に行ったとか、友達の友達と飲みに行ったとかいう流れで客以外の男と寝ることはあったものの、やはり二、三回すると、嫌いになったわけではなくとも濡れなくなった。

「後でもう一回しよ」

初めて来た家ですでに完璧にくつろいでいた誠に芹は真顔でそう言った。芹は白のサテンに黒のパイピングがついたブラジャーだけつけたままで、誠は素っ裸で心地よさそうにひとつしかなかった枕を抱くようにして日当たりの良いベッドに寝っ転がっていた。芹は乳房以外の全てを露出したまま、証券マンと行った品川の水族館で見たアザラシになんとなく似ている、と思いながら誠を見ていたのを覚えている。出会ってから一年以上経って初めて誠が泊まりに来たのはちょうど梅雨が明けきる手前の蒸し暑い日で、一回目のセックスの時刻は午前九時か十時くらいだった。

誠を紹介してきたのは、池袋の魔法学園と同じビルに入居するインド料理屋でかつてバイトをしていた、二つ年上のユキ姉さんだ。お互いバイトを辞めてもちょくちょく連絡を取り合っていたのだが、スタイリストとして働き出していたユキ姉さんと、その彼氏で銀座の出版社で雑誌を作っている髭のおしゃれおじさんと、インド料理屋の常連でなぜか髭彼氏の方とも知り合いだった誠と四人で飲む機会があった。それ以降複数人で飲みに行ったり、ときには二人で映画に行ったりしたことはあったが、とりたてて強い恋愛感情をもった記憶はない。背も高いし顔も整っているし絵も字もうまくて器用で運動神経もよかったが、絵描きという肩書きは、今すぐ目黒区や港区に住みたいわけではなくとも、住めないことを確定するには若すぎる芹にとって魅力的ではなかった。

「いいよ、もう一回でも二回でもセリの好きなだけしよ。セリ今日は夜仕事？　休めるならご飯つくるよ、俺」

遮光があまいカーテンから降り注ぐ朝日の中で誠は愛《いと》しそうに枕に頬ずりしながらそう言って、そのまま正午過ぎまでまた眠った。当時営業を再開してはいたものの体調不良と言えばすぐに当欠できた店を休んだ芹に、回鍋肉《ホイコーロー》を作ってくれて、その日も泊まっていった。最初に誠が家に泊まった理由は、たまたま芹の仕事が休みの日に、近くで仕事があると言って連絡してきたからだったと思う。コロナ真っ盛りで飲む場所もなく、芹の家でコンビニの発泡酒を飲むことにした。セックスした理由は、大学入学時にニトリで買ったベッドがシングルサイズだったからだ。終電を逃した誠と寝ているうちに密着するのは必然だったし、目覚めると後ろから抱きつく形で覚醒していた彼の朝勃《あさだ》ちのちんこが太ももに突き刺さっていた。

夜に今度は回鍋肉に合わせて飲んだあんず酒のせいでやや酒気帯びで、しかし朝よりははっきりとした意識とネバついていない口腔でもう一度しっかりしてみても、やっぱりオルガズムが向こうから来た。スーパーリッチタイプのクリームを使わないと翌朝肌の調子が悪くなるほど乾燥肌なのに、下半身はびしょびしょだった。それに話題豊富で人の悪口も愚痴も言わない誠とはどんなに長い時間いても苦にはならず、次の日に一度帰った誠が今度はリュックを背負って二日後にやってきて、徐々に芹の物置に絵の具や不可解な木工道具や誠のデザインしたTシャツが増えても、むしろ生活が楽しくなったと思うだけで、セックスがおっくうになることも、会話が面倒になることもなかった。荷物が多かったり、体調が悪かったりすれば、スケジュールに余裕のある誠は迎えに来てくれた。徒歩で。

「なんかさ、来週おじさんに会ってくるわ」

春雨スープを食べてお風呂に入り、すでにベッドルームでスマホで漫画を読んでいた誠の隣で布団に入りながらそう言うと、ベッドのシーツが洗濯したてのものになっていた。

「ここの退去の話？　まだ結構時間あるけどなぁ。再来年の年末から翌年にかけてくらいって言ってたよね」

「なんかここ、コンビニ入ってるじゃん、一階に。それ、相当大変なトラブルになりそうらしいよ」

誠は芹が布団に入るとすぐにスマホを充電器に繋いで、音も振動もオフにして床に置く。それは毎日そうだった。パンデミックによる営業時間の変更などを経て、結局十九時から翌朝五時で定まった上野の店に勤める芹と、看板やデザインの仕事をちょこちょこ受注しながら小さな個展などを時々開く誠は目覚ましをかけない。誠がベッドから出した足を一旦床につけて、絶妙なバランスで身体の左半分を立たせて電気を消す。

「退去してもらえないってこと？　コンビニって固定のお客さんいるもんなぁ、俺らも毎日行くしね。昼間のバイトの李《り》さんめちゃくちゃいい奴だから心が痛いわ」

「まさに。ものすごい金額の退去の慰謝料みたいなの？　取られそうなんだって。でもそれは私にはどうにもできないから、呼び出されたのは退去に納得してない住民の様子とか探ってもらうことになるかもって話なのかな」

「日本の不動産って借主の方が有利ってのは聞いたことあるな」

「老朽化で壊すんだからしょうがないじゃんね。まぁあと数年で死にそうなおばあちゃんとかだったら、せめて自分が死ぬまでいたいとは思うか」

「そうだよ、四階の三人ちびっこいる家わかる？　一番上の坊主が小学校入ったはずだから転校とかそういうのも大変そうだ」

「くわしいね」

芹のTシャツをめくって、夜用ブラを少しずらして乳首の先を人差し指で擦《こす》りながら誠は、いつの間にかご近所付き合いのある住民たちの特徴を話し出したので、芹は来週の叔父の家に行く予定も、二年半をきろうとしている退去までの期間も、そろそろ考えてもいいような引っ越しの話も割とどうでもよくなって、おそらく八分後くらいに向こうからやってくるオルガズムに備えて目を閉じた。上野の店に定休日はないが、明日はシフトを入れていない。

取り壊しの決まっている老朽マンションとはいえ、駅から徒歩五分と表記されるマンションの2DKの間取りに三万円で住めているのは、この建物がもともと芹の祖父の持ち物だったからだ。祖父が生きている間に大学に通うために同じ県内のもっともっと奥地の実家からここに引っ越せたのが幸運の始まりだった。祖父は七十にならずに癌であっけなく死んでしまったが、すでに三年間住んでいた芹は、建物の管理を引き継いだ叔父に社会人になったら毎月三万円払う約束でそのまま住んでいることを許された。

祖母か、あるいは芹の母が引き継いでいたらそのまま無料で住めていたかもと思うとちょっと悔しいが、条件の悪くない化粧品会社を気軽に辞められたのも、一日四時間週五程度の勤務でゆるゆると暮らせるのも、もっと稼げる歌舞伎町の店に移らず競争の緩い上野で人気一位に甘んじていられるのも、この盤石なホームがあるが故だった。実家暮らしと違って友人にも気後れしないし、ぱっとしない店しかないとはいえ、県内では最も都内に近いエリアで、何より化粧品や服をやや買いすぎる芹にとって物置部屋を作れる間取りはありがたい。いやに運賃の高いローカル線でここからさらに一時間かけて奥地に行かねばたどり着かない実家に戻ることになったら、かなり人生が限られる。

「明日、『ツイン・ピークス』の続き見る?」

服を着て、トイレから戻ってきた誠が言った。誠の親のアカウントを使って配信サービスで古いドラマを見るのは、疫病禍に付き合ったカップルとしては意外な遊びではなかったが、二人はあらゆる店が営業再開をして海外旅行が解禁されてライブハウスや劇場に人が集まるようになっても、そんな休日の過ごし方をやめない。誠はデヴィッド・リンチが好きだ。

誠が作ったタマリンドの入ったフィリピンのスープが、トマトやオクラが入って色が綺麗だったので、休み明けの電車の中で芹はいくつかのSNSを写真付きで更新した。ほとんどが大学生のバイトやせいぜい二十代前半ばかりの店のキャストの中で、人気投票一位である理由はひとえに一番長く働いているからというわけではない。顔の完成度も一番高いし、上げ底なしのEカップで肌は綺麗だし、失礼な態度もとらないし、気も回る。ただ、SNSのフォロワーが一番多いのはなんだかんだ同じ店に三年以上もいるからだ。店の名前も営業時間もコンセプトも変わったのに、芹はいつまでもいる。

タマリンドのスープはネットで調べるとシニガンという料理らしかった。夕方前の上り線で座席に座り、マイケル・コースのエメラルド色のバッグに肘をついて指を高速で動かし、もっともらしい料理のキャプションを考えて、お料理好きの小悪魔二十五歳というフィクションを画面上に作り上げていく。同じ店に長くいなければ、もっと大胆に年齢を誤魔化したかった。二十三歳のときには、そのうち年齢が嫌な重石《おもし》になるなんて思わなかった。インスタグラムのフィードを適当に数回スクロールしてみると、高校時代の友人の一人が韓国に行っているのか行って帰ってきたのか、いくつか買ったものや食べたものの写真を投稿している。どうやら韓国の男性グループのライブに行くのが主たる目的だったようで、ライブ会場と思《おぼ》しき写真の電光掲示板を見てもそのグループの名前すら知らない芹は特にうらやましいとは思わない。誠にアジア食料品店の米などをくれたらしい高円寺の店長は軍艦島の写真をアップしていた。軍艦島にどうやったら接近できるのか、それがどれくらい特別な体験なのかは知らないが、それもそれほどうらやましくはない。

店は御徒町《おかちまち》と上野の駅からちょうど同じくらいの距離にあるので、私鉄の駅からは歩いてすぐだ。ただ、早くに呼び出された今日はなんとなくまっすぐ足がむかわず、わざわざＪＲの公園口まで逆方面に歩いてから、公園の際を散歩していくことにした。ミーティングの始まる前に呼び出された理由はなんとなくわかっている。文化会館の後ろを抜けて隣の美術館の大きな掲示を見上げると好きな女性写真家の展覧会はいつの間にか終わっていた。お客にこっそり入場券をもらったのでタイミングをみて仕事の前に行こうと思っていたのに、仕事の前はいつもぎりぎりまでのんびりしてしまう。公園を通る時間があるほど余裕をもって駅に着くのはひと月に一回あるかないか、服や化粧品を見ようと思うこともあるが、結局ネットでしか買わないし、ファッション・ビルや百貨店はワンフロア回っただけで疲れてしまう。

まだ結構明るい公園内の舗装された道を歩く芹の視線がなんとなく足元までおりると、左のスニーカーの靴紐が今にもほどけそうだった。ちょうど同じ速度で公園口の信号から同じルートをついてくる年上の女の電話の声がさっきから中途半端に聞こえてくる。旦那の愚痴か、いや、内容からすると一緒に住んでいないようだから独身なのか、気心しれた友人との電話で口が多少悪くなるのはいいが、気心しれないこちらからすると性悪に聞こえるから場をわきまえればいいのに、と思う。もう今年四十なのに、という言葉が聞こえて、四十歳になって口汚く彼氏の悪口なんて言うオンナにはなりたくないと心から思う。まだ完全にほどけてはいない靴紐を結び直すふりをして、意図的に四十オンナに追い越された。下から横目でしっかり見ると、案の定、結婚していない女の格好だった。平和な遊歩道に不釣り合いなジミーチュウのサンダル、過去に一度は水商売をしたことがわかる化粧、やや古いバレンシアガのトート、サカイのワンピース、黒髪に見えるけど西日を浴びると少しカラーリングしてある髪。別れよっかな、と五回ほど口にしている彼女が、実際その男の前に出ると必死に縋《すが》り付いている気がしてならない。それ以上電話の声が聞こえないように、しっかり結ばれていた右の靴紐も一度ほどいてゆっくり結び直してから、十分に距離が空いたのを確認して地面に置いたマイケル・コースを持ち上げた。早歩きにならないようじっくり足の裏を地面につけながら店まで歩く。公園を抜けてしまうと、幅が広くつまらない道路が続いていく。

「ねえ、結婚したくないけど、独身の四十歳になりたくないんだけど、どうしたらいい？」

芹がやや大きめの声で言うと、オーナーは書類から目を上げた。都内に五店舗コンカフェやカフェバーを経営するオーナーは、月に一度、生真面目にミーティングにやってくる。一応統括マネージャーという肩書きをつけている芹はミーティングの日は早めに店に来るようにしているが、今日はさらに早く来るように言われていた。まだキャストは誰も到着しておらず、裏方の店長とオーナー、オーナーの事務所の秘書のような女とキッチンで仕込み中のチーフだけが先に着いていていた。

「おっと、サヨさんに喧嘩売ってるな」

うっかり心からの本音を漏らしてから芹は、オーナーの隣に座る女秘書が三十八歳独身であることを思い出した。オーナーが笑って秘書をからかうが、秘書は大して気にしていないようで、うんうん、私も私みたいにはならないことをおすすめするよ、と軽く流している。オーナーは四十代で、若いときはホストをやっていたというから驚く。普通、ホストあがりの四十代なんてもっと水商売臭が抜けていなくて、よく言えば若く見えて身なりに気を遣っていて、悪く言えばギラギラしているものだ。

「結婚したくないの？」

オーナーよりよっぽどホストみたいだが別にホスト出身でもなんでもない店長がポッキーを食べながら近寄ってくる。パチンコの景品と思いきや、賞味期限切れの備品のようだったので芹も箱から数本もらう。

「それって割と珍しいわよ、最近の若い子みんなすぐ結婚するじゃん」

女秘書がすすめられたポッキーを手ではっきり断って持っていたスタバのコーヒーを飲み切り、カップを段ボール箱にビニールをかぶせたゴミ箱に放った。即席のゴミ箱はミーティング中にみんなが食べたお菓子の袋や飲み物のカップを捨てるためだけに毎回用意する。

「結婚しない主義とかじゃなくて、まだ結婚したくないような気がするっていうか、そんな結論出したくないし、彼氏に何の確信もないけど、そういってるとあっという間に年取りそうじゃん。うちのタイプ的に、結婚しないで四十歳は似合わないと思うんだよね」

「似合う似合わないってあんのか、向いてる向いてないじゃなくて？」

オーナーがいらない書類なのか何かの包装紙なのか、細く折った紙を雑巾を絞るようにぎゅっと丸めながら、芹が勝手に始めた会話を早めに切り上げようとしている様子が伝わってくる言い方で言った。店内は、ゴシック調なのか姫系なのか、ややブレたコンセプトでピンクと黒に統一されている。シャンデリアは黒でちょっとゴス。クッションはハートでラブリー。シャンパンやお皿はラインストーンできらきらと装飾され、ウサギ系天使と猫系悪魔の制服に振り分けられたキャストが、飲み放題五十分三千円で接客する。雰囲気を壊さないためにプライベートな質問や下品な話題は禁止、という謎ルールのもと、時折ぼったくり価格のスパークリング・ワインなどをねだる。

「なんか、顔とか、うちどちらかといえば童顔だから。うちの店で言えばウサギは仕事バリバリしてたとしても独身だと寂しく見えそう。猫の子たちの方がまだいけるよ」

「そんならうちの可愛い天使バニーくるみたんに、発表があります」

オーナーがやけに改まって源氏名を呼んだので、きた、と思って芹は黙った。くるみは芹が魔法学園時代から店で使っている名前で、SNSもすべてその名前で登録しているので、時折自分が芹なのかくるみなのかよくわからなくなる。色白ベビーフェイスにピンクと赤系の化粧を施した自分の写真を見るたびに、われながらぴったりの源氏名だと感心するが、客観性などまるでなかった大学時代に顔にぴったりの名前をつけた自分がすごいのか、あるいはそれを名乗ってからよりくるみっぽい顔になってきたという意味で名前がすごいのか、それはよくわからない。

いずれにせよ芹がくるみ顔なのは間違いないし、オーナーは早く重大発表を済ませたいという顔をしているし、のらりくらりと逃げてもミーティングの時間は迫る。おそらく本格的に別店舗への異動命令が出るのだ。歌舞伎町の、ここよりさらにオミズ臭の強いカフェバーで、最近異様に売り上げている店だろう。上野の売り上げは頭打ちで、店側は若いキャストの採用にいそしんでいる。何年もいる芹が平均年齢をつりあげるのも、お店のフレッシュさを損ねるのも好ましくはない。スニーカーの中で右足の踵《かかと》近くにできた靴擦れが急に痛み出した。厚底ヒールの接客用の靴が、やはりラインストーンで装飾されているせいで、かならず同じ場所に靴擦れができる。

しかしオーナーの口から出てきたのは、店舗異動よりもっと抜本的な問題だった。店がなくなるのだ。

「正確には合体してうちの店だけのビルができまーす」

オーナーも秘書も店長も笑顔だ。時間に正確なキャストがそろそろやってくる。本人いわくホスト臭を消すためだというオーナーの、ギャルソンかどうかはわからないがギャルソンにしか見えない珍妙な服と眼鏡が急によそよそしい色を帯びた気がした。

＊

都心のタクシーは何を優先して道を選択しているのかがよくわからないほどよく曲がる。二十二時を過ぎて一番のなじみ客が帰ると、芹はオーナーと三十八歳独身の女秘書と連れ立って、来月には合同営業となる歌舞伎町の店舗に行くことになった。均質的に見える夜の東京の道路も、車窓に額をつけて目を凝らしていると、場所によって盛衰の濃淡が細かく見分けられる。武道館の脇を抜け、市谷を過ぎて新宿が近づくと、それまでの作為的な街に比べて野性の力強い臭いが増す。運転席の後ろに座ったオーナーがずっとスマホで通話をしているため助手席の女秘書とお喋りをするわけにもいかず、芹は窓の外でコンビニやオフィスビルやたい焼き屋が流れていくのを瞳を動かさずに眺めていた。千代田区の気負いにも新宿区の気合いにも憧れの気持ちは湧かない。見ていて疲れるし、歩く人も疲れ顔だ。

隣接する県で生まれた芹にとって東京はいつも、気張ってしがみつくほど高い位置にもなく、かといって自分事として愛着を持って語るほど手元にもなかった。高校時代、電車を乗り継いで週末に時折原宿や渋谷に出てくることはあったが、ＳＮＳやネット記事で紹介されるその近辺の店はあくまで狙いを定めて出かけていく行先であって、日常に迷い込んでくるものではない。大学時代に今住んでいるマンションに移り住んでからは横目ですぐ見える場所にあるものの、昼間に出かけていく場所と住んでいる場所の間には常に幅の広い一級河川が流れていて、わかりやすく隔たりがあった。

芹が一時期勤めていた化粧品会社は巨大なオフィスビルばかり並ぶ都心にあった。日曜日は休みの店が多く、仕事の合間に昼食をとるのもほとんどが自社ビル内か近隣のオフィスビルのテナントで、その多くがチェーン店だった。実家のある地元や今の自宅付近にあるチェーン居酒屋やファストフードよりはずっとジャンルも価格帯も幅広く揃うが、それほど面白味はない。それは毎日積み重なれば苦痛なことのように思えた。運動部に所属したことがなく、幼少期からこれといった習い事もしていなければ特技もなかった芹が、自分を特徴づける僅かな特性に関わることだったからだ。高校の途中くらいからグルメ情報だけは人より詳しく、打ち上げや女子会の場所選びはとりあえず芹に聞けば間違いない、という高校や大学の友人たちは今でも多い。最初は単に甘いものやおしゃれな店が好きという程度だったが、人に聞かれるようになるとその特徴は強化されていくものだ。なんとなくレストラン情報の多いSNSアカウントをチェックしたり、ファッション誌のウェブサイトでも新しいお店を注意して見たりするようになった。それなのにわざわざ都心まで来て可もなく不可もない場所でランチをとりながら、可もなく不可もない仕事をしている自分は、芹がかつて想像していた未来の姿を常に少しだけ下回る気がしていた。

フーディーな女子大生としてコスプレカフェで使用するくるみの名を使ってSNSを更新していた頃は、たとえば小学生の頃に想像した将来の自分をそれほど下回っていなかった。アイプチで毎朝作っていた幅広の平行二重を埋没で半永久的なものにして、中学まで平均的だった体型は高二の夏からシンデレラ体重を維持し続けているから、むしろ想定を多少ではあるが上回っていたような気すらする。体型も顔も理想どおりとはいかなくとも、スマホのカメラで映してSNS用に加工する限りはかなり理想形に近くなったし、ブリーチをして明るくするとたちまち毛先が切れてしまう髪質だけは常に悩みの種ではあったものの、高校を卒業して名前だけ高貴な女子大に入ってからは髪をブリーチしたいと思うことはなくなった。

かつて想定を多少なりとも上回っていた自分が、想定の少し下で空回っているような感覚はなかなか消えず、あるときその落差は臨界点を超え、気づけば芹は会社を辞めていた。女子大時代と同じ仕事を選んだのは、あの頃が少なくとも今までの人生で最も点数の高い時期だったからなのだと思う。自分の想定を下回る生活から、僅かばかりであってもかつての想定を上回る自分に戻っていけるような気はした。ただ、一度卒業したつもりだった場所に戻った自分は、見栄えはよくとも本当にかつての想像を超えているのかと言われればそれはおおいに疑問でもあった。

　花道通りを避けるためか、車は区役所通りに入って少し走ると右折し、公園の手前で迂回して止まった。すでに開園時間をとっくに終えて入口が厳重に閉鎖された公園とやはり救急外来以外の入口は消灯している病院の間にはこんな時間にもかかわらず数人の女性が下を向き、スマホの画面をまっすぐ見つめて立っている。角に近いところに立つ四人のうち三人はストレートロングの黒髪で、スカートが短く、一人はレディディオールのバッグを持っている。女子の服装や顔面には煩《うるさ》い芹も、右端の脚が太すぎる女子を除いて、コンカフェでは人気が出そうだと思った。

「わかりました、とにかく明日うちの子連れて飲みに行きますんでそのとき詳しく聞きますよ、セツさん」

　助手席の秘書が運転手に指示を出してタクシーを止め、電子マネーで四千七百二十円を瞬時に支払うと、オーナーは電話の相手にそう告げ、ようやく通話を終えた。オーナーの電話が切れたことを暗い車内で確認してから芹は、あの子らいくらで売ってるの、と公園の方を気にするように振り返りながら秘書に聞いているともオーナーに聞いているとも思えるボリュームで口にした。

「立ちんぼちゃんたち？」

　電話をしていたせいか、声のボリュームが場違いに大きいオーナーがスマホを珍妙な黒ジャケットの胸ポケットにしまいながら言った。彼の使った立ちんぼという呼称が、黒髪ストレートの二十歳《はたち》前後に見える女の子たちにあまりに不釣り合いな気がして可笑《おか》しかった。芹には、区役所通りに並ぶ老舗のキャバクラで働く嬢たちの方がまだその響きに合うように思えた。

「可愛い子で二万、普通一万、生だとプラス一万ってとこだろうな。十年前からじりじり五千円値下がりしたって感じらしいよ、なぁ？」

車から降りながらオーナーは秘書であるサヨさんの方をわざとらしく向いて話を振る。援交際不良少女あがりの女秘書は十代で北関東から東京に出て、キャバクラ、AV出演にソープ嬢まで経験済みの猛者《もさ》だと以前からオーナーにからかわれている。オーナーのホスト時代の知り合いらしいが、二人に身体の関係があるかどうかは店の女の子たちの間でも意見が分かれるところで、芹は「意外とヤッてない」派だ。

「一万は安すぎるね。あんまり安いとさ、数打たないといけなくなって危ないよ。病気のリスクも跳ね上がるし、男だって怖いと思うけど」

「セックスは共犯だからな」

いかにも売春業界のご意見番という貫禄のサヨさんのコメントに、オーナーがよくわからない名言で答えた。

「ところでさっきの電話、ゴールデン街のセツさんですか」

「そ。サヨさんよりさらに酸いも甘いも噛み分けてるように見えて、細かいことで傷つくんだから」

質問した芹をおいて二人が盛り上がり出したので、芹は歩幅を狭めて少し距離を取りながら後を追った。深夜でも人の出入りがせわしないラーメン屋の手前を曲がると、オーナーの経営する店の中でも最近最も売り上げを伸ばしている歌舞伎町店の入るビルがある。コロナ禍の縮小営業中に合同でイベントをしたこともあるし、名ばかりのマネージャー会議なるものもあるので、店舗には何度も来たことがあるが、知らない間にビル一階の水炊き屋が閉業していた。雑炊の美味しい、値段の安い店だった。

歌舞伎町店は、営業時間規制の厳しい地域柄に合わせて午前一時までに必ず閉店する。だからほぼすべての女の子がラストまで働いて、送りの車で帰ったり、その後に遊びに行ったりするのだという。芹は今日中には帰れないであろうことを悟って、タクシーに乗る前に誠に連絡しておいた。知人宅の窓枠のペンキ塗りに駆り出されていたらしい誠は、了解だよーがんばれ、とだけ返信してきた。少数精鋭の友人と、近くなりすぎない距離で付き合っている芹に対して、誠には友達が多い。アフリカの太鼓をたたいているような変な友達もいるが、商社や霞《かすみ》が関《せき》に勤務している人も多い。五月にバーベキューをしたときに仕切っていたのは公認会計士だった。帰りの電車の中で誠は公認会計士は忙しい日が続く代わりに休みは長いのだと言っていた。医者や弁護士の友人なら実際に役に立つ気がするが、芹には公認会計士に世話になる状況は思い当たらない。

エレベータを降りると歌舞伎町の店舗は一番混雑している時間で、上野とはまた違う、若く自分にそれなりに自信のありそうな男性客ばかりが店内を賑わしていた。店舗を軽く見学し、芹と同じ統括マネージャーの肩書きをつけた女子に軽く目で挨拶をしてから秘書のサヨさんと一緒にキャッシャーの向かいにある重い扉を開け、外階段を使ってさらに一階上のオーナーの事務所まで行く。事務所と言っても物置に近い狭い部屋が二つとデスク三組と衝立《ついたて》の向こうに応接セットが置いてある少し広い部屋があるだけの、何のしゃれっ気もないところだ。

オーナーも秘書も北関東出身、オーナーが勤めていたホストクラブの内勤兼経理を担当していたらしい社員の男は富山出身で、歌舞伎町店の実質的な店長でやはり社員の男は静岡出身、上野店に置いてきた店長は埼玉出身、あとたしか猫カフェや相席カフェバーなどいくつかを統括しているやり手の女社員がいたが、北区出身と聞いた。オフィスのしゃれっ気を出すような要素を持った中核社員はいない。上野店も歌舞伎町店もコンセプトカフェを謳いながら内装のコンセプトにはいまいち統一感がないのも、カフェと言いつつバーの印象が強いのもそのせいだろうか。

事務所には店舗に寄らずに先に入って珍妙な上着を脱いだオーナーと静岡出身の店長がいるだけだった。壁には各店舗の月次の売り上げが棒グラフになった模造紙と不動産屋のカレンダーが貼られている。

「ちょっとしたらアンナが抜けてくるから待っててよ。今日遅くなってもいいなら焼肉でも行くか？」

オーナーが芹と同じ肩書きの歌舞伎町店の女子の源氏名を言った。芹より年下ではあるものの、おなじく二十代後半のコンカフェ嬢としてはトゥのたった部類の女だ。焼肉の問いが自分に向けられているのかよくわからない店長、女秘書、芹の三人は返事をするべきなのかどうかはかりかね、それぞれの顔を見ながら、ああ、とか、ええと、などと言い合い、かといって別に拒否権があるとは思えないので、ですねですね、とまた言い合った。

フーディー女子の芹からすると歌舞伎町はそう魅力的な街ではない。品のよい美味しいもの、ここでしか食べられないもの、写真映えするものを提供する店は極端に少なく、酒は食べ物を美味しくするためではなく、お金を使うため、あるいは記憶を失うために飲まれる。ただ、夜に働く人にとっては仕事を終えても食事のチョイスが夕方とあまり変わらないという点で心強い街ではある。最も由緒正しい名前の焼肉屋も、そこそこ偉い人が通う台湾料理店も、芹が唯一心惹かれるレタスしゃぶしゃぶの店も朝の三時四時頃まで営業している。

「くるみタクシーで帰れよ、渡しとくわ」

オーナーがマネークリップから一万円を二枚器用に抜き取ったので、店舗統合の話を聞いてから低空飛行を続けていた芹の機嫌は上向きになった。サウナや喫茶店で時間を潰して始発で帰れば二万円儲《もう》かる。それに今日は深夜一時まで出勤したことにして時給計算してくれることになっていた。時間潰しの費用を差っ引いたとしても二万円と合わせれば一晩家に帰れなかったとして、その見返りとしては全く悪くない金額だった。

始発の時間は一応把握しているものの、化粧時間を短縮すれば睡眠時間は確保できるし、それほど急いで帰る必要はない。芹は午前五時を回ったのを確認しながらも、最後の一回と思ってサラダバーの前に行き、コンソメスープとプチトマトをいくつか、それにクランベリージュースをグラスに入れて、左右の手を器用に使って持ち、空《す》いている店内のソファ席まで戻った。

「なんでトマトだけ？」

席で一人待っていた奈美《なみ》が可笑しがって笑いながら聞いた。店ではアンナと呼ばれる、学年で言えば芹の一つ下、生まれ年は二つ下の女だ。異様に若く見られる芹に対して、いかにも二十六歳という比較的大人びた顔立ちの奈美はともすれば年上にも見える。

「リコピンで老化防止、でも身体冷やさないようにスープ。ちゃんと理屈があるの。わたし合理的だから」

「ジュースは？」

「クランベリージュースは膀胱炎《ぼうこうえん》にいいんだよ」

「膀胱炎なの？」

「今は違うけど体質的にすぐなりがちだから詳しいの」

深夜と早朝の間の時間に歌舞伎町のファミレス風のレストランで栄養も美容もあったもんじゃないと思いながら、取り放題のサラダバーで野菜には目もくれずに最初からドリンクサーバーのコーラと一番端の鍋に入ったカレーを選び、それをさらにおかわりした奈美といるためか、芹はいつもより過度にキャラを意識して美容とグルメの鬼と化していた。上野店でも、化粧を落とさず眠りいい加減な食生活をしながらも肌に不調のない二十歳前後の女の子たちの中にいればいるほど、芹のこのキャラクターは強化される。それに加えて終電一本前の電車内で通販サイトを覗き込み、毎日のように化粧品を買う習慣のせいで、芹の肌は何を含んでいるのかよくわからないながらも若さとはまた違った煌《きら》めきを帯びてはいる。本当は二十歳の自然体の女になど何ひとつ勝てるものはないとわかっていても、年を重ねた分洗練された芹の美容や服装は一定の評判を得ていたし、ニキビができたとかアートメイクがしたいとかいう相談は必ず統括マネージャーである芹のもとにきた。

芹は本当ならインスタやティックトックの更新をしながら、美容関係のプロデュースをしたり、ダイエット器具の宣伝をしたりして、肩書きにヨガインストラクターなどと書いている元キャバ嬢たちのようになりたかった。とはいえヨガはユーチューブを見ながら時折ストレッチがわりにやるくらいだし、習ったことはないから、フード・コーディネーターのような肩書きがいい。美容アドバイザーでもいい。夫の稼いだ金で料理教室をしている四十代後半の見苦しい美魔女なんかよりはずっと美味しくて手ごろなものを紹介できるし、家が建つような値段のジュエリーをまとった美容研究家なんかより役に立つ情報はいくらでも持っているつもりだ。少なくとも芹は雑誌で「贅沢なひととき」なんて言って二十万もするホテルのスイートを紹介する美魔女から何かを学んだことはない。それよりは、韓国コスメのよしあしを正直ベースで投稿し続けているアカウントの方が余程ありがたい。インスタのフォロワー四万ちょっと、ツイッターのフォロワーも一万五千ほど、ティックトックは八千くらい。地道に溜めたこの数字は一般人としては悪くない。それでもそれがお金に繫がるほどの数字ではない。コンカフェ嬢の中にはそれを大幅に超える有名な子もいる。コスプレイヤーとして活動していたり、モデルをしていたりすればその分フォロワーも多いが、同じグループのコンカフェにはそれほど目立って有名という子はおらず、芹の数字を超えるのは二人くらいしかいない。そのうちの一人が奈美だった。

奈美と二人でファミレスに移動する前、オーナーに連れていかれた焼肉屋の席は特に意味のあるものには思えなかった。店の奥のやたらと広い席に女秘書や歌舞伎町店の店長と奈美、それにもう一人歌舞伎町店のプロデューサーという謎の肩書きを持った奈美と同い年の女らと通され、歌舞伎町の今ある店舗とは別の場所の小さな地下一階地上四階建てビルを自社ビルとして借り上げたこと、都内に散らばった店の多くをそこ一か所に集約する予定であることが発表された。上野店は歌舞伎町店と地下一階のおそらくもともとはホストクラブが入居していた大型店舗で合同営業となる。つまり上野に店舗がなくなる。歌舞伎町の店舗として現在使用している場所は最近オーナーが力を入れているドレスやらバッグやらのレンタルをおこなうネット企業の拠点として当面使用するらしい。

リブロースやカルビなどボリュームのある肉には手を付けず、最初にきたタン塩と追加したハラミを多めに確保し、あとはナムルだけつついていた芹は、嫌いな上野発の電車に乗らずに済むようになることと、嫌いな歌舞伎町に通うことを脳内の天秤《てんびん》にかけながら、実際はそこにいる誰よりも食べずに喋ってばかりいるオーナーの取り皿で固くなっていくタンを見ていた。電球が映り込むほどやたらと艶のある黒っぽいテーブルと、同じくらい磨かれた白い椅子が並ぶ焼肉屋の店内は、キャバクラやホストクラブが閉店したばかりの時間帯ということもあって、それなりに人が入っている。芹はお金も欲しかったし美味しいものも食べたかったが、欲しい未来がこの焼肉屋にあるとは到底思えなかった。

オーナーにアンナと呼ばれる奈美には以前から興味があった。マネージャー会議で一緒になって以来、ＳＮＳは一通りフォローしていたが、住んでいる家も休みの日の旅行や外食の場所も、時折披露される購入品や身に着けているものも、芹と同じ時給で働いた給料では現実的なものではない。上野店より営業時間の短い歌舞伎町店ではオープンからラストまで出勤しても六時間で、役職付きでありながら早番で帰る芹よりは多少の収入があるにせよ、高層マンションや沖縄の高級ホテルに手が届くとは思えなかった。

「それにしても、うちの責任者の嬢たちはオトコ見る目だけはないんだなぁ」

頼んだ肉が概《おおむ》ね運ばれてきて、最後の二皿にいたっては半分以上が焼かれずに残っている状態でオーナーはそう口にし、歌舞伎町店の二人の女子は、お互いの彼氏を揶揄《やゆ》しながら笑いあうひとときを楽しんでいた。話の内容から察するに、プロデューサーちゃんは元美容師のホストと暮らしているようだが、お酒を飲まないホストである彼の月収はこれまでの最高額でも今年の誕生日月の四十万で、十分な売り上げをたてられず安い時給で働く月もあるという不安定っぷりらしい。アンナこと奈美はテレビでは全く見ることのできない芸人の追っかけ兼セックス相手をしているようだった。


「お笑いの劇場とか行くの?」

オーナーが最初にタクシーに乗り、女秘書とプロデューサー女がどこかに消え、店長は電話をしながらやはり暗闇に消えた。女秘書たちはホストクラブの系列バーにでも行ったのではないかと笑った奈美は、なぜか芹を二十四時間営業の南国風ファミレスに誘ってきた。喋ろうよ、そのうち一緒に働くし、という誘いはもらったタクシー代を節約するために始発まで時間を潰したい芹には都合の良いものだったし、何より売れない芸人のセフレなんかしながら時給二千円台で働き、それでいてインスタ上では芹がかつて漠然と描いた理想の未来のような生活をする彼女のからくりに興味があった。貧しい想像力で芹が推測していた「彼氏が金持ち」という線はどうやら消えた。

「もともとファンだったんじゃなくて、歌舞伎町でナンパされて付き合って、それで劇場とか行くようになっただけだよ。うーん、付き合って、は楽観的な言い方にとられそうだけど言葉のうえでは付き合ってる。他にも女いるだろうけどね。でもこっちも結婚したいかどうかと言われたら微妙でしょ？　本当にお金とかないよ。バイトしてるけど普通のバイトだしフリーターより貧乏だよ。バイトで生活するのって大変だよね。うち片親だから、中学の頃とかお母さんと高校生のお姉ちゃんのバイト代で暮らしてたけど、結構お小遣いとかももらってて。あれだけ稼ぐのって大変だったろうなって感謝が止まらない」

一杯目のクランベリージュースを飲みながら芹はなんとなく簡単な質問で探りを入れようとしたものの、返ってきたのは思ったよりボリュームのある答えだった。売れない芸人というのは嘘で実際は有名なタレントと不倫でもしているとか、彼が思ったより売れているとかせめて副業で株やっているとか、実は奈美の実家は大富豪だとか、芹の逞《たくま》しい割には貧しい想像力で思いつく可能性は一度に色々と否定された。

「そうなんだ、インスタ見てたから、なんとなくすごいお金持ちの彼氏とかいるのかなぁって、勝手に想像して遠い存在に思えてたよ、うちの彼氏なんて絵描きだから」

「お金持ちの彼氏！」

奈美が大げさに笑い転げて、カレーに突っ込んだスプーンをぐるぐると回した。

「いないいない、お金持ちの彼氏いない。絵描きかっこいいね！　道とかであの、なんていうの、木のさぁ、キャンバス立てかけるみたいなやつ、あれに立てかけてさぁ」

「木製の巨大な写真立てみたいなスタンドみたいなやつ？　物置に置いてるけど使ってるのあ

んまり見たことないよ、看板とかもっと大きいのが多いのと、あとはパソコンで描いてるんだと思うよ」

「え、そうなの、ベレー帽は？　あと丸いパレットと絵筆」

「ベレー帽ないない、絵の具はあるけど、道とかでベレー帽の人が持ってるような木の丸いのはないない。普通のプラスチックのパレットしかみたことない」

喋りながら奈美はカレー用のスプーンを一度皿の上に置き、片手でスマホ画面に器用に文字を打ち込み、あ、あれイーゼルって言うらしいよ、などと言った。芹にとっても馴染みのない言葉だったし、誠を人に説明する際に絵描きと答えるのは、誠がそう名乗っているのと、グラフィック・デザイナーやイラストレーターと言ったときに比べて、職業として成立しているのか否か非常に微妙な響きを持つところが、いかにも誠に似つかわしいと思うからで、実際に彼の日常的にこなしているルーティンがその名称に相応しいのかどうかはよくわからない。

南国風ファミレスの中は職業としてはっきりとした名称と市民権がある仕事をしているような人は見当たらず、時間が深くなればなるほど、窓の外の空が白け出せば出すほど、その中では比較的話の通じそうな類の人が減り、身体や心に不調をきたしているような顔色の悪い女が増えた。男はホスト風の若者が三人、一人の巻き毛の女を囲って頻《しき》りにビールをおかわりしている以外、目に入るのは店員だけだった。

最後の一杯と思ってトマトやスープと一緒に運んできたクランベリージュースを勿体《もったい》ぶりながら口に運んで、店統合されたら辞めようかなぁと芹がぼやくと、奈美は、え、やだ寂しいと言った。奈美の性格や喋り方からして、同じ店舗にいくらでも親しい女の子はいるだろうし、何度かしか会ったことのない別店舗の同じ役職の女が一人いなくなったところで寂しいわけはない。むしろ新店舗で現在の肩書きが二名になるような厄介ごとはない方がいいのではないかと芹は少し思ったが、明るく嫉妬心の薄そうな奈美に肩書きのこだわりがあるとも思えなかったし、そんなことが頭をよぎるのは自分の方に卑屈さがあるからのような気もした。

「自分よりババアがいなくなるからでしょー」

拗《す》ねるような声を出して笑い半分にそう言うと、奈美は、それはある、となぜか真面目な顔になった。

「今学生の子は私の年齢になるずっと前に辞めちゃうだろうし、そこで補充されるのもうちらより年上ってことはないじゃん。いる限りずっと最年長だよね、うちら」

「うちらっていうより私だけどね。いつまでこんなことしてようかとか思っちゃうな。前に話した会社にあのままいたら、契約とはいえ後輩とか部下とかできてキャリア積んだってことになってたかもしれないけど」

「でもさ、美容師の資格とか持ってると強いなって思ってたけど、うちの店の、元々歌舞伎町のエクステの美容院勤めてた子に、いつでもそっちの仕事にも移れるのいいなって前に言ったら、でも美容師でもババアなんて滅多に見なくない？　って言われた」

そう言われて、芹は一度目は軽く、二度目は大げさに、確かに、と繰り返した。

すでに南国風の店内に残っているのは何度か店員に注意されている居眠り気味の女二人連れと、最も顔色の悪い女一人、それからさすがにビールの注文をやめてドリンクバーのコーヒーなどを飲み出したお姫様と三人の家来のグループだけだった。

「来月、マカオ行くけど行く?」

奈美がもうほとんど溶けた氷しか入っていない、ほんのりコーラの色味のついたグラスを口につけ、かろうじて形をとどめている三つの氷ごと一気に喉に流し込んでからそう言った。もともと地理も外国語も世界史も苦手だった芹は、マカオがなんとなく中華圏なことはわかっても、国の名称なのか都市名なのか、はたまたピピ島のような島の名前なのかよくわからなかった。


ペンキを塗り終わった後に知人宅にとどまり、遊びでTシャツ作りなどしていたらしい誠からは午前一時と四時半にそれぞれ、タケのところ泊まっちゃうことにしたよ、というのと、寝ちゃってて今トイレに起きたけどもうこのまま起きて始発で帰っとくね、というメッセージが来ていた。タケと言われてもピンと来なかったが、知人宅でそうしっかり睡眠は取らなかっただろうから、おそらく始発で帰ってそのまま芹の部屋のベッドでまたアザラシみたいに気持ちよく爆睡しているだろうと思い、新宿駅から電車に乗ったタイミングで、今からJRで帰る旨だけメッセージを送った。いつもの私鉄で帰った場合に比べて駅からは倍近く歩くことになるが、一度午前二時頃にピークを迎えた眠気はすっかり覚めていて、まだ空いている下り電車は快適だった。

芹は扉横の座席で袖仕切りにもたれかかるようにして座り、膝の上に置いたバッグの上でスマホの画面に指を滑らせ、マカオの場所などをマップ上に表示してみたり、友人がインスタに投稿した写真に、説明書きを読まず適当にハートマークをつけてみたりした。始発から一時間以上経過しているので、空いていると言っても車内はすでに日付と一致した一日を始めようとしている清潔な人がかなりの人数乗っていて、それに対して芹のように概念としての前日を締め括っていないであろう人の姿はなかった。街から街へ往来した人々の吐く息と持ち込む機嫌が丸一日分詰まった夜の電車に比べて、朝の電車の中に漂う空気は軽い。芹はマスクを外し、いつもの帰りの私鉄の中では意識的に浅くしている呼吸を深めにゆっくりしながら奈美の生き様について考えた。

奈美は新宿でナンパしてきた売れない若手芸人と付き合っている。奈美は芹と同じ系列の、カフェとは名ばかりの限りなくオミズに近い接客の店で動物モチーフの可愛い衣装で働いている。時給は芹と同じ、出勤は週に五日、勤務時間は五時間か六時間。インスタのフォロワー数は九万くらいで、女子会の砕けた様子の写真もあれば、海外の高級ホテルや沖縄の隠れ家ホテルの写真もある。ファストフードもインスタントラーメンも食べるが二か月前でも予約が取れない鮨屋《すしや》のお造りも食べる。それは芸人の彼氏とは食べていない。奈美は来月マカオに行く。マカオには三か月から四か月に一回は必ず休みを取って三泊以上行く。奈美の生活はコンカフェの給料で成立していない。金持ちの彼氏もいないが、その代わりに中国本土と日本を行き来して、マカオにしょっちゅう滞在している五十歳になったばかりのシュガーダディがいる。マカオ旅行に付き合うと五十万、日本で会うときは気まぐれに十万か二十万、お駄賃がもらえる。奈美は売れない芸人を結構愛していて、シュガーダディのことも結構可愛い奴だと思っている。

奈美はバイトを掛け持ちして育ててくれた母親を年に一回ハワイに連れて行く。

電車がもうすぐ川を渡る。上野発の私鉄とは違う行政区を通るＪＲだが、上野発の私鉄と同じ川を渡らなければ芹の家には辿り着けない。劇的に可愛い衣装でくるみとして接客する店や、インスタに載せたいスムージーや、この間大学時代の友人四人と久しぶりに会ったときに初めて食べた千駄ヶ谷のパワーサラダや、人気のアパレルブランドが経営するベーカリーカフェ、それらと芹のマンションは太くて長い川によって隔てられている。芹のマンションは川からすぐで、そこは叔父の厚意でコンカフェの給料だけでもそれほど苦労せずに住めて、つるんとした顔の優しい彼氏にほとんど収入がなくても住めて、毎週韓国から化粧品が届いて、オルガズムは向こうからやってきて、しかしその建物はもうすぐ取り壊されてしまう。三万円の家賃で低収入の絵描きとくつろいで暮らせる部屋は見つからないだろう。

電車がほとんど揺れずにぴたりと停止位置に合わせて止まり、川を渡る前の最後の駅で何人か同じ車両の人が降りた。乗ってきたのは進学校の制服を着た女生徒が一人。スカートの丈も平均的で化粧っけがなくソックスも指定のものらしいが、地顔が整っているのでダサくは見えない。男は顔が整っていてもダサい服を着ているとダサく見えるが、女は顔のバランスが悪くてセンスのよい服を着ているよりも、変な格好で顔が可愛い方が好かれる。それが芹の持論だった。開いたドアから見える空は厚めの雲に覆われていまいちな色をしている。

芹はフード系のプロデュースを手掛けるようなインフルエンサーになりたかった。料理研究家の肩書きで時折メディアにも露出するがけして出すぎず、SNSのフォロワーは多いがけして更新に命はかけず、流行《はや》りには敏感でセンスのよいものにはお金を惜しまないがけして下品なほど買い物はせず、そういう何をしているかよくわからない人になりたかったから、会社を辞めた。少なくとも固定の給料と事務仕事の中に、芹ののぞむ生活への足がかりはなかった。

今の生活にも足がかりはない。ただ、足がかりがないことが決定しているよりは、足がかりがあるかもしれないと少しだけでも思える方がいいような気がして今の生活をやめようとは思っていなかった。二十八歳の現在、そういう生活に向けてしていることはない。特にお金もためていなければ努力もしていない。ダサい服で外出しないとか、肌のケアは丹念に、クランベリージュースを飲んで、若い女としてそれなりに意識の行き届いた女でいることはできても、何の飛び道具もない。家賃三万円の部屋を失えば、それだけ肌のメンテもしづらくなる。

それでもすでに婚活なんて言葉を使い出す大学の同窓生の会話には二重の意味で何の現実味も感じられない。自分のしたい生き方を手に入れるために男の高収入を利用するのは動物的に思える。給料の高い証券マンと結婚すれば、化粧品や調味料やパワーサラダにかけるお金は確保できても、何か我慢と不自由が付随する気がして仕方ない。それに、高収入といっても同級生たちの彼氏で評判のいいのはせいぜい平均収入の倍くらいの給料が退職までもらえる会社員で、そのために何かを我慢するのは馬鹿げているというのが芹の正直な実感だった。結構電車も使うしファストファッションも使うしファミレスやファミリー向け温泉宿も使う、そこそこ居心地の良い檻《おり》の中の未来のために、女子力を上げて挑む競争には何のモチベーションも湧いてこない。

それに比べて奈美は不自由な檻には入っていない気がした。ちゃんと好きな人を経済的な下心なく選んで、好きな可愛い格好で働いて、その現実が賄えない経済的な負担は、別に不快ではない、でも愛してはいない、お金持ちで優しい人の財布に押し付ける。それに伴ってやってくるのはファミリー温泉や私鉄ではなく、マカオや高級鮨だ。安定のための婚活に余念がない女たちより、さらにはオルガズムで繋がった男と暮らす芹より、余程人間的な感じがする。

電車は無事に川を渡り、と同時に怪しげな色だった空があからさまに暗くなった。よりによって遠いＪＲの駅から歩いて帰るときに、と芹は思ったが、寒くない季節に雨に濡れるのは実はそれほど嫌いではなかった。

改札を出ると思わせぶりな暗い空に相反して、空気はまだ乾いていた。すでに仕事や学校に向かう人が続々と駅に入ってくるのに逆らうように、ロータリーに出る幅の広い階段を早足で駆け下り、人のいないタクシー乗り場を突っ切って大型スーパーとパチンコ屋の複合施設の前を通り、ロータリーの出口にある銀行の角を曲がって最初の大きい交差点の信号を待っていると、対岸に誠が見えた。信号を待つ人のほぼ全ては新しい一日を迎えたばかりの人、こちら側で待つ芹は昨夜を終えていない人、誠はそのちょうど間の、今日でも昨日でもない自由な時間を好きな形に切り取って、それに乗っているように見える。

芹を見つけて右手を空に向けて大げさに振り上げ、ふざけた歩き方で近寄ってくる誠は傘を二本、左手の腕にかけている以外は手ぶらだ。

「ぎり間に合うかなと思ったらベストタイミング」

誠はまだ雨の降っていないのを確認してそのまま二本の傘を腕にかけたまま、先ほど空に向けた右手を芹の肩にかけ、芹がロータリーを歩いたのの二分の一ほどのゆっくりした速度で歩き出した。

「歩くの遅くない？」

芹が言うと、二本も持ってきた傘に活躍の場を与えるために雨が降り出すまでできれば歩いていたい、と笑って言う。よく見ると誠の右の耳から頬にかけて、明らかにシーツの痕と思われる線が走っていて、それに連なるように髪にも不自然な寝癖がついている。しかし顔はつるんとして清潔感がないわけではない。芹は誠と付き合ってから、ちょっとしたことに怒ることはあっても別れたいと思ったことはなかった。誠が嫌になったこともなく、ものすごく傷つけられたこともない。でも、もし芹の夢を一気に叶えられるほど金持ちでかっこよくて都会に住み良い仕事をするような男に口説かれることがあれば、それほど思い悩まず誠と別れるような気もしていた。別にこの人とならどんな貧乏な生活でも耐えたいというような愛の決断を迫られることはなかった。誠の低収入に怒っているかというとそれも微妙に違う。かといって芹はたとえフード系のプロデュースなんかで当ててお金が舞い込んできても、それは最後の一円まで自分の好きなことに使いたかったし、誠を養うという考えは全くなかった。むしろ自分の稼いだお金を一円まで好きなことに使うために、生活くらいは人のお金でしたかった。奈美はそれを綺麗な思考回路で片付けているような気がする。芹が高校時代に漠然とイメージしながらも、その生活がどうやって成立しているのかよくわからなかった未来の幸福な生活は、奈美のような仕方で完成するのかもしれなかった。芹がなんとなく見かけたことのある、そういう生活を送っている人の内実の正解が見えたような気がして、実は歌舞伎町を出てから芹の気分はずっと清々《すがすが》しかった。

もう左に曲がって直進すればすぐに自宅に到着という角を曲がろうとすると誠が、河川敷までダッシュ、と言って芹の肩に回していた腕を解いて芹の手を取り走り出した。ダッシュというにはあまりに遅い、動きだけは異様に大きい走りで息が上がり、通勤に向かう人がちらほら見える狭い道路で息を上げて無駄に走っている自分らに笑えて、芹は河川敷に出るために登る階段に足をかけたときには息ができないほど爆笑していた。

「あ、こんにちは！　あ、おはようございますですよね、おーすケイタ元気か」

同じく笑っていた誠が立て続けにいくつかの挨拶言葉を口にしたので前を見ると、まだ学校に上がらない年の男の子を連れた女性が軽く会釈して、それまで繋がれていた手を解いた男の子の方は、一目散に誠に突進してきた。

「こないだのねんど、やる」

誠の口から何度か聞いたことのある、同じマンションに住む子どもなのだろう。しかし粘土をやったときは、芹の部屋に男の子を招いたのか、それとも男の子の家に誠がお邪魔したのか。それほど親しいご近所付き合いをしているのだろうか。芹は女的な意味での嫉妬は微塵《みじん》も感じず、ただ純粋に疑問に思った。男の子の母親はマンションに似合わない美人ママで、よく見るとサンダルからのぞくフットネイルまでサロンで仕上げたもののようだった。この人の内実にも芹の目には今のところ入らない大仕掛けがあるのかもと一瞬思いながら、男の子と戯《じゃ》れあう誠の頬の痕がほとんど消えていることに気づいた。

403号室

四十三歳はどうしても犬が飼いたい

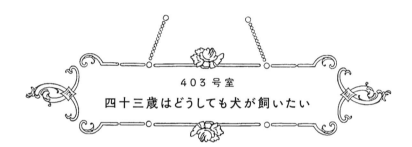

ペスカじゃないよ多分これでしょう、と言われて瓶を目の前に出されても、レストランで瓶を見たわけではないので、鮎美《あゆみ》は不確かな返事をするしかなかった。カウンターの中にいる男は意に介さない様子で、手際よく何やら混ぜてシェイカーを振り、背の低いロックグラスを置いて乳白色の液体を注ぐ。表面の泡立ったのを見て、ようやく鮎美は確信を持った。

「あ、絶対それだわ、さすがヒロくん」

グラスが自分の前に出される前に思わず声に出すと、男はニヤリとして泡の上にリキュールらしき液体を数滴垂らし、さらにオレンジピールをほんのひとかけら載せた。今年から四捨五入すれば五十だと自虐する男は鮎美の二つ上で、出会ったのは彼が四十歳になる直前なのだからそれなりに時間が経過している。店ではなんとなくマスターと呼ぶことにしていたが、他にお客がいないとつい気が緩む。博隆《ひろたか》という名前が堅苦しいせいか、常連のお客にもヒロさんと呼ぶ人はいて、常連と言って可笑しくない鮎美が家でそうするように呼んでも特に不自然ではないのだが、すべての接客業は色恋営業と思っている鮎美はそのあたり過敏であった。

「ペスカじゃなくてピスコだね。それを卵白とかレモンと混ぜたのがこれ。多分そのお店ではピスコサワーって言われて飲んだんじゃない」

「そうだったかもしれない。とりあえずここに来たらぜひともこれ飲んでほしいんですっていって出されたのよ」

「うん、ペルーでピスコっていうとまずはこの飲み方みたいだよ」

青山で化粧品会社の新作発表会に行った帰りに、付き合いの長いファッション誌の編集者に連れられてペルー料理店へ行ったのが二週間前。その頃はまだ街中でマスクをつけている人は多くなかった。

「春の間にこの感染症の騒ぎって収まるかなぁ」

鮎美は男の出してくれたお酒の白濁した泡の部分に唇をつけて、お客のいなくなったカウンターを見渡した。先ほどまで初めて見る年齢不詳の男性が座っていた右奥の席には、ほとんど手を付けられていないドライフルーツ入りのホワイトチョコが入ったガラスの器と片付けられたグラスの水滴を含んだ紙素材のコースターが残っている。

そこから四席空けた鮎美の席はちょうど角になっていて、左前に伸びるテーブルには詰めれば三人座ることができる。早い時間にはそこに何度か見かけたことのある三十歳くらいのボブカットの女とその友人らしき金髪の女が座っていたが、二人のグラスや器はとっくに片付けられて跡形もない。ボブ女子は鮎美が入ってくるなり落ち着かない様子で手先や首を慎重に動かし、少し退屈そうな顔をして、素っ気ない態度で会計を頼んだ。お気に入りの水飲み場に猫がやってきた途端、すぐに飛び立っていく小鳥みたいだった。以前鉢合わせたときも、鮎美が博隆と話し出した途端にそれまでの笑顔から硬直したような表情になって、不自然なタイミングで帰って行った。露骨に見えないように礼節で加工されたその小さな敵意を鮎美はそれほど嫌とは思わなかった。ボブと金髪コンビの年齢の頃から四十歳になる直前までは重なっていく年齢は劣等感しか生み出さなかったのに、あるときから若さを妬む気分が引き潮のようにみるみる消えて、むしろ若さと格闘するボブのような女に愛しさすら感じる。

「五月の旅行の話？」

「それもある。航空券のキャンセルってもうしておいた方がいいのかなって。でもそれだけじゃなくて、仕事の変更とかもありそうじゃない」

「アユの仕事は大丈夫だよ。こっちはどうなるかわかんないけど」

県内にいくつか、都内に一店舗、割と趣味のよいフレンチ居酒屋を展開する博隆が、最初に始めた店がこの冴えない住宅街のカウンターだけのビストロで、今でも本人は余程の事情がない限り、夜はカウンターの中で料理を作ったりシェイカーを振ったりしている。ビストロとは言っても夜遅くまで開いているカウンターの店の需要はどちらかというと二軒目以降に偏っていて、お酒だけ飲みにやってくる常連も多い。

「地元の人が多い店は平気だよ、観光客だらけの都心の方が脆弱《ぜいじゃく》な気がする」

年が明けて間もなくその名前が知られるようになった感染症の状況は、少しずつ真冬の寒さが和らいで、日によっては日差しが暖かく感じられるようになるのと反比例するように、深刻さが増している。毎晩人で賑わっていた博隆の店も空いていることが多くなり、店舗によっては一度店を閉める可能性も視野に入れているということだった。

「もう今日は片付け始めちゃってもいいかなと思ってるんだけど、アユ、疲れてたら上で寝てもいいよ」

明日の仕込みなのか豚の皮にスパイスを塗《まぶ》したものが入ったアルミ製のバットにラップをかけながら博隆が言った。この狭い店の上階は、やはり狭い住居になっている。住居にあまりこだわりのなさそうな博隆は、便利だし一人なら十分といって前妻と別れてからは特に他に部屋を借りたり買ったりせずに店の二階と三階を住処《すみか》としている。

鮎美はカウンターの右奥のトイレの向かいにある階段の方を一瞥《いちべつ》してから答えた。

「いいよ、片付け手伝う。一緒にうち帰るでしょう」

仕事用の机やテレビのある二階とベッドルームとバスルームだけの三階は店と同じように落ち着いたデザインと丁寧な清掃で、住宅として広くはないが比較的快適な作りにはなっている。博隆と付き合い始めた当初は閉店までカウンターで飲んで、酔っぱらったところで上階に移動して朝まで過ごすこともあったのだが、次第に足が遠のき、ここ二年は歩いて二十分ほどの鮎美の住むマンションに二人で帰るのが決まりのようになっている。博隆はそれについて何も言わない。

食器を洗い、ゴミをまとめて、酒の残りなどを確認する博隆は無言だが不機嫌な様子ではない。たまに静かな音量でかかるボサノバに合わせてリズムをとったり、チェックした食材の名前を歌に合わせて可笑しな音程で口ずさんだりしながら、テーブルを丁寧に何度も拭く鮎美の方を時折見てはおどけたように口をとがらせている。鮎美は自分の男のその軽やかさを見るたびに、概ね満足だ、と思う。

「この間借りた本、上にあるから取ってくるよ」

鮎美がテーブルや椅子を念入りに拭いている間に、ごちゃごちゃとしていたカウンターの内側はみるみる綺麗になった。小さなこの店は早い時間に来て混んでいなければ先に帰る従業員と博隆のほぼ二人で回しているので決まり事や引き継ぎも少ない。一瞬店に一人になった鮎美は二年前にフランスで買って以来ほぼ毎日使っているセリーヌのキャンバス地の鞄の中に手を突っ込み、携帯の横のボタンを押して、メッセージの通知がないか確認した。美顔器比較の記事の原稿確認が一件、犬の里親情報サイトからの定期的な配信メールが一件、あとはメッセージグループでのたわいもないやり取りくらいしか来ていない。美顔器の記事は大手出版社の美容雑誌のウェブ版用のものなので、優秀な校閲の指摘が入っていない限りは致命的なミスはないだろう。鮎美はざっと目を通しただけですぐに携帯で返事を送った。

「明日は午前中何もないし、その赤ワインの残り持って帰っちゃわない」

上半身だけ着替え、トートバッグを持って降りてきた博隆にそう聞くと、彼は彼でバッグの中から最近二人してよく飲んでいるホットワインの素を出して見せた。

「俺もそのつもりだったよ」

鮎美はホットワインを飲みながら、登録している配信サービスでお笑い芸人が驚かされるだけの悪趣味な番組などを見て彼の腕の中で眠る時間を想像し、椅子の真後ろのフックにかけていたウールのコートとストールをしっかり身に巻き付け、深夜はまだまだ冷える外での二十分弱の長い散歩に備えた。東京から川を隔ててすぐ隣とは思えないほど高い建物のないこの辺りの夜は暗い。私鉄の駅の方面に歩いて、川の方へ曲がったところに築四十年を超えるマンションがある。鮎美が博隆と出会ってから借りた部屋はそこの四階だった。

美容ブログやSNSのファッション情報や動画配信など、街中の女の子が化粧品や整形の情報を一斉に発信し出したとき、本人も含めた周囲の大人たちは誰もがみんな鮎美の仕事はなくなるだろうと思っていた。鮎美は鮎美で、一応名ばかりの社員をしているPR会社の仕事が主軸になっていくだろうと思っていたが、なんだかんだこの十年、多少の価格変動はあれライターの仕事はなくなることがなく、むしろ以前から仕事をくれる出版社の他にも、通販サイトや企業のオウンドメディアなど、新しい仕事も増えた。都心の女子高の同窓生の中には広告業界や外資系企業でびっくりするほど高額を稼いでいる人もいるが、自由な立場で仕事を調整しながら働くことができる環境に、鮎美は大きな不満は持っていない。三十歳目前に焦って学生時代の恋人とよりを戻して結婚したが、同居一週間でもう離婚することばかり考えていた。円満離婚ができたことは幸運だったし、結局気ままな独身暮らしが自分に合っているとも思う。ただ、仕事にも私生活にも安定した所属先がないことに不安がないわけではない。

「でもなんで引っ越し？　ぼろいけど、家賃抑えられているのは大きいじゃない」

広々としているわりにテーブルの小さい喫茶店で、綾子《あやこ》は店員が慎重に置いたカプチーノの絵柄に感激のコメントをいくつか高い声で発して、普段はあまりそんなことをしないのに携帯のカメラで二回ほどシャッターを押してからそう言った。新大久保のカフェの店員はアイドルと見紛《みまが》う韓流男子ばかりだ。

「ぼろいのはいいのよ、私タワマンとかに魅力感じないタイプだから。数年後に取り壊しになるって噂だけどね。今新規の借主は入れてないっぽい」

「一階にコンビニなかったっけ。忘れたけど。場所的にも穴場だよね」

二つ年下の綾子は相変わらず店内のディスプレイに映る歌って踊る韓流アイドルと、二十歳ほど年下に見える白い肌の店員を両方瞳に焼き付けようと、全く鮎美の顔を見ずに会話を続けている。外資系の大手グループで化粧品会社の広報担当をしている彼女の最近の関心ごとはアイドルのファン活動とサウナめぐり、とほぼ時代の平均と一致している。

「コンビニはある」

ここ二週間で電車の中でマスクをしている人は一気に増えた。鮎美は周囲を見渡し、なんとなく外してセリーヌのバッグの上に置いていたマスクを一度きちんと顔につけてから、ホットの紅茶をすするために顎の下に引っかけた。

鮎美が都内の端っこにあるマンションから、川を渡って県境を越えた今の場所に転居してからもう三年近く経つ。毎晩のように店に立って、深夜までお客の酒を作る博隆と一緒にいる時間を増やす目的もあったし、できればフリーで仕事を続けたい鮎美にとっては家賃が大幅に下がるのも魅力だった。電車を使えば都心まで出るのに要する時間は以前住んでいた場所とさほど変わらない。以前は遅くまで飲んでタクシーで帰るようなことも多かったが、四十を目前にした頃、周囲の友人たちが最後の結婚ブームを迎え、深夜まで自由に遊び回る人はぐっと減ったし、鮎美自身が博隆と落ち着いた付き合いを続ける中で、一人で遅くまで出歩くことも少なくなっていた。

とはいえ仕事の打ち合わせや取材は都心部が多く、貴重な独身の友人たちが住むのも都心や鮎美の家とは逆方面の西側ばかりなので、仕事の用事に合わせて誰かしらを捕まえ、こうしてお茶したりする時間はなるべく確保するようにしていた。子どもを産んだわけでもなければ、結婚したわけですらないのに、東京を東に外れた冴えない商店しか並ばない街の、マイルドな不良と頭の悪そうな女たちが住むマンションに、必死に働いてまで納得いく形に保ってきた自分自身が埋没してしまわないように。

「コンビニは便利だけど、隣の家の妻が妊娠してて、産んでない私からすればもうほんと未来のためにありがとうって感じではあるものだよ、今だってまあ煩いのにダンゴ三兄弟になったらいよいよ煩いのもあるし。お互い部屋の中にいたらさすがにそんなに音が聞こえるわけじゃないのよ。だから多分外廊下とかベランダで騒いでることが多いんだろうな」

店内のディスプレイで流れていた男アイドルたちの曲が終わり、今度は昆虫みたいに脚の細い、型でくりぬいたような女の子たちがピンクの背景に黒い衣装を着て独特の発音で歌う映像に切り替わった。若い女子の整形事情について二言三言文句を言ってから、綾子がようやく目線を鮎美の顔に戻して口を開いた。

「あんた自分は子ども産まない代わりに今後の人生、人の子どもを全力で可愛がりますって言ってたじゃん」

「友達の子どもには優しいもん、私。別に隣の家とだってさ、社会貢献として全然仲良くするしさ、両親が急用のとき預けてくれたって別にいいけどさ、でもなんかお母さんが不愛想なせいで子どももいまいちはつらつとしてないんだよね」

「言っとくけど、私は全力で可愛がってるからね、子どもでも可笑しくないような彼ら彼女らを」

綾子が講演でもするかのように、大げさな身振りで韓国のアイドルの映像を掌《てのひら》で紹介するようにして言ったので、鮎美はそのバカバカしさに少し笑った。引っ越した直後は全く気にならなかった子どもたちの泣き声が、嫌に耳につくようになったのは去年の秋口くらいだろうか。別に毎日悩まされているわけではなく、ほんの時折、自分の背骨を引っかかれるように耐えがたく感じるのだ。それが子どもの声の大きさに関係なく、自分の体調次第なのだということには半ば自覚的だったが、自覚したところで何か改善されるわけでもない。

「それは冗談としても、子どもがはつらつとしてて素直で発想力に溢れてて、偏見がなくて元気でって、それこそ偏見なんだよ。大抵の子どもなんて不遜で、大人より人の目を気にするし不自由なんだから」

「まあいずれにせよ、スマホゲーム課金とかプチ整形とかコンカフェとかパパ活情報サイトとか、そんな障害物競走みたいな時代に子育てしてる人に感謝」

「感謝、とか言ってるときが一番思考放棄だからね」

カプチーノが少しぬるめだったのか綾子はそれをあっという間に飲み終えたようで、途中からグラスに入ったセルフサービスの水を仕方なさそうに飲みながらそう言った。鮎美はなぜいつも会話の途中で子育て世帯や既婚女と一方的な和平交渉をするようなことになってしまうのか、なんとなく理由はわかりつつも不思議に思った。別に真昼間のコリアンタウンの目抜き通りで、体感としては通り全体の平均年齢の十五も年上の女二人の会話を、誰が監視しているわけでもないのに、最近は特に自分らで自分らの会話を点検してしまう。三十歳を目前に結婚へ駒を進めた安易さにも、すぐに挫折した腰抜けっぷりにも、年齢的な無理を周囲が嗅ぎ出す前に産まない選択を匂わせてしまう強《したた》かなところにも、我がことながら劣等感とは違う不気味さを感じる。その不気味さを、年齢とともに勝ち得た礼節で埋め合わせているのかもしれなかった。

「それでなんだっけ、隣の家に子どもが増えるのにビビッて引っ越しが頭をよぎるんだっけ」

セルフサービスの水のおかわりを注ぎに立ち、ついでにカウンターの中にいるもう一人のイケメン店員の顔を露骨に盗み見てから席に戻った綾子が言った。

「いや違う、それはサブの理由。ペット禁止なのよ」

「ペット飼ってないじゃん」

「禁止だから飼ってないんだって」

「禁止だから飼いたいような気がするんじゃない。今の家に引っ越す前から飼ってなかったんだから」

「いや、大学のときには飼ってたし」

鮎美の実家の母は近所の猫が庭にやってくると餌をやっていたが、生き物を人間が売り買いするのは好きじゃないと言って小学生の鮎美が憧れたハムスターやインコは飼わせてくれなかった。だから一人暮らしを始めてウサギを迎え入れたときは嬉しかった。小さなウサギで五年も経たずに死んでしまったが、飼って間もない頃に撮った写真は未だにパソコンの壁紙にしている。

気づけば午後二時を過ぎており、店内には少しずつ大学生や高校生の姿が増えている。綾子は英国製のシンプルなバッグの中から自社のフランス製リップバームを取り出して指先に少しつけ、鮎美にも勧めてきた。別に唇の乾燥は気にならなかったが、使用したことがない新商品だったので、多めに取って金属製の紅茶ポットを鏡代わりにしてすり込むように塗る。カルダモンの匂いが鼻のすぐ下から香る。

「いい匂いかも、これ」

「でしょう、でも若い子は買わないよ。うちらが若い頃、免税店なんて行ったらみんなランコムのジューシーチューブやらデフィニシルやら買い込んだけど」

「高級な化粧品って二十代だったら、プレゼント需要よね、あとは香水かな」

「そうだね、ま、わかる。韓国コスメ安くて可愛いもん。買い物が楽しいんだよ」

先ほどまで目の保養と何度も言って店員やディスプレイを眺めていた綾子が今度は店内に座るお客の若い女子たちを一人一人じろじろチェックしながら喋っている。韓国化粧品の記事は鮎美もさんざん書いてきたが、敵情視察と言って定期的に新大久保でお茶したがるのは綾子の方だ。コスメの売り出し方もチェックしているが、毎回新しいカフェを指定してくるあたり、目の保養の比重の方が大きいと鮎美はにらんでいる。テーブルの上のカップやグラスがすべて空になったタイミングで今日はもう見て回ったの、と鮎美が聞くと、一か所新しいメーカーの直営店を見たいから付き合ってほしいということだった。

店を出ると幸いあまり寒さが感じられない。まだ会社の終わらない時間で、報道ではここのところずっと感染症の恐怖が伝えられているにもかかわらず、目抜き通りは若い女の子で溢れていて、おそらくその熱気で一度や二度は気温が高く感じられるのだと鮎美は思った。細い路地を歌舞伎町方面へ進むとその新しい店はあるらしく、綾子は人の波にバランスを崩されないよう、きびきびと歩いて鮎美を先導する。複雑で脂っぽいスナックの匂いがする通りは、化粧品の小売店から流れる少し流行を過ぎたアイドルソングのせいで、大きな声で話さなくてはお互いの声が聞きづらかった。

「さっきの話、彼も動物好きなの?」

声のボリュームをあげたせいか、一節と一節の間を空けたやや不自然な喋り方で綾子は会話を続けた。鮎美もまた、雑音と雑音の間をかいくぐるように声を出す。

「どうなんだろ、性格的に嫌いじゃないだろうけど」

「やっぱり、別に本格的に一緒に住むとかじゃないんだ」

「向こうはビストロの上があるもん、まだ」

「ああ、前妻との子どもがたまに遊びに来るから、おもちゃとか置いてあるって言ってたビストロ上ね、結婚当初も新築マンションに入居するまでは妻と暮らしてたビストロの上、優しいけどやや無神経な彼が子どもの写真飾ってて、ペアのシャンパングラスやマグカップなどがちらつく」

「はいはい、そうだよ、もう随分入ってないけど」

「でもちゃんと付き合ってどれくらい? 三年? 四年? 今後もずっと付き合うの? 彼は結婚したい人? てか結婚しないの?」

雑踏で足並みが揃わないのをいいことに前を行く綾子が好き勝手に質問を投げかけ、鮎美はわかんないけど、と答えるのが精いっぱいで、あんたも既婚者の彼氏にいい加減見切りつけないの、別居するとか言い出して本格的に離婚する様子がないまもう五年以上経つじゃない、と言うタイミングを逃していた。

「でもペットはどうかと思うよ」

ようやく目抜き通りの人込みから逃れて路地を折れると、両脇のサムギョプサル屋の片方は準備中と書かれたガラス張りの店内に若く細い男が本当に準備らしい準備をしていて、もう片方は真っ暗なままだった。綾子は歩く速度を緩め、鮎美はようやくほどよい距離感で隣に並んで歩いた。

「なんでよ、可愛いじゃん。三十代だと、マンション買って犬飼ったら結婚できないなんて言われがちだけど、そういうこと言われなくなったよ」

「いや、結婚できないのと逆かも、しがらみって獣の形してるもんだよ」

三月のはじめの空気は日差しが当たっている箇所だけにほのかな温さを感じるものの、まだ全体的には緊張感のある冷たさに覆われている。飲食店を三軒、アイドルの写真の貼られた雑貨店を一軒通り過ぎると路地から大通りに出る手前に綾子の目的の店はあるようだった。

「うちの妹のとこさ、もともと旦那が飼ってた犬がこないだ死んだんだけど、それ飼い出したのが前の女と付き合ってたときらしくて、死ぬまで毎週二日間はその女が預かりにきてたんだよ」

グリーンの木の枠が窓を格子状に割っているその店の扉を開ける直前まで、綾子は喋り続けていた。

「大抵、金曜の夜に犬取りにきて、日曜に返しにくんの。それが別れる条件だったらしいよ。で、当然死ぬときは妹と旦那と、その元カノが三人で、なんでか知らないけど葛飾《かつしか》の旦那の実家で看取ったらしいよ」

離婚のときの親権みたいだね、と言いながら鮎美は店内に満ちるシトラス系の匂いが化粧品のどのラインのものかを探り当てようと、店頭ディスプレイや値段を気にする綾子と離れて、端のアンチエイジングラインから試供用ボトルの蓋を開けて匂いを嗅いでいった。

「別に彼と別れるつもりないかもしれないけどさ、そもそも旅行とかも行きづらくなるよ。せっかくうちらこの年でひとりで、鎖がないこと以外に自慢ないじゃない」

ホワイトニングラインと鎮静ラインを試しに嗅いでみたものの、店内の新鮮なシトラスの匂いとは別のもっと甘い香りで、店の匂いは化粧品とは別のディフューザーなのかもしれない、と鮎美は半ば諦める気分でハンドクリームのラインアップをチェックする綾子の横に歩み寄った。

「うーん、やっぱライブ行きたいし、出張作れなさそうだし、どっかの週末韓国行かない？感染症が落ち着いたら。あ、今ってなんか行くのに許可必要なんだっけ」

そう言って振り向いた綾子の握っているグレープフルーツが描かれたハンドクリームのチューブから、店内に漂うのとほとんど同じ匂いがした気がして、鮎美は思わず鼻を近づけたが、色々と嗅ぎすぎた鼻は少し可笑しくなっていて、店内の匂いにもすっかり慣れてしまい、全く同じ匂いなのかどうか、確かめる術《すべ》がなかった。

博隆が店を閉める月曜日にはなるべく仕事を入れないように調整する癖がついていて、逆に週末の誘いは仕事でも何かしらの会食でも比較的気軽に参加する鮎美は、日曜の昼に昨年月刊誌が休刊してウェブ版に統合されたファッション誌が主催する女性起業家のイベントに、セルフエステ経営者のインタビュアーとして登壇する予定だった。感染症のニュースはいよいよ全ワイドショーを席巻《せっけん》しており、イベントは大事をとって急遽中止となったのだが、終了時間に合わせて入れていた友人との約束をキャンセルするのもどうかと思ったので、ついでがなくなって若干面倒とは思いつつも出かけ、結局自宅に帰ったときには二十二時を過ぎていた。博隆の店に寄ろうかという考えも少し頭をよぎったものの、焼鳥屋に三時間半もいたせいか胃も足腰も疲れていて、結局私鉄の駅からマンションまでまっすぐ歩いて帰った。

比較的広い居間とベッドルームにしている奥の部屋の間の引き戸型のパーテーションを外してある鮎美の部屋は、玄関扉を開けるとバスルームとトイレ以外のすべてが一続きに見渡せる造りになっている。銀色のドアノブがややひねりにくい扉を開けて中に入ると、ベッドルームのラグを敷いた床に博隆がプロレスの雑誌を広げて座っていた。

店に出なかったのかと少し驚いてみせた鮎美は彼にメール見なかったか、と聞かれるまで、電車に乗ってから一度も携帯を確認していなかったことに気づかなかった。日曜に仕事のメールが極端に少ないというのも理由だが、吊革《つりかわ》につかまって立っている間中、数日前から引っかかっているペットの話題についてぼんやりと、しかししつこく考えていたのだった。

「何か飲んでる?」

鮎美はひとまず少し薄手のグレーのコートを脱いでベッド脇のクローゼットにかけ、博隆の座るラグのすぐ横、固いカーペットの上に置かれたグラスを一瞥してからそう聞いた。

「いや、ジンジャーエール持ってきた。というか買ってきたよ、下のコンビニで。たまの休肝日にしようかと思ったけど、アユ飲んでるならちょっと飲む?」

「いいや、焼鳥屋で話し込んじゃって疲れた」

そう伝えて居間の方へ戻り、冷蔵庫を開けるとペットボトルのカナダドライがちょうど半分残っている。これもらうよ、と言って金色に透き通るそのボトルを手に取りしっかり締められた蓋を回すと、ほぼ新品同様の気泡が残っている音がした。流しに残したままだったコーヒーカップとパン皿、ヨーグルト用の小さいスプーンに加えて、ドリップ式コーヒーメーカーのポットまでもが綺麗に洗われて水切りかごに並び、ダイニング・テーブルの上には洗濯乾燥機の中で出来上がっていたはずの洗濯物がしっかり畳んで置いてある。タオル類は洗面所の引き出しに入っているのかそこにはなかった。なぜか皺《しわ》すらのびた洗濯物の畳み方も、水切りかごがびしょびしょにならない皿の置き方も鮎美の仕方とは違う、博隆の仕業とすぐにわかる。

出会ってから二年以上、一か月に少なくとも二回は会って、好きだとも言うし、セックスもするし、セックスしながら好きだとも言うが、付き合うとか恋人という言葉を口にしない博隆に大きな不満はないにせよ小さな不足を感じ続けていた鮎美が、友達に何と言って紹介すればいいのかわからない、と文句を言ったのはまだ引っ越す前だった。それまでに一度賃貸マンションの更新のタイミングはあったものの、不確かな関係を頼りに手に持っているものを放す勇気はなかった。四十歳になる直前に関係に名前をつけてほしかった。

「誰より大切な人だよ、人生で一番気も合うし、ずっと一緒にいたい」

当時住んでいたマンションに置いていて、引っ越すときに間取りとの相性が悪くてライター仲間に譲ったソファでそう言われて引き下がった。しつこく追及して結婚したがっていると思われるのは癪《しゃく》に障るし、実際結婚を焦る気持ちはなかった。他の女の影がちらつくわけでもなく、連絡がつかないこともないし、一緒にいるときの不満も一緒にいないときの不安も並みの彼氏より余程少なかった。それで結局博隆の店から徒歩圏内の古いマンションに移り住み、鍵も渡し、別に後悔するタイミングは訪れていない。

二十センチほどの高さに積み上げられた下着やパジャマ用のTシャツの横でセリーヌのバッグのマグネットを外して奥に入っていた携帯を取り出すと、新聞社のニュースアプリの通知と、今日会った大学時代の友人からのメッセージ、それから博隆からのメールが届いているようだった。少し勿体ぶってメールを開くと、息子との時間が思いのほか長引いたし、店は空いているから今日はスタッフにまかせて鮎美の家にそのまま行くという内容だった。日曜は隔週で小学生の息子に会うのが仕事以外で博隆が持つ唯一の決まりごとだ。鮎美と出会ってすぐの頃はほぼ毎週だったが、相手方の再婚や息子の成長に合わせて徐々に頻度は少なくなっていくと言っていた。

「メール今見たよ、電車で仕事のこと考えてたから返しそびれてごめんね」

鮎美はグラスを持って、特に何も気にしていない様子の博隆の近くに行った。二十二時を過ぎると窓を開けても隣の部屋の声や物音が聞こえることはない。ロックを外して窓を掌の幅程度に開くと、遠くで、しかしくっきりと輪郭を持って小型犬の高い鳴き声が聞こえた。

＊

高校生の頃にポケベルとPHSは持っていたものの、大学の頃に持っていた携帯電話は今はもうないキャリア会社のものだったし、携帯をガラケーからスマホに替えたときにはすでに今と同じ業界で中堅として仕事をしていた。その世代が関係しているのか否かはよくわからないが、鮎美は携帯画面を長時間眺めていると自分でも気づかぬまま、いつもとんでもない形の猫背になるらしい。後ろから近づいてきた付き合いの長い編集者に背中を叩かれるまで、自分の首が肩の中に埋まるような姿勢をしていることに気づかなかった。

「そんな格好して肩凝らないの」

男好きの男である同い年の田上《たがみ》は、二十代の頃と全く同じモデル体型でイタリア製の薄手のコートを片手に引っかけ、鮎美の手元を覗き込んできた。マスクを外さなければ本気で二十代に見えるが、実際は痛風予備軍ですでに白髪染めもしている。四十を過ぎてもマッチング・アプリで毎週末のセックス相手を探すような不摂生な生活を続けているからだと鮎美はよくわかっているが、新しい男とセックスするから見た目が若いのだという田上の言い分もそれなりに正しいような気はしている。それでも自分の寝た男の性器の写真を携帯に保存していたり、港区に立派な家があるのに区民プールのシャワー室でフェラチオをしたりする精神性は、ヘテロセクシャルの四十代女には理解しがたいところがある。

「ワンコ？」

画面を盗み見た田上に聞かれて鮎美は、旅行のキャンセル手続きをするはずがつい二十分以上も保護犬紹介のウェブサイトを凝視していたことに気づいた。五月の連休明けに博隆との台湾旅行を提案したのは鮎美の方で、ついでに女性の一人旅を推奨するウェブサイトに台湾女性に流行しているらしい臍《へそ》のお灸《きゅう》と薬草茶の記事を書く段取りもつけていた。疫病の終息を願ってぎりぎりまでキャンセルせずにおこうと思っていたのに、昨晩ついに航空会社の方から払い戻しの連絡が来てしまったのだ。ホテルの予約アプリでもキャンセル申請をしなくてはならないことに気づいて、出版社の一階ロビーで田上を待っている間に携帯を取り出したものの、ついブックマークしている保護犬サイトを覗いたら新着の犬が三匹も登録されていたため、本来の目的を離れて写真やプロフィール情報を一匹ずつ見てしまった。座っていた木製のベンチの高さが合わないせいか、言われてみれば確かに背中から首が硬直している。

「この子可愛いな、黒のパグ、推定二歳のマルちゃん」

「鼻がぺちゃっとした犬種は特に狭い家だと犬臭くなるよ。そんなことよりアンタいつから犬派になったの」

鮎美が新着ページに掲載された一匹を見せるとすかさず田上がケチをつけた。

「昔から好きだよ、田舎の親は猫餌やりおばさんだったからか、猫に憧れがないんだよね。そっちこそなんで犬に詳しいの」

「二十代のときに五年以上一緒に暮らした男が傲慢な社長で無類の犬好きだったんだよね。犬飼ってる男って支配欲のかたまりみたいな奴か、支配されることに何の疑問も持たない宮仕えかのどっちかだよ。従順な犬をしつけて従えるのが好きか、従順な犬に自分を重ね合わせるかなんだろうね」

「別に犬飼ってる男について知りたいんじゃなくて、犬飼おうかなぁと思ってるだけよ」

口の悪い田上が偏った経験に基づいた男の法則性についてさらに話を続けそうだったので、鮎美は強引に話題を引き戻した。普段ならかなり人の往来が激しい昼どきにもかかわらず、ガラス張りの出版社ロビーから見える大通りはどことなくがらんとしている。車はいつも通り走っているし、歩いている人もいないわけではないのだが、誰もが用事のある目的地にまっすぐ向かおうとしているようで、その立ち居振る舞いに無駄がない。他所事《よそごと》のように思えていた疫病はたった二週間で一気に身近なものになった。美容関係のイベントは軒並み中止となり、インタビュー取材はパソコン画面を介したものに移行しつつあり、初夏に向けて用意していた雑誌の企画も練り直しが迫られている。しかし多くの同業者が感染拡大や仕事の不安について口にする中、鮎美は全く別のことに気をとられていた。

犬が飼いたい。絶賛不倫中の友人である綾子にちらっと話してから、鮎美はその願望が覚醒したように日に日に大きく膨れ上がっていくのを感じていた。子どもの頃から何度かそう思ったことはあっても、それが住居や仕事の都合をつけてまで達成するような目標であったことはない。だからペット禁止とわかっていて今のマンションに引っ越したし、そもそもウサギが死んでから二十年近く、住んでいる部屋の可否に関係なく具体的にペットを飼おうと動いたことはなかった。ウサギが死んだときは悲しかったし、飲食関係の恋人ができる前は暇を見つけては出張にかこつけて海外に行っていた鮎美にとって、手のかかるペットは現実的な選択肢とは言い難かった。なのに、一度口に出してしまうとそれは最も逼迫《ひっぱく》した問題のように生活を侵食し始め、最近では仕事の合間や移動中の電車の中、ときには入浴中までペット情報や保護犬のプロフィールを見ている。犬はしがらみと言った綾子のやや後ろ向きな見解は、どうしてか鮎美にとっては何の障壁にもならないどころか、余計に気持ちを加速させるのだった。

「今日はうちの会社の打ち合わせだけだったの？　それももう終わったんでしょう」

ようやく画面の保護犬たちから目を離した鮎美がいつも使っているセリーヌの鞄の上にかけていたジャケットを羽織ると、早く昼食に出かけたい田上は鮎美の鞄を左手で持ち上げながらそう言った。博隆も背が低い方ではないが、一八五センチ近くある田上をベンチから見上げると妙な迫力がある。相撲やサッカーの代表戦を一緒に観ていると男の好みは時折一致するものの、生物としてはやはり大きな隔たりを感じるのも事実だ。ちなみに鮎美は全く追いついていけない韓流アイドルの話題にも田上は敏感で、韓国好きの綾子を誘って三人で飲みに行くと二軒目あたりで二人は競って流行曲を踊り出す。

まだ鮎美がバイトで下着メーカーのモデルをしながらたまに雑誌の記事を書く仕事をもらっていた頃、主に美容室に置いてあるようなヘアカタログの編集部にいた田上と知り合った。知り合った撮影現場では鮎美はバイトの被写体だったが、同じ私大卒だとわかって仲良くなると時折書き物の仕事依頼をくれるようになり、田上が今の会社に移ってからも何度も一緒に仕事をした。ただ、二年前に二十代向けの女性ファッション誌が休刊になり、田上が主に料理や語学の実用書を作る部署に異動してからは、以前ほど仕事上での関わりはない。今日も別件で出版社に来る用事があったので、鮎美の方からランチに誘ったのだった。

「打ち合わせっていうより座談会みたいなやつの構成で入ってただけ」

「このご時世によく座談会決行したね」

立ち上がった鮎美に鞄を手渡し、さっさと歩き出した田上はさして興味などなさそうに言った。

「一人はリモートで、一人は後日別で話聞いて座談会風にまとめるから今日来てたのは一人だけだよ。四十代からのトータルケア。主に毛の悩み」
「け？」
ガラスの回転式自動ドアを出ると昨夜に強い雨が降ったせいか、春先に不釣り合いなほど空が青く、また気温が高かった。鮎美は家を出るときに急いで選んだ自分のジャケットの方が、田上が小脇に抱えたままの薄手のコートより正解だった気がして少し愉快だった。ここのところ日替わりで寒い日と暖かい日が交互にあったので、前日の反省を活《い》かそうとして服を選ぶと必ず後悔することが続いていた。だから前日に雨の中博隆の店から歩いて帰り、冷え切った身体で眠りについたにもかかわらず、今日は軽装にしてみたのだった。いずれにせよ、二十代の頃からやたらとファッションに煩い田上に、服選びで勝ったと思うとなんとなく悪い気はしない。

　改めて歩き出してみると、やはり大通りもそこに交差するいくつもの細い路地も、見慣れた光景に比べて殺風景で、喋りながら横に並んで歩いても、誰かに邪魔をされたり逆に誰かの邪魔をしたりする気配が全く感じられない。用事がなければ近寄りたくないと思うほどいつも混雑している昼時の銀座を快適に歩けていることに、鮎美は不思議と少しわくわくした。子どもの頃、台風の天気予報に興奮して寝つけず、朝になって雨が弱まっていると妙に拍子抜けした、あの感覚に近いような気もするが、学校が休みになるようなポジティブ要素が世界的パンデミックにあるとは思えない。自分はどこかであらゆるものをリセットしてしまいたいというような破壊願望があるのだろうか、と少し思う。

「抜け毛、白髪、育毛、ハリウッドアイブロウ、それから脱毛。生やしたり抜いたり。大変なのよ、女は」

「今どき男だってムダ毛のケアはしてるもんね。それに頭髪の方に関してはそもそも男の一番の悩みじゃない」

「一番の悩みが禿げる恐怖なのだとしたら、あなたは幸福よ」

「アメリカのアンケートで昔、男の人に怖いものなんですかって聞いたら戦争より禿げが上にランクインしたらしいよ」

すっかり観光客のいなくなった銀座で田上が口にした他国の名前は、今まで感じていたよりずっと遠い、実体のないもののように思えた。地続きのように気軽に行っていた近隣国ですら、今は靄《もや》のかかった向こう側で手の届かないものになりつつある。それとは対をなすように、少なくとも鮎美が生まれてからちっとも身近に感じたことのない戦争という言葉が生々しく響く気がするのは、危機のなせるわざなのだろうか。一瞬は快適に感じた銀座の大通りが急に不気味なほど寂しく見える気がして、鮎美はちんたらと歩くやせ型のゲイをせっつくように築地方面にある鮨屋までの道のりを急いだ。

何度か夕食時に来たことのある鮨屋が、夜の営業時間を短くする代わりに昼食の品数を増やしたと教えてくれたのは田上だ。予約ができないので行列ができていたら近くのインドカレー屋に行くのも悪くないと話しながら歩いたが、店が見えてくると遠目でもその心配がないのはわかった。店内に入るとそれなりの数の客がカウンターを埋めている。ちょうど会計を終えた男性二人連れが店を出るところで、見習いらしき若い男が手早く片付けてくれたので二人は運よく端のいい席を確保した。そして確かにちらしが中心だった昼の品書きに、おまかせの握りが三通りの値段で追加されており、鮎美も田上も迷わず一番高いセットを選んだ。会食が減ったのをいいことに、田上が仕事とは特に関係のない今日のランチ代を経費で落としてくれることになっているからだ。

仕事関係の会食や特別な誘いがなければ夕飯は専ら博隆のビストロで簡単に何か出してもらうようになって、鮎美にとって友人とのランチの心理的な比重は大きくなった。スピード離婚をしてから三十代半ば頃までは、毎日誰かしらをつかまえて夕食の予定を埋める時期と、それに疲れて自炊に精を出す時期とが交互にあった。予定が詰まっていた割にはあまり何も覚えていない三十代前半に比べて、望めばほぼ毎日一緒にいられる人とほどよい距離感で付き合っている現在は間違いなく安定している。旅行に行きたいと思えば行けばいい、仕事に集中したければ好きなだけ集中し、ビストロに顔を出せば落ち着いた大人の男がプロの料理を振る舞ってくれる。驚くほど不自由な結婚生活にすぐに音を上げた鮎美が望んでいたのは気ままさの中にひとそえの安心のある生活であって、鮎美の仕事にも友人関係にも一切口を出さない博隆はまさにそのバランスの要となるような相手に違いない。それではなぜ前にも増して、ちょっとした用事でも都心に出ては友人たちに会おうとするのか、自分でもよくわからなかった。

外に人が並んでいる様子がないのをいいことにお茶を二回おかわりして店を出るとやはり空ははっきりと晴れたままで、急いで会社に戻ると言った田上と別れた鮎美はさっさと地下鉄に乗って帰ることにした。快適に歩ける午後の銀座で久しぶりに服でも見ようかとも思ったが、年明けに綾子と行った展示会で注文した春夏ものが数点、そろそろ着払いで届くはずだったたし、そもそも人前に出るイベントや取材が極端に減る中で、服を新調するモチベーションはあまりない。それならば電車が空いているうちに帰って溜まっている原稿でも片付けようと思ったのだ。

思ったよりも混んでいた地下鉄から自宅の最寄り駅に止まる私鉄に乗り換えると、まばらに人が座る座席の端に陣取り、さっそく先ほど見ていた保護犬のウェブサイトを開き、気になっていたパグの写真に改めて指で触れた。詳細情報が表示され、ワクチンの接種状況や里親募集の経緯などが表示される。多頭飼育崩壊、譲渡費用、繁殖引退、混合ワクチン、飼養環境など、先月まで聞いたこともなかった用語にも、毎日サイトを見ながら調べたおかげでかなり詳しくなった。専門の愛護団体スタッフが書いているのであろう募集条件はどの犬であってもかなり厳しく、高齢者や妊娠中の人だけでなく、引っ越しが多い者や単身世帯は不可となっている場合もある。他にもトライアル期間やお見合いなどが義務付けられている場合もあり、何か自己点検を強いられているような気分になる。

昼食をとった鮨屋の大将がこの時期にはあまり出てこないけど、と言って通常のおまかせには含まれないコハダを握ってくれている間に、以前同棲していた男の悪口を一通り話し終えた田上は自己犠牲に酔うこと、という面倒くさい問題提起をしていた。

「なんか若いときにも献身的なのが好きな男も女もいるけどさ、ほとんどはもう圧倒的に自分が大事じゃない。そうじゃないと多分、死んじゃうんだよ、人って。それで最初は全力なんだけど、そのうちある程度器用に自分のことはできるようになるから、多少は人のこととか気になって、世話やいたり説教したり、恋愛相談乗ったりすんの。利害とか費用対効果がはっきりしてる仕事とは別ね。自分のルーティンとかこだわりとかを変えないでいい程度に。これが普通」

　深いことを言っていそうで後から考えると大したことのないことを回りくどい言い方で話していただけ、ということが多い田上の口が止まらないので、鮎美はおまかせの握りの横におまけで置いてもらった田上の分のコハダを指し、美味しいから早く食べなよ、と言った。実際、直前に食べたマグロがこってりしていたので、コハダの酸味は絶妙だった。鮎美に言われるまま止まっていた箸を動かした田上も、美味しい最高、とひとしきり感動した後、やはりわかるようなわからないような話を、独特の偉そうな喋り方で続けた。

「だけどそれだけだと世界ってうまく回んないから、大体この世の半分くらいの人には自己犠牲に酔う能力が具《そな》わってんの。女のがちょっと多いかな。でも男も結構いる。じゃないと子ども産んだりペット飼ったりしてもうまくいかないんだよ。母性本能がほんとに本能だっていうなら育児放棄する母親なんていないだろうし、男同士で超ハッピーに子育てしてる家とか母性関係ないでしょ。自分の好きなことより何か自分以外のこと優先すると脳内物質が出る能力だよ」

　田上の強引すぎる演説はコハダの後に残しておいたきゅうりを糸のような細切りにして米と海苔で巻いた細巻の数十分の一ほども感動的ではなかったが、そう言われてみると鮎美自身は利他的なことに美徳を感じる能力が極めて薄いような気はする。今までの人生を振り返っても、そして今の自分の心を点検しても明らかにそうだ。

私鉄が橋を渡り、降りる駅の目前になるまで携帯画面を神経質に幾度もタップしながら、やはり気になるパグのページに戻って、そのままブラウザを閉じた。鮎美が犬を飼うことに肯定的な反応を示した人は今のところいない。最初に一蹴した綾子も、午前中の座談会を仕切っていた社内結婚をして子どもを作らず優雅に暮らす四十九歳の女性編集者も、田上も、やんわりとだが鮎美にはあまり向いていないというようなことを匂わせてきたし、そもそもパグの保護団体が単身者を嫌がっているようだし、何より今住んでいる古いけれども安くて博隆の店から近い広々としたマンションはペット禁止だ。それなのに鮎美の中では、引っ越しをしてまで犬を飼おうという気が、日に日に現実的な計画へと昇華しつつある。

電車から降りて見慣れた駅のホームにある電光掲示板横の時計を見上げると、まだ午後四時にもなっていない。水曜日の今日も博隆は店で何かしら仕込みをしているか、スタッフと申し送りでもしているのだろうが、店の開いていない時間に訪ねていっても邪魔だろう。犬の件も引っ越しの件も、まだ博隆に話してはいない。かなりの時間、二人で鮎美の家で過ごしている都合上、最も相談すべき相手は博隆なのだろうが、なぜか話す気にならないのだった。

鮎美は特に何も決めず、足を動かした。気分転換に喫茶店でパソコンを開くとか、スーパーに寄って切れかけている食器用洗剤とヨーグルトを買うとか、博隆の店に近いＪＲの駅の方まで行って開店まで時間を潰すとか、何かしらを決めれば、昼間の銀座をまばらに埋めていた人たちのように、無駄のない足取りで道を進めるのだろうし、どの選択肢にもそれなりに必然性はある気がするのだが、結局決めないままに歩き続け、自宅マンションが右手に見える、すぐ手前の信号に着いてしまった。鮨屋で最初に一杯だけ飲んだビールが未だに回っているのか、あらゆることにはっきりとした決断が下せない。

　日がほんの少し傾いたせいか昼間ほど暑くは感じないが、それでも春と呼ぶには暖かい。ジャケットの中に着た綿の半袖ニットに、じんわりと一日分の自分の体液が染みついているのを腋《わき》で感じているうちに信号は変わった。信号が変わったのだから歩き出すしかない。別に帰宅しただけなのに、銀座でも地元の駅前でも何も決めないままに、朝と同じ場所に戻ってきてしまったことに鮎美はどうしてかいつにもなく気落ちしていた。

　せめてもの抵抗と思ってマンション一階のコンビニに入る。冬の間中、博隆の店や最寄り駅から寒さに身体をこわばらせて入り、中の温度にほっとしていた店内が、今度は外よりも少し涼しく感じた。なんとなく籠を肘にかけたものの、冷蔵のお菓子類の前でシュークリームやエクレアを手に取っては悩み、一日二つ食べているヨーグルトのストックがあと何個自宅冷蔵庫に残っているか考え、この間久しぶりに飲んだら美味しかったカナダドライを探すとここでは取り扱いがないのか見当たらない。ペットボトル入りの水はAmazonで定期購入しているし、コーヒーやビールもストックがある。結局鮎美は、小さな袋に入ったチョコレート菓子を一つと食器用洗剤だけ籠に入れてレジに持っていき、ここのところほぼ毎日会う割には印象に残らない髪色が明るく若い男店員にレジ袋を断って会計を済ませ、洗剤とお菓子を鞄にじかに入れて帰った。

　離婚した妻と暮らす子どもが高熱を出し、普段ならさほど気にしない元妻が急に感染が拡大し出した疫病を気にしてややパニックになっているから、店を従業員に任せてちょっと病院に連れて行ってくる、と博隆から電話がかかってきたのは夜の八時を過ぎて、鮎美が納豆とインスタントの味噌汁と麦ごはんで、やる気のない夕食を済ませた頃だった。世代なのか性格なのか、こういうときに文字のメッセージではなく電話をかけてくる律儀さを鮎美は信頼していた。予定が早く終わったり、仕事の都合が変わって会う時間が増えたりするときには簡単なメッセージしか来ないのに、急な仕事や子どもの用事で約束を遅らせたりキャンセルしたりするときは電話や直接会っての会話で知らされる。大学で授業を持っている先輩のコラムニストは、最近の若者は遅刻や欠席の知らせは絶対に文字でしか送って来ないと腹を立てていたのだから、直接話してくれる博隆は礼儀正しいきちんとした大人だ。

「それは心配だね、検査して何ともなかったとしてもきっとヒロくんに朝までいてほしいよね。こっちは今日の座談会の原稿まとめたりするから大丈夫よ」

きちんとした大人にはこちらもきちんとした大人として対応しなくてはならない。鮎美は考え得る最もきちんとした返事をした。アユもうがいとか手洗いとかちゃんと気をつけて、とさらにきちんとした締めくくりで切られた電話を、鮎美はしばらく耳に当てたまま、広尾の家具屋で見つけたお気に入りの緑色の椅子の上で片膝を立てた若干お行儀の悪い座り方をして天井を見ていた。実際、今日の座談会どころか、最近そこそこ流行っているセルフエステの経営者のインタビュー記事の構成も、有名メイクアップアーティストに迫ったドキュメンタリー映画の紹介コラムも、週明けまでに三パターンほど考えてほしいと言われている美容雑誌の旅行やビーチを除いた夏向けの特集の再考案も、何もかも終わっていない。早めに帰ったものの、なかなかパソコンを開く気にならず、ベッドに服のまま横になって携帯を見たり、テレビをつけて普段は見たいとも思わない夕方のニュースを三十分以上見たりしていたせいで、片付けるつもりの仕事は遅々として進まなかったのだ。

納豆のぬめりがついた茶碗《ちゃわん》や漆器ではない安物のお椀《わん》を流しに置いて適当にぬるま湯をかけ、使い捨ての濡れ布巾でダイニング・テーブルを拭くと、ひとまず二週間ほど前に中止となったイベントの代わりにウェブサイトに載せることになっているセルフエステのやり手社長の記事だけでも完成させようと、パソコンと分厚いノートを開いた。インタビュー当日に簡単に会話を起こしておいた原稿ファイルをクリックすると、思ったよりきちんとまとめてある。早く片付きそうなことに安心してファイルを開いたまま、鮎美は一旦立って湯沸かしポットのスイッチを入れ、おもむろに再び携帯を手に取った。ちょうどそのタイミングで玄関の方に向かって右側にある壁が、フライパンで殴られたようなよく響く音とともに振動し、続いて男の子の泣き声と母親の声が聞こえてきた。

この時間は、隣の部屋の未就学児ふたりが夕食とお風呂を終え、就寝前に残っている体力を使い切ってしまおうと、もうひと暴れする。今日も何度か壁に突進し、何度か母親に叱られながら上の男子は走り回っているのだろう。下の子はたしかまだベビーカーに乗っているはずだから、その後ろを必死ではいはいで追いかけているのかもしれない。気温が高いので鮎美は久しぶりにキッチン前の外廊下に向いた窓とベッドの奥の川の方を向いた窓を両方開けていたし、向こうもそうしているらしく、冬の間は辛うじて誰のものかわかる程度だった声が、はっきりとその内容まで聞き取れる。どうやらプラスチック製の大きな車のおもちゃに乗って壁に激突し、危険運転の罪に問われているようだ。

鮎美は思い直したように携帯をパソコンの脇に置き、再びパソコンに向き合った。書き起こしたインタビューを効率よく貼り付けながら、やり手社長がよりイノベーティブで努力家で、女性の美について常に考えながら自分磨きを怠らない美しい女に見えるように、それでいてこれを読む消費者女性たちも行動力とアイデアさえあれば、そしてセルフエステで自分磨きを続ければ、これくらい美しく裕福な成功者になれると思えるように、原稿を作り上げていく。セルフエステに通い続けて人生が好転するなんて微塵も思っていない鮎美でも、書いているときはそう信じ込むようにしている。

ピンクベージュの爪がキーボードに触れる度に鳴る小さな音は、時折隣の次男坊の甲高い奇声にかき消される。鮎美は手は止めず息を止めるようにして集中して文字を打った。変なところで笑う癖がある上に話があちこちに飛びがちなセルフエステの女社長の話が、みるみるしっかりした背骨のある話へ変換されていく。途中でポットのお湯が沸いたことに気づいたが、後で再沸騰させることにして席を立たず、前後編に分かれる記事の前半を一気に完成させた。ウェブサイト用の記事は文字数の制限が緩いので細かく削っていく作業がいらないのはありがたい。席を立ち、もう一度ポットのスイッチを入れ、すぐに沸いたお湯をティーバッグのほうじ茶を入れた大きいマグカップに注ぎ、完成した前編を改めて頭から読み直して、三か所あった変換ミスを訂正し、やや単調な箇所に句点を増やしてファイルを閉じた。

綾子の言葉が引っかかっていた。しがらみは獣の形をしている。間違いなく自己犠牲の能力はかなり低いであろう自分が、世話をする対象をあえて作りたいのだとしたら、理由は母性本能や育成の味わいなどではなく、綾子がしがらみと呼ぶようなものの中にある気がした。いつ取り壊されるかわからない快適なマンションで、自分の裁量で引き受けたり拒否したりできるそれなりに楽しい仕事を持ち、特に責任を押し付け合わない恋人と暮らす幸福に無自覚なわけではない。ただ、博隆が仕事や趣味を放り出してでも駆けつけるような、死ぬまで変わらず重要なものを持っているのに対して、鮎美の方には自分の都合ではどうしようもないような優先事項は何も思いつかない。

後編の記事を作る前に、開け放していたベッドの奥の窓を閉めようと立ち上がる。いつの間にか下の子は泣き止み、壁に突進していた長男の気配もない。頭を打ち付けて死んだわけでもないだろうから、きっとちょうど一日分の体力を使い果たして、電池が切れたように眠りについたのだろう。窓に近づくと、時々朝や夕方に遠くで鳴く小型犬が、いつにも増して立体的に、何かを訴えるように連続して吠えている。子どもの声はもう聞こえないし、集中して仕事をしていたせいか身体に熱が溜まっている感覚もある。結局鮎美は窓を完全に閉め切らず、掌の幅程度の隙間を残したまま薄手のレースのカーテンだけ閉めてダイニング・テーブルに戻った。

友人にやんわりと止められ、条件的な厳しさが増すといよいよ普段は人並み程度しかない鮎美の行動力が腹の底から湧いてくるような感覚があった。電車の中で確認したパグが保護されている場所は鮎美の実家のある静岡県内だった。単身がダメならば実家の母に一芝居打ってもらえば引き取るくらいはなんとかなりそうだ。医療費と譲渡費用は旅行のキャンセル代とほぼ同額で、いずれにせよしばらく海外や温泉に行けないことを考えるとそう痛い出費でもない。同年代の会社員より年収は多少見劣りするが、家賃も外食費も一般的なそれよりかなり抑えられている鮎美は今のところ経済的に逼迫した状況になったことはない。そんなことよりも問題は、建て替え予定のこのマンションに入るとき、定期借家で入居できる期間の上限が七年である故に安くなっていた家賃を、少なくとも二年間を二期分、つまり四年は住み続ける交渉をしてさらに値切った経緯にある。取り壊すなら今更ペットを禁止することもないじゃないかと思うものの、ゴミの出し方などを定める管理会社の貼り紙はいつも高圧的で、籠の中で小動物を飼育しているのがわかって契約違反とした事例などが怒りとともに貼り出されていたこともある。

後編用の新しいファイルを作成すると、鮎美の前に真っ白な画面が立ち上がる。記事の仮タイトルを打ち込み、会話を起こした原稿ファイルから、前編に使っていない部分をコピーしていく。本人に記事のチェックをしてもらうから、雑談的な箇所も少しは膨らませて使うのがよさそうだ。

少なくともあと四年は安い家賃で暮らせるこのマンションを出る理由はひとつもない。店を閉めるのが遅い博隆とゆっくりできる時間を増やすには、通勤のない鮎美が場所を合わせ、フレキシブルに働ける鮎美が時間を合わせて、持ち家のない鮎美が広めの家に引っ越すことはすべてにおいて理にかなっていた。長く続けているビストロを移転するのは難しいし、住居はビストロの上階にあったし、前妻とは子どもが熱を出したら駆けつけられる距離にいなくてはならない。博隆は気持ちではどうにもならない形で世界と繋がっている。その繋がりは強固で、疫病が猛威を振るおうが、天災が起きようが、たとえ鮎美と別れて会わなくなろうが変わることはないだろう。

鎖のない生活を選択した自分が、しがらみが欲しいと思うのは単なるないものねだりなのかもしれない。隣の芝生が青く見えて、自分の庭が本来的に持つ煌めきに無自覚になっているのかもしれない。気高い狼《おおかみ》がちょっとした気の迷いから飼い犬の生活を羨んで、実際檻に入って後悔するように、あるいはかつての自分が三十歳を前にこんな風に焦燥感を持って結婚してすぐに諦めたように、動いてみて初めてもといた場所の魅力に自覚的になるような気もする。それでも多頭飼育崩壊で保護された黒いパグのために、あらゆる面で都合の良いこのマンションを出るくらいの不自由を、鮎美は欲していた。

まとまってきた記事を細かく切り貼りして整えながら、川の方から聞こえる地元の若者の声や大型トラックの音に耳を澄ます。もう小型犬は鳴いていない。仕事が一通り片付いたら、いくつかある友人グループに入居希望者がいないか確認してみようか。契約期間に上限があるとはいえ、破格の条件なら住みたい人がいるかもしれない。おそらく貸主もそのまま知り合いが入居すると言えば文句は言わないだろう。鮎美の払った敷金をそのまま引き継げばよい。明日、不動産仲介の会社に一応確認してみよう。

二五〇〇字ほどの後編をざっと完成させ、すっかり冷めたほうじ茶の残りをすすりながら最初から読み返す。語尾が、そうしマス、思いマス、できマス、と続いているところのすわりが悪いのでいくつか適当に調整しながら、空いた分の脳の余剰を使って、部屋を引き継ぐ際の段取りとパグの保護団体に送るメールを考えてみる。どのタイミングで送るのがいいのか、早くしないと掲載期間が終わったり、他の人に引き取られたりするかもしれない。作業が山積みで、効率よく進めなければゲームがオーバーしそうな手順だが、鮎美はさくさくと作業をこなすのは不得意ではない。博隆はお互いに居心地も都合も良いこの部屋を惜しむだろうか。遠くなれば会う時間を減らすのだろうか。さらに遠くへ行けばもう会わないだろうか。それでも博隆がいくつかの鎖でこの地に繋がっているのと同じように、自分にも新たな鎖ができることはなんだか前向きに考えられる。

手元で完成間近の原稿は、アラフォー社長がアラフォー女性に向けて説く、現実的な値段で最高のメンテナンスを持続することの重要性を、アラフォーの美容ライターがまとめた良い記事になるだろう。すでに成功しているセルフエステはさらに予約が取りにくくなるに違いない。鮎美は少し悩んでいくつか文章を入れ替え、最後は社長からの提案で締めた。

——二重の形が気に入らないとか、エラがはっているとか、鼻が低いとか、二の腕が太いとか、持って生まれた身体の特徴はそう簡単には変えられないあなたの個性。でもコンプレックスをただ放置しているだけではそれらが徐々に個性となり愛嬌《あいきょう》となるわけではありません。変えられるものを変え、よりよくできるところを磨いて初めて、変えられないものを愛せる力が湧いてくるのです。

402号室

八歳は権力を放棄したい

白檀《びゃくだん》という植物の名前はまだ知らないが、香りははっきりかぎ分けられたので、プールから持ち帰ったバッグを玄関土間に乱暴に投げつけて、李一《りいち》は押し入れのある奥の部屋の方へ急いで駆け込もうとした。足を振るようにしてビーチサンダルを玄関に脱ぎ捨てたつもりが、左だけ汗で可笑しな具合に張り付いたままだったので、数歩進んだところで廊下の壁に手をついてもう一度振るい落とそうと左足を上げると同時に、目の前にある扉が開いた。驚いて壁から手を放したせいでバランスを崩し、危うく派手に転ぶところだった。

「靴！」

トイレに入っていたのが母の杏子《きょうこ》だったのは不運だった。李一は、うお、と言葉にならない声を出して自分の左足親指にまとわりつくビーチサンダルを見て、気まずさを感じながらそれを右手で取った。おかえりなさいという言葉を待ったが、考えてみれば李一の方もただいまを言っていなかったので、挨拶は諦めて、手に持ったビーチサンダルを置きに玄関まで数歩の距離を戻る。振り返るまでもなく母の視線がこちらに向いているのがわかったので、先ほど脱ぎ捨てた際に裏返しで斜めに飛んでいた右側と揃えてきちんと置き直した。

「靴は脱いだら先を表の方に向けて置き直すの。玄関を見ると、そのおうちがどんなおうちかわかるって言ってたでしょう」

鼻緒の部分が蛍光イエローの青いゴム草履はすでに爪先を玄関扉の方に向けて丁寧に並んでいるのに、これ以上ないほどきちんと置いた後に何度も聞いたことをくどくどと説明される理由はない。李一は返事をせずに投げ捨てたプール用のバッグを持ち上げ、あえて大げさに母の身体を避《よ》けながら、母と壁の間をすり抜けて奥の部屋に向かった。

トイレに向かっているまさにそのときにトイレに行っておいた方がいいんじゃないかと言われたり、小学校の時間割を確認している途中で明日の用意はしたのかと聞かれたりすることを、李一はこの世に存在するほとんどすべてのものより憎んでいる。一番下の弟が最も煩く泣く一歳半になった頃に学校に上がった李一は、大抵の同級生の親にはしっかり者だと言われることが多いし、五月生まれであるからか保育士や小学校の先生にも利口な振る舞いを求められているところがあった。母の口にする小言の多くはすでにわかっているし、実行していない場合も知識がないとか忘れているとかいうわけではない。わかっているけどタイミング的に今ではなかったり、他に大事なことがあったり、悪いとわかっていても止められなかったり、それぞれにそれなりの事情があるのだ。

奥の畳の部屋に入ると、柔らかいゴム素材の柵で囲まれたプレイマットの上で、末っ子の柚《ゆず》希《き》が組み立て型のロボットをしきりにマットに叩きつけている。ロボットの持ち主である真ん中の桂太《けいた》の姿が見えないが、柚希にとっては都合が良いだろう。ロボットは解体して組み立て直すと新幹線の車両に姿を変えるおもちゃだ。桂太はクリスマスに二つだけ買ってもらったそのシリーズを後生大事にしていて、柚希はもちろん、李一にもめったなことでは触らせない。

桂太は保育園に行きたがらない日が多く、朝から晩までロボットを解体しては新幹線を組み立て、新幹線を解体してはロボットを組み立てる。扱いが丁寧なのか、作りが頑丈なのか、部品が外れたり割れたりしているのは見たことがないが、一度柚希が新幹線状態のそれの先端部を口に入れたときには、家族の中で一番心優しく穏やかな桂太がマットをひっくり返して怒り、普段大人しい桂太の暴れる姿に驚いた柚希がいつも通りの野性的な大声で泣き出したので畳の部屋は野生動物が紛れ込んだ闘牛場のようになった。

「ユズ、あんまり叩くとまた怒られるよ」

李一はできるだけ穏やかな声でそう言いながら学校の先生を真似てあえて大げさに腕組みをしてみせたが、そのような子どもだましの威嚇はまるっきり柚希に無視されて、あげく新幹線ロボットではない汚いぬいぐるみを投げつけられた。ぬいぐるみが股間のすぐ上に当たりそうだったので李一が腰を後ろに突き出す姿勢で避けると、柚希はバアイとよくわからない声を出してけらけら笑う。柚希の着ているアメリカのアニメキャラがプリントされた薄い黄色の半袖の服は、ご飯を食べる部屋に飾られた写真では二歳の李一が着ているもので、そういったことは李一が柚希の意味不明な行動に呆れたり怒ったりしないでいられる理由のひとつだった。二歳の頃の記憶なんて李一にはほとんどないが、自分が直面していた現実よりも三番目に生まれた柚希の今まさに直面している理不尽の方が厳しいのはなんとなくわかる。

不安定な両足で立ってプレイマットの囲いから外に出ようとする柚希を横目に、李一が押し入れに目をやると襖《ふすま》の開けられた左側の縁にハンガーで杏子の浴衣《ゆかた》がかけられている。玄関までほのかに嗅ぎ分けられたのは、年に一度か二度、普段は紙の箱に入れて押し入れ上段の奥に仕舞い込まれたそれが出されるときにだけ香る匂いだった。浴衣と一緒に箱に入れてある扇子や下駄《げた》の匂いなのかもしれないが、李一はその白檀とお香の混ざったような香りをざっくり浴衣の匂いだと認識していた。昨年の夏、杏子の祖母、つまり李一の曽祖母にあたる人のお葬式でも、ちょっとだけ似た匂いを何度か嗅いだ。

長男が畳の部屋にいるのを確認した母は短い廊下にあるトイレ横の扉を開けて、脱衣場にある洗濯機から脱水された衣類をかき出すようにプラスチックの籠に移し、ユズ見ててね、と李一の方を見ずに言ってからご飯の部屋の方へ向かった。ご飯の部屋の方にだけ、小さなベランダがある。築四十年を超えるマンションの風呂や脱衣場は、流行りのドラム式洗濯乾燥機を置くことができない。設置場所の規格以前に、そもそも脱衣場に入る扉の枠を通らないのだ。入口でつかえてしまうのであれば、壁を壊すようなリフォームでもしない限りドラム式の夢は潰《つい》えたも同然で、それは三人の息子が次々に汚す下着やタオルを洗濯する杏子にとって、絶望に値する。李一は母が時折酷く機嫌の悪いことの一因は洗濯機にあると勘づいているし、以前李一たちの父である隆人《りゅうと》もそのようなことを言っていた。

「ユズ、ケイ兄はどうした」

李一は押し入れの上段に置かれた蓋の開いた紙箱の中身を確認しながら、たどたどしく柵につかまる柚希に言った。柵を摑《つか》んでいるのと逆の手には未だに桂太の新幹線ロボットが握られている。柚希が生まれてから家族は長男と次男をそれぞれリイ兄《にい》、ケイ兄と呼ぶようになった。そうでない名前で呼ばれることもあるが、柚希を含めた家族が全員揃っていると必ずそう呼ばれる。桂太が生まれた四年半前のことは李一もほとんど覚えていないが、少なくとも柚希が生まれる前まで桂太はケイちゃんで李一はオニイチャンだったので、人の誕生というのはすでにいる人の存在を覆すほどの事態なのだと小二の長男は漠然と感じている。

　柚希はあいかわらずけらけら笑いながらニイニ、ニイニと李一のことなのか桂太のことなのかよくわからない呼称を繰り返して機嫌よく新幹線ロボットを振り回している。大きな川の近くのこの古いマンションからＪＲの駅の方へ、細い川沿いを五分とちょっと歩いたところに住む父方の祖父母も、その家に結構な頻度でやってくる父の兄の家族も、独身で派手な格好をしている父の姉も、人懐っこい柚希が遊びに行くと、飽きずにずっと遊んでくれる。特に李一と同じ学年で早生まれの従妹《いとこ》である百花《ももか》は柚希がお気に入りで、柚希もモモ、モモと言って百花の足にまとわりつく。桂太が不親切に扱われるわけではないし、祖母は孫たちに分け隔てなく優しいのだが、人は若いほど露骨に好みを表すものだと李一は少し呆れて見ている。そう考えると母の杏子だけが優秀な李一でも愛らしい柚希でもなく、桂太のことばかり気に掛けるのはフェアな感じがした。従妹も含めて最初の子どもだった李一も一族には大層可愛がられたのだろうが、赤ん坊の頃の記憶はさすがにもうないし、物心がはっきりついたときにはすでに弟がいて、気づけばオニイチャンと呼ばれていて、学校に入って間もない頃から百花には宿題やら予習やらでわからないところを聞かれるようになっていた。

　箱の中に入っているはずの子ども用の甚平が見当たらないので、李一は箱をどかせて押し入れの上段を隅々まで探してみるのだが、父の文字で「冬もの」「クリスマス」などのメモが貼られた箱がびっしり詰まっているだけで、それらしき布は見当たらない。風呂敷で包まれた衣類があるので風呂敷の結び目を解かずに隙間から中身を確認すると黒ばかり見えるのでどうやら葬式の服がまとめてあるだけらしい。下の段は座布団と冬用の毛布などがやはり隙間なく詰まっていて、右に寄せてあった襖を今度は左に二枚ともずらしてみても、そこには見慣れた敷布団や普段着の入った衣装ケースが見えるだけだった。

夕方になると西日が差し込む畳の部屋は、午前中は夏でも廊下やベランダのある部屋に比べると涼しく過ごしやすい。夏休みのプール登校を終えて李一が帰ってくるこの時間はちょうどご飯の部屋と畳の部屋の光の加減が同じくらいになる時間だった。洗濯物を干し終えたのか、プラスチックの籠にいくつか白い洗濯ネットだけを入れた母の姿が廊下に見える。柚希から桂太の場所を聞き出すのは難しそうなので、李一はプールのバッグから濡れた水着とタオルを取り出しながら母のいる脱衣場の方へ移動した。

「俺の甚平ってもう出した？」

濡れた水着を洗面台に置いてから、李一が洗濯機の前に立つ母にタオルを渡しながら聞くと、母は小さく眉間に皺を寄せて一瞬動きを止め、ああ、と言ってタオルを受け取る。

「ケイちゃんが着たいって言うから、畳んでた皺がそのままだったけど、着せちゃった。リイ兄着たかった？」

なんとなく予想していた通りの答えに少しだけ李一の気分は沈んだが、杏子の気を遣った親切な言葉は李一の不満を寄せ付けない響きを持っていた。母が桂太をケイちゃんと呼ぶときは、桂太をケイ兄ではなく弟として、李一にオニイチャンの役目を求めるときだということに、聡《そう》明《めい》な長男は気づいている。洗面台を照らす明かりが畳の部屋や廊下より随分暗い気がしたので瞳だけ動かして天井の方を見ると、脱衣場の蛍光灯はちゃんとついている。夜には眩しいくらいの電気なので、蛍光灯の調子が悪いのかもしれない。

「もうお祭り行ったの？」

「ん？　誰？　ケイちゃん？　あのね、二階のおにいさんとちょっとだけ見に行ってるよ」

そういって母は李一から受け取ったタオルを洗濯機に放り込み、排水口にゴム栓をしてから水着に水道水を勢いよくかけて、もみもみして洗ってね、と二、三度お手本を見せるように右手で水着をこねてみせた。浴衣に合わせるつもりか、昨日まで黄色かった母の爪が白地に青の花柄になっているのに気づいた李一が洗面台の下を見ると、足の爪も黄色から青一色に変わっていた。

学童の友達であるハガやオガたちには甚平で行くと言ってしまったものの、それを着た桂太がいつ帰ってくるのかはよくわからない。そわそわして帰りを待つよりも諦めて別の案を考えた方がよさそうだった。それに、桂太は宝物の新幹線ロボを誰にでも好かれるタイプの弟に何度も床に叩きつけられてすでに一日の不快指数を本人のあずかり知らない場所で使い果たしているわけだし、李一が友人らと甚平を着てお祭りに行くとなれば余計に脱いではくれないだろう。ロボの一件を除くといつも柚希の面倒をよくみて、母の日なんかじゃなくても母の疲れや機嫌に敏感に反応して気遣い、ときどき威張りたがる父が何か喋り出すと子どもには退屈な話題でも大人しく聞いて、親や保育士がダメと言ったことは二度としないような桂太が、なぜか李一のすることだけはやめろと言ってもこっそり隠れてでもなんとかして真似をしたがる。身体は小さいながらもすでにジャングルの王の風格がある柚希の場合はもっと堂々と正面から突進してきて力ずくで欲しいものを手に入れていく感じだが、桂太は李一のいないところで兄の下敷きをお尻の下に敷いている感じなのだ。猛獣っぽさの少ない桂太を喩えるなら、あまり俊敏に動かず植物を食べるコアラがぴったりだと長兄は思っている。競争相手の少ない毒入りの葉っぱを食べて、人にはそう簡単に懐かない。

いずれにせよ母も一度祖父母の家に行って、祖母に手伝ってもらわなくては浴衣を着ることができないとわかったので、李一は柚希と杏子とマンションを出て、桂太を下で拾ってから祖母の家に歩いていくことにした。父である隆人の実家には子ども用の浴衣がいくつかある。他界した隆人の祖母が子どもや主婦に盆踊りを教えていたからだろう。友達との待ち合わせには遅れそうだったが、一緒に行ってくれるはずのハガの父親に母から連絡を入れておいてもらった。李一は母の機嫌や桂太の気遣いで空気が不安定に揺れる自分の家よりも、ちょっと散らかってはいるが広くて明るい祖母の家が好きだったので、一度立ち寄ってお菓子でもつまんでからお祭りに行くのでも全く構わなかった。

マンションを出てすぐの横断歩道はうまい具合に周辺の建物の影から逃げて、ちょうど白線だけが日の光を浴びていた。夜と雨の日は黒の縞《しま》模様に見えて、晴れの日の朝や昼は白い梯子《はしご》に見える。柚希は杏子が昔の同僚にもらったドイツ製のベビーカーに一人だけ乗せられているのが不満なのか、マンションのエレベータの中からずっと奇声をあげていて、母は焦ったような泣きそうな顔でそれをやめさせようとしていたので、ベビーカーの下の荷物入れに入りきらなかった母の浴衣や下駄の入った大きな紙袋は李一が持った。横断歩道の手前の植え込みの辺りで会うはずが、次男の姿が見えないので母が首からぶら下げた携帯電話を手に取った瞬間、ようリーチ！　と大人の男の人のよくとおる声がして、振り向くと同じマンションの二階に住む絵描きのマコトさんに脇腹を手で挟まれるような形で、ふわっと宙に浮いている桂太が見えた。やはり去年のお祭りで李一が着ていた紺色の甚平を着ている。いつもの桂太のぎこちない笑顔も、あれはあれで結構可愛げがあると長男としては思っているが、外で母や父ではない大人と一緒にいる弟はなんとなく別人のように見えた。

「大事なご子息お借りしましてすみません」

マコトさんはどうやら桂太に描かせたらしい自分で絵をつけられる夜店の風船を桂太の手にしっかり握らせてから、柚希が暴れるせいでバランスを崩しかけていた杏子の持つベビーカーを手慣れた様子で横から支えた。

「すみません、風船買ってもらっちゃったんですか」

母がよそ行きの声を出したので李一はなんとなく居心地が悪く、相変わらずガーゼのタオルケットを振り回すようにして腕を動かしている柚希の手を握った。マコトさんが李一の持っていた紙袋をひょいと横から持って、こんな重いの持てるのか、さすがだなと言ってから、最近時々仕事をしている子ども向けの絵画教室が風船のブースを出しているから、そこに遊びに行くのに付き合ってもらっただけで、お金は全然払っていないということをよそ行き顔の母に説明した。李一が小学校に上がるより前にこのマンションで会うようになったマコトさんがどうしてこんなに子ども扱いがうまいか不思議だ。マンションの防災訓練のお知らせを伝えに来たマコトさんが時々家に来たり、自分が彼女と住む二階の部屋に李一や桂太を招いたりして、絵を描かせてくれるようになったのはもう随分前だ。父の隆人もカレンダーの休日が関係のない自営業だが、マコトさんはそれ以上に自由なようで、父がいないときに電球を替えてくれたこともあるし、柚希のプレイマットの柵を組み立ててくれたのもマコトさんだった。特に一人でもくもくと何かをするのが好きな桂太はマコトさんとのお絵描きが気に入って、誘われなくとも部屋を訪ねていく始末だった。

プールにいたときより日は少し陰っているものの、外に立っていると蒸し暑い。李一は帰ってきたときと同じ服の内側で、自分の肌の上を汗がつたっていくのを感じていた。祖母の家まではベビーカーを押して歩いても十分ほどで着くので学校より少し近いくらいだが、それでも真夏に歩いて行くときは到着するとすぐに祖母にシャワーを勧められるほど汗をかく。祖母の家の風呂は古いので冬は寒いが、マンションの三倍ほども大きくて子どもなら三人でも四人でも一緒に入れるのだ。李一は全く覚えていないが、実はほんの少しだけ、祖母の家に家族で暮らしたことがあった。

家族がこのマンションに引っ越してきたのは李一が生まれた後だ。とはいえ自分が生まれる前のことやマンションに引っ越すことになった経緯について李一は、祖母や父の話からなんとなく知っているだけだった。

杏子の母、つまり李一の母方の祖母に当たる人は結婚相手として隆人を紹介されたときにはすでに大腸にできた腫瘍が体内のあちこちに転移しており、正式に入籍する前に死んでしまった。東京の江戸川とは逆側、多摩川沿いの住宅街に育った杏子は後に李一の父となる隆人との結婚を意識し出した頃には、多摩川を渡って実家と行き来しやすいエリアに近年急速に増えている新しいマンションに居を構えることをなんとなく考えていた。都内のホテルに勤めていた杏子も、電気関連の工事を請け負う会社を個人で立ち上げている隆人も、都心から遠く離れなければ特に仕事に支障はないと思ったし、多摩川沿いの治安や民度に絶対的な信頼と愛を持つ杏子に対して、隆人が地元に強いこだわりを見せたことはなかった。

治療すれば治ると信じていた自分の母が闘病を始めてすぐに死んでしまったことと、李一を産んだ後は産休からすぐにでも復帰するつもりだったのが産後の肥立ちが思いのほか悪かったこと、そもそも約三千グラムの赤ん坊が一人増えただけで睡眠時間の七割以上と体力の九割以上、それから自宅のスペースの十割を奪われるのがわかったことで、新しいエリアでの新生活は全く非現実的なプランになってしまった。杏子はひとまず育休として申請できるぎりぎりの期間まで仕事を休まざるを得なかったし、仕事を休んだところで誰かの手を借りずに昼間、赤ん坊だった李一の面倒をみる自信もなかった。杏子の父はまだ働いていたし、そもそも昭和二十年代生まれの男親に子育てに関して期待できることなど何もない。介護が必要でないだけまだ幸運だと思うしかなかった。

「とりあえず、李一がちょっと大きくなって、キョンが体力回復して仕事できるようになるまでうちの親頼ってくれればいいよ」

隆人は気軽に実家の二階への転居を提案した。そもそも隆人の祖父母が一階、隆人の家族が二階に住んでいたその家は、祖母が九十歳で死んでからは隆人の両親が一階に移り、つまり二階部分がまるまる空いていたのだった。若い夫婦はそれまで暮らしていた渋谷区のマンションから、生後二か月の李一を連れて古い二世帯住宅に移り住み、約六か月の間そこにいた。少し体調の持ち直した杏子は、いかに嫌われることなく、手助けだけは今まで通りしてもらう関係を維持しながら、義理の母が毎秒話しかけてくる距離から離れるかということだけに外資系ホテルのレセプションで培った社交性と戦略的思考をフルに使うようになった。

李一の父方の祖母にあたる隆人の母はもともと美術系の出版社に勤めていただけあって考えが古いようなところはなかったし、その夫である父の方はCMの制作会社から食品会社の広告部に移ったディレクターで、新卒で電力会社に入社してからずっと同じ会社に勤める杏子の父に比べれば料理にも育児にもとても協力的だったが、二人して異常なお喋りで、しかももう何十年も同じ土地に住んでいるせいか、一階の居間にはしょっちゅう近所のよく知らない中高年がやってきてはべらべら喋っていた。何か具体的に気に入らないことがあるわけではない。ただ、一世代前から使っている食器やいつのものかわからない雑誌など、生活を形作る雑貨が地層のように重なったその家で、義理の両親よりかなり年上の、口を開くたびに金歯の見える太った不動産屋と談笑している自分の生活を、李一を産んだばかりの杏子は自分の人生だとは思えなかった。

「子どもって大勢の大人が育てた方がいいと俺は思うんだけどな」

隆人の意見はまっとうだと思った。人のことなら杏子だってそちらの意見に同意する。ネグレクトも暴力も、あるいは母娘の共依存だって、地域社会が崩壊したのち閉じられた狭い空間に親と子どもだけ取り残されて、一義的な責任をすべてまだ年端もいかない若い親に押し付けてきたからこそ生まれたと信じられた。かといって自分が日曜夕方に放送される家族アニメの主人公になりたいかというと、杏子の中ではそれは全く別の問題だった。

結局、乳児から保育園に入らないといざ仕事に復帰するときに途中からではとても入れないこと、親と同居して杏子が仕事を休んでいる状態では優先入園の条件を満たせず、遠い保育園まで通わなくてはいけないことなどを並べ立て、隆人の給料だけでなんとか借りられそうな古いマンションを探した。隆人の実家から徒歩圏内に限ることにしたのは、引っ越しと別居を攻撃的な意味に取ってほしくないという杏子からのメッセージだった。それは穏やかなものではなく、母を失った杏子にとって、隆人の両親はすでに生命線なのだ。住み込みのナニーもメイドもいない東京近郊の砂漠は、外資系ホテルのレセプショニストにはエキサイティングでも、赤ん坊育成は無理ゲーすぎる。杏子の生まれ育った多摩川方面にはあったカジュアルフレンチも溶岩ヨガもボタニカルショップもない江戸川沿いのマンションは現実的な選択だと思うしかなく、そう自己暗示をかけているうちに、桂太が生まれて、さらに柚希が生まれた。

マンションから私鉄の最寄り駅の方まで川沿いを行き、線路を渡って今度は川を背にして少し歩けば李一の祖父母が暮らすにぎやかな家に着く。マコトさんと別れて李一と桂太が紙袋を交代で持ちながら、三男の乗るベビーカーとつかず離れずにゆらゆらとふざけながら進んでいると、川沿いには祭りのせいかいつもの倍以上の人出があった。浴衣を着た小学生が誰かの悪口で盛り上がり、犬を連れた夫婦が険悪な空気を醸し出している辺りを抜けると、この辺りの公立校ではない、おそらく川を渡った都心の私立高の制服を着た女子高生がすぐ近くを通った。

女子高生を見ると李一たち三人の母である杏子はついかつて若かった自分の視線を思い出し、その視線で今の自分を見るのを止められない。結局仕事は育休明けに退職したが、ネイリストの友人を自宅に呼んでまで今でもフットもハンドもネイルを完璧にしているのは、せめて始終自分の目につくところだけは、かつて自分がそうで、今失いつつある何かの片鱗《へんりん》を残しておくためだった。むしろ接客の仕事がなくなったことで、立体的なストーンも青やオレンジの派手な色も自由に使えるようになって、それは憧れの仕事を放棄して江戸川沿いにとどまっている杏子が勝ち得た、数少ない自由に思えた。

母が女子高生を目で追った後に自分の足元のネイルをわざわざ履いていたサンダルをずらしてまで確認するので、聡明な長男と敏感な次男は母の機嫌に若干の不穏な空気を感じ始めていた。母が爪を見ているときは、爪以外の現実を見たくないときなのだと、二人はなんとなく知っている。自転車やベビーカーの通れるスロープの箇所で川沿いの遊歩道を降りて道路に戻り、浴衣を担いだ親子は踏切が開くのを待った。先ほどまで宙に浮いていた桂太は、また少しぎこちなく笑っている。

マークがついているだけでも効果はあるから、という李一の曽祖父にあたる故人の思いつきによって祖母の家の表門の枠には、テレビCMで流れる警備会社のステッカーが貼ってある。本来、警備の契約をした家にのみ提示が認められるものだが、地元で信用金庫の理事を務めた曽祖父には知り合いが多く、警備会社のOBに無理を言って契約をせずにシールだけもらったらしかった。曽祖父亡き後、李一たちの父である隆人は、こんなに古びたシールでは意味がない、と剝がすことを何度か自分の両親に提案したが、元来割といい加減な性格の祖母はそうねえと言うだけで、結局貼られたままになっている。そのような事情をよく知らない李一も、英語のロゴが描いてあるそのステッカーは古く重厚な木の門に不似合いであることだけは感じていて、訪れるたびについじっと見てしまう。

警備シールの貼られた門をくぐり、旗竿形《はたざお》の敷地内に入ると、コンクリート造りのかつての二世帯住宅がすぐ見える。小さな庭に面した大きな窓から中の時計を見るとすでに長針と短針は直角になっておやつの時間を指していた。李一がハガたちと待ち合わせていたのが三時頃だったので、遅刻は確定だが、どうせ最初のうちはなんとなくみんな遠慮してあまり大きな動きはない。ゲームや飲食が本格的に始まるのはもっと日が傾いてからだろう。庭は小さいながらもいつも丁寧に芝生が刈りこまれている。朝に祖父がシャワーホースで撒く水が蒸発しながら太陽の光を反射して、蛍光ペンのグリーンみたいな色に見えた。隣家との境にある壁の前に植えられた柚と金柑《きんかん》の木は年によっては大量の実がなるので、李一は何度か金柑をもいで食べた。誰も見ていないときに柚の実ももいで少しだけかじったことがあるが、皮が厚く、苦い気がしてこっそり木の陰に埋めた。母がアンズだから長男がスモモで三男がユズというのは納得がいくが、桂太の名前にあるカツラの木を李一はまだ見たことがない。ユズやスモモのように実がなる木なのかどうかも知らなかった。

「リイ兄、先に入ってドア開けて」

母がそう言ったとき、ちょうど桂太が紙袋を持っている番だったので、李一はすでに玄関扉の前の段差の上に立っていて、先にベビーカーが段差を越えるのを手伝ってから扉を開けようと考えていた。桂太が自分の背丈に不釣り合いな紙袋を腰の後ろに回し、担ぐようにして運ぶのが見えた手前、何も言わなかったが母の言葉に返事はしないでおいた。こういうとき、何か声を出すと鼻と目の奥がきゅっと締まって口の中にある舌の両脇が酸っぱくなるのを李一はよく知っている。声を出してからその酸っぱい唾を飲み込むよりは、酸っぱくなる前に出そうになった声を飲み込む方がまだいいのだ。

玄関扉は数年前にリフォームされて新しく、ハンドルを軽く引くとカチャと独特のアルミの音がして、力を入れなくとも勝手に半開きになる。李一がハンドルに手をかけてアルミの音を鳴らしたのと、内側から祖母の声がしたのはほぼ同時だった。祖母は明るい声を出しながら汚れた男物のサンダルを引っかけて出てきて、よいしょよいしょと言いながらベビーカーを玄関の中に引き入れた。桂太は母の後ろで相変わらず腰を少し曲げて紙袋を背負っている。

出された麦茶の氷まですべて食べてしまうと、李一は仏壇のある部屋の方へ行って、祖母が出しておいてくれた浴衣の柄を見比べた。一つはほぼ無地の紺色で、一つは格子柄、動物の絵柄のものもあるが、どれもグレーや青みのある黒で、桂太の着ている甚平と見た目の雰囲気はそう大きく変わらない。廊下から覗いた祖母に、これがいいかな、と青みがかった黒地に細いグレーの縞模様が浮かぶ浴衣を見せた。

「いいね、リイ兄はやっぱり渋いね」

祖母は少しわざとらしく感心するような顔をして太い声で言った。

「いや、色が違うと、またケイタが」

「色?」

「甚平と色が似てる。だからこれがいい」

なんとなくわかったけれどその発想はなかった、というような顔の祖母が仏間に入り、浴衣の他に濃紺の兵児帯《へこおび》を手に取って、近くに出してあった李一にはやや大きいタンクトップ型の下着を見ながら、それ大きいから今着てるのの上に重ねちゃっていいね、と言った。李一は言われるがまま、下に着ていたハーフパンツだけ脱いで、Tシャツの上から浴衣を肩にかける。仏壇の上には李一が会ったことのない曽祖父、曽祖母の写真がそれぞれと、軍人のような格好をした誰かよくわからない割と若い男の写真が飾られている。綺麗な紫の枠に入った曽祖母の写真だけ明らかに新しく、背景が晴天の空のように水色に加工してある。畳にいくつも浴衣が広げてあるからか、いつもの藺草《いぐさ》と線香の匂いだけではない、やはりほのかな白檀の香りがする。

「リイ兄は優秀だから、学校でも頼りにされてるでしょう」

祖母は子ども用の浴衣を腰紐などを使わず瞬く間に着せてくれた。帯を結んでもらいながら李一は、いや別に普通だよ、と答えた。保育園のときと違って小学校の同じクラスには四月生まれや五月生まれの男子は李一の他にも何人かいたし、すでに学校とは別のお勉強教室に通って四年生の漢字まで書ける者もいる。委員長はいつでも最初に手を挙げる女子がなったし、他にもクラスの物事を最終的に自分が決めようと思っているのは大抵女子だ。余計な責任を負わされない点で、学校での自分の立ち位置に李一は概ね満足していた。

「ケイタは個性的だからね、勉強もできそうだけど、芸術家になりそうでもあるね」

桂太は祖母の家について早々風船を祖母に見せて絵が上手だと言われると、満足したのか居間のソファで母と柚希の向かいに座ったまま目を閉じてしまった。何も求められることのない保育園ですら苦痛に感じる桂太があと二年もしないうちに学校に上がると思うと李一はやや心配だった。心優しい者が生きやすいようには教室はできていない。

「ケイは変わってるって言われるけど、意外と俺の真似ばかりしたがる」

そもそも仏間で祖母に帯を巻かれているこの状況が、弟に甚平をかすめ取られたからだというこどもあるのだが、祖母の言葉に限らず、なんとなく芸術家向きと言われる者の特権性について最近の李一は小さな違和感を持っている。それは桂太に対してというより、まだ形の定まらない小さな動物たちにそれぞれわかりやすい特徴を欲しがる大人たち全般に向けられたものだ。

「それはねえ、モモのパパに言ったら、ながーい苦労話が聞けるわよ。あんたのところのパパは末っ子だったでしょう、末っ子にも末っ子なりの苦労はあるみたいだけど。とにかく弟にとってお兄ちゃんってほんと、とにかくもう絶対的な存在なのよ、親より先生より好きな女の子より、とにかくお兄ちゃん」

祖母は何度もとにかく、と言いながら、簡単な結び方で帯を完成させ、李一に自分の方を向かせて襟やおはしょりを少し直した。モモのパパは李一の父の兄で、今はＪＲで二駅先の、川を越えて東京に入ってすぐの場所に住んでいるが、高校を出た後は、わざわざ北海道の大学を受験して、六年間もあちらに住んでいたらしい。李一は北海道に行ったことはないが、大学にあった牧場の写真なら見せてもらったことがある。北海道に行ったことと長男の苦労が関係しているのかどうかはわからないが、いずれにせよ柚希には、というか父の隆人にも、末っ子の苦労なんてものを感じる繊細さは具わっていない気がした。

「リイ兄はここ住んでたの覚えてないね。でもマンション、もうすぐ壊すから引っ越すってパパ言ってたでしょう、またここに住んだら家賃なんかいらないのにね」

祖母は単なる雑談の口調で言ったが、家庭内で徐々に発言権を得つつある李一に何かしらの期待をしているのがはっきりわかって、李一はあえて子どもらしい仕草で帯でしめられた腹をくねくねと曲げてあちいなぁと言った。襖の奥の廊下から、居間の扉を開ける音がしたので桂太が起きたのかと思ったら、柚希を足にまとわりつかせた母だった。

「ハガくん、あと五分くらいで一回寄ってくれるってよ」

祖母にお礼を言った杏子が李一の方を見て、学童の友人たちの到着を教えてくれた。祖母は母が柚希を持ち上げてまた居間に引っ込んだのを確認してから、李一の左手に五百円玉を握らせてくれた。

＊

神社の外に連なる縁日の比較的端の方にある宝釣りの屋台の前で、母の腰の辺りを摑んで歩く桂太に遭遇したのは、李一が祖母の家を出てから一時間半と少し経った頃だった。それまでに友人たちと目当てのボールすくいや型抜きをあらかた終えて、ハガの父親が李一が合流して六人になった子どもたちそれぞれ二人にひとつずつ買ってくれた焼きそば以外に、小さめのクレープも平らげていた。とはいえ友人たちと遅くまで外で遊んでいられる夜は年に何回もあるわけではないので、できれば早くに切り上げたくはなかった。ただ一度友人たちの群れを離れて母の顔を覗き込むと、せっかくの浴衣に合わせたまとめ髪は少し崩れて、そのせいか酷く疲れて見える。リイ兄もう遊べた？　と聞いた声には、李一に友人との時間を終わらせて桂太と柚希の相手をしてほしい母の本音が染み出ている気がして、それを振り切ってハガたちのもとに戻ることは、母にも自分にも、それから弟たちにとっても良くないことのように思えた。

　母がハガの父と焼きそばの代金を払う、いらない、払う、いらない、の儀礼的なやりとりをしている間、ベビーカーと桂太を見ているよう頼まれた李一は先ほど一緒にいた友人の一人であるオガにあげると約束したスーパーボールを、自分の取った八個のうちから選んだ。ボールすくいで気に入った色のいくつかを大小問わずすくい続けた李一に対して、お調子者のオガは特大一点狙いで見事最も大きいボールを手に入れ、兄貴に見せるんだと張り切っていたのに、ボールすくいの屋台を離れたものの数分後に、地面に当てるはずのボールがビーチサンダルの爪先に当たって思わぬ方向に勢いよく転がっていってしまったのだ。得意げだったオガの顔は瞬時に曇り、一部始終を見ていた李一が見かねて後で自分の取ったボールをあげると言ったのだった。

　特大ではないが、どれもラメが入っていたり半透明だったりする一癖あるいいボールで、その中から一番のお気に入りではない、しかしいらないものを押し付けたと思われない程度には派手な、半透明オレンジの中に粒の大きいラメが埋め込まれたものを取って、オガに渡す。他のボールはそのまま透明ビニールの巾着袋に入れて、その紐を手首に引っかけた。

「あのデカいの誰かに拾われたらムカつく」

まだ特大ボールへの未練を断ち切れないオガは、オレンジのボールを受け取ってそう言い、性懲りもなくボールを足元のアスファルトに向かって投げた。今度はビーチサンダルに当たることなく、ボールは勢いよくオガの手元に戻ってくる。

「なくすなよ、学童に持ってくだろ」

李一は危なっかしいオガの手元を見つめてそう言った。焼きそばはみんなに振る舞ったものだからといって頑《かたく》なにお金を受け取らないハガの父にお礼を言って、母の杏子は李一とオガの立っているベビーカーの脇に戻ってきた。オガが掌で転がすスーパーボールを見て、かっこいい色だね、と作り物の笑顔で言った母に、李一は自分の手首に引っかけたスーパーボールを見せる。

「俺がいっぱい取ったからあげた」

「いっぱい取れたの、よかったね」

「俺はこれ全部足したのと同じくらいのでっかいの取れたのに、転がっちゃったんだ」

自分がひとつも取れなかったわけではないことを李一の母に強調してからオガは、じゃあなデン、と言ってハガたちの群れに戻って行った。兄のお下がりなのか、オガの甚平はお尻のところが一度破けてしまったのを繕ったらしい箇所がある。ビーチサンダルも足の裏の当たるところがくっきりと色落ちしているが、それがぴったりとオガの足の形なのでそちらは別にお下がりではないのかもしれない。オガが後ろを向いたまま友人たちに何か言うと、ハガたちもそれぞれ、デンまたね、バイバイ、などと言ってまた子どもたち同士で完結するお喋りの中に戻って行った。李一の苗字に使う漢字の音読みを習ってから、ハガやオガは李一のことをデンと呼ぶようになった。先生は、新しい漢字を黒板に書くとき、クラスの中にその漢字を使う苗字や名前の者がいれば前に出てこさせて、みんなを代表して書き順どおりに複写させる。デンという響きはそれほど気に入ってはいないが、それまでくん付けで呼ばれることの多かった李一は、漢字の練習のおかげであだ名ができたことはちょっと嬉しかった。

この辺りでは一番大きいお祭りとはいえ、縁日は狭い神社の境内とその周辺の商店の前、あとは川沿いの方に野球チームの母親らが出している食べ物の屋台があるくらいで、そのけして広くない範囲に三年ぶりの祭りに沸く近所の人々が集まっているため、ベビーカーを押しながらスムーズに歩き続けるのは困難だった。人込みの渋滞に巻き込まれてところどころで立ち止まったり、ときには少しバックしたりして進むうちに、祖母の貸してくれた履きなれない下駄の鼻緒が李一の両足の親指付け根辺りに食い込んで鈍い痛みが広がっていく。先ほどまではなんともなかった帯も少しきついように感じた。ベビーカーに乗った柚希が特等席にいるように思えたが、柚希は柚希で言いたいことがあるらしく、狭いベビーカーの中で目いっぱい身体をよじらせて時折ワァともアアとも聞こえる奇声をあげている。家を出る前に杏子が用意した動物の絵が描かれた野菜のゼリーのチューブは未開封のまま散々パッケージをしゃぶりつくされた様子で柚希の腰の横に放置され、手は小さくちぎって渡されたらしい綿あめでべたべたしている。

「ケイ兄はあの川沿いの絵のところ行きたいんだって」

綿あめの袋を李一が代わりに持ってやったことで少し髪を直してましな顔になった母が人込

みを抜けた電信柱の裏にベビーカーを止めて李一に言った。昼過ぎに桂太が自分で描いた絵の風船はベビーカーの取っ手にしっかり結びつけてある。

「さっき行ったんじゃないの、マコトさんと」

大好きな兄と合流した後もずっと母の腰辺りを摑んでいた桂太の顔を見て、李一は母にとも桂太にとも取れる言い方でそう尋ねた。

「風船じゃないのもあった。綿あめの袋も」

先ほどまではまだ日が傾いている程度だったのに、屋台の連なりと逆の方向を見るといつの間にかしっかり夜らしい暗さになりつつある。都心のお祭りとは違って、来ているのは高校生や若い大人たちよりも小学生と中学生が圧倒的に多く、だから反響する声は全体的に甲高い。音楽でもない、叫び声でもない音で埋め尽くされた空気の中で、気の小さい桂太の声はかき消されそうなほど細く、しかし李一には芸術家肌と言われる弟の確固たる意志が込められているのがわかった。

「ユズも絵描くか？」

ベビーカーの中で縦横無尽に動き回っている自由な三男を斜めから見下ろして長男は聞いた。母はこの止まっている時間を利用して髪に挿したピンを一本外し、崩れたおくれ毛をすくうようにしてもう一度挿し込んでいる。

「ユズ、ヨーヨーならできる気がするのよ、それか輪投げ。リイ兄どっちかもうやった？」

「どっちもやってないよ。川の方行くなら、ヨーヨーは途中にある」

祖母の家のすぐ前まで迎えに来てくれたとき、ハガの父に連れられた四人のうち一人が貯金箱になっているらしい虎の置物を、もう一人がアニメの絵が描いてあるチョコスナックの箱を持っていたので、李一は直感的に友人たちがすでに輪投げか射的をしばらく楽しんでいたのだと思った。スピードくじや宝釣りはどんなに景品が豪華でもそう面白いと思わないが、器用な李一の特性が生かされる射的や輪投げはできれば自分が合流するまで待っていてほしかった。ハガが言うには案の定李一以外のメンバーが揃ったときにとりあえず近くにあった輪投げをしたらしいが、昼間よりも景品がつまらない子どもっぽいものになっていて、やる気が出なかったらしい。確かに虎の貯金箱は欲しいと思えるような代物ではなかったが、そういえばハガの手には何も握られておらず、自分が景品を取りそこねたからそう言っているような気もした。

ハガのケチがついた輪投げをわざわざみんなと別れてからやりにいく気にもならないが、やりそびれていた射的では、柚希も桂太もまだ楽しめそうにない。李一は髪を直し終えた母を先導するように、先ほど前を通ったヨーヨーすくいの屋台を目指した。桂太は相変わらず母の腰の辺りを摑んでついてくるが、視線は李一の手首からぶら下がった、カラフルなボールに向けられているのがわかった。

「ケイタ、風船以外になんか遊んだ?」

ヨーヨーの屋台が見えてきたので李一は歩く速度を緩め、母の押すベビーカーに手をかけて、暗闇と雑踏に緊張しているのか無表情の次男に声をかけた。桂太は柚希よりずっと怖がりで、家族でショッピング・モールに行って、キッズパークなどで放し飼いにされても、周囲で見ている母からあまり離れない。図書館のお話の会で子どもたちだけ前に座らされるときも五分とあげずに、杏子が李一と桂太を置いてどこかに行ってしまわないか確認するように後ろを振り返る。特に暗いのは苦手で、今年に入って一度同じ図書館で電気を消して『長くつ下のピッピ』を上映する会があったときには、周囲が暗くなるせいか後ろを振り向くだけでなく体育座りで観ていた李一の靴下をずっと引っ張っていた。左の靴下だけ異様に伸びているのに気づいた母に、リイ兄変な履き方したでしょう、と言われたときはさすがの李一も泣きそうな声で反論した。

「ソースせんべい」

桂太の声は二十センチの身長差の兄にようやく聞き取れるくらいのか細いものだったが、李一より近くを歩く母にも聞こえたらしく、あとは金魚見てたんだよね、と補足された。

「金魚取らなかったのか」

「飼えないから、かわいそう」

「取って、後で返せる」

「すくうやつ、入れると金魚怖がって逃げてた。だからかわいそう」

怖がりの桂太が自分よりも怖がりの生き物への同情を口にしたところで、李一たち親子四人はヨーヨーの屋台の前についた。李一より小さい女の子四人が高い声をあげながら大きな水槽を占領していたが、ベビーカーを横に寄せた母が財布を出してから暴れる柚希を引っ張り出している間に、気を遣ったのか飽きたのか、四人ともどこかへ行ってしまった。

ミドリやピンクの小さな風船のようなヨーヨーの他にも、浮き輪のような素材の動物やアニメのキャラクターの顔が浮いている。母が三人分と言って水槽の向こうのおねえさんにお金を渡すと、その横で紙に何か書いていたおじさんもこちらに気づいて、李一と桂太にひとつずつ、それから柚希の横にしゃがむ母にひとつ、紙縒《こよ》りのついた釣り針を渡してくれた。李一は一度しゃがんで釣り針の形と、それぞれのヨーヨーに括りつけられた針を引っかけるための輪っかを確認し、どれをすくおうかと立ち上がったが、柚希がベビーカーの外に出たときにようやく母の浴衣から手を放した桂太が、今度は長男の帯の下辺りをしっかり摑んでいた。

「やり方わかる？　ケイタ」

李一は自分の浴衣を摑んだ桂太の手を強引に引きはがして自分の手で繋ぐようにして引っ張った。それから桂太に見せるように釣り針ですくうような動作をしながらそう言うと、相変わらず無表情の次男は小さく頷いた。

「リイ兄先やって」

「ケイタ取りたいのどれなの」

「リイ兄取るの見てから決める」

手を繋いでいる状態では釣りに集中できないが、李一が仕方なくそのままヨーヨーを選ぼうと再び水槽全体を見渡すと、母の手を離れて水槽前に突進してきた柚希が、小学校高学年らしい女の子がそっと釣り針を垂らそうとしている横で、ひときわ目立っていた蛍光グリーンの大きなヨーヨーを、堂々と手でわし摑みにして満面の笑みで持ち上げた。

「おお、取れたね、じょうずだね」

一瞬戸惑った顔をした高学年の女の子や屋台のおねえさんも、おじさんがそう声をかけたからか一斉にじょうずず、じょうずずと拍手した。

「ユズ、だめでしょう、手で取っちゃ」

後ろから慌てた母が柚希の摑んだ緑色に光る玉を奪おうとすると、柚希はニャアアとのら猫のような奇声をあげてそれを拒否する。ごめんなさい、と謝る母におじさんは、いいよそれは一個サービス、と笑いながら言った。杏子は申し訳なさそうにしながらも全力笑顔の柚希がヨーヨーを両手で抱えるさまを携帯写真に収めた。

「釣り針、お母さんが使って。どうぞ」

柚希が反則行為で誰より早く景品をゲットしたため、母の手元に残った釣り針を指して優しいおじさんは笑った。

「え、じゃあ一個頑張って取ってみよう。リイ兄まだやらないの」

母が横で水槽を覗き込んだので、李一は先ほどから目に留まっていた、他のよりも太い縞模様の入ったヨーヨーに狙いを定めて釣り針を垂らす。同時に近くのピンク色めがけて針を構えた杏子の指先を見て、屋台のおねえさんが、ネイル超可愛いですね、と言った。


スーパーボール七個、ヨーヨーが五つ、風船が二つにアンパンマンの綿あめ、それから柚希が絵を描いたシール、父へのお土産に買った野球チームのお母さんたちが作ったお好み焼きを持って李一たちが帰宅すると、帰ったばかりらしい父が作業着のままテレビの前で缶ビールを飲んでいた。李一は持っていたお好み焼きの入ったパックを桂太に渡し、父にあげるように伝えると、自分は母に言われた通り子ども三人が寝る布団を広げようと畳の部屋に入った。

部屋の隅に寄せてある小ぶりの敷布団を三枚並べ、押し入れから枕を引っ張り出し、引き戸の近くのカラーボックスに引っかけてあるタオルケットを適当に投げる。畳の部屋に子ども三人、ご飯の部屋の脇の小さな部屋に両親が寝る、というのがこのところ定まってきた家のルールだ。柚希が夜中にぐずることがほとんどなくなってむしろ家族の誰より長時間ぐっすり眠るので、母が畳の部屋で添い寝することは稀《まれ》になった。最近昼間はトイレに取り付けるおまるを何度か使えたらしい柚希も、寝るときや出かけるときはおむつをする。たまに夜中にトイレに起きるのは桂太の方だ。怖がりの桂太のトイレにできる限り付き合うのは、柚希が生まれてしばらくしてから李一に正式に与えられた役割でもある。

三枚あるはずのタオルケットが一枚ないので、押し入れの中を探すと、本来の場所ではないところに丸めてくしゃくしゃに押し込まれた三枚目を見つけた。浴衣を出そうとした母が急いでそうしたのだろう。このマンションに引っ越してきた頃の記憶はさすがに李一にはほとんどないが、なんとなく母と父と三人で畳の部屋で寝ていたことは覚えている。その頃はこの部屋で一番小さかった自分が、下から突き上げられるように今では一番大人になってしまった。だからといってアニメで見る昔のように子どもが稼ぎに出なければいけないわけでもないし、家事は基本的に母である杏子が一手に引き受けている。ただ、自分の成長とは全く関係なく部屋での立場が急変していくことに、李一はどこか不安な、何か忘れ物をして家を出てしまったときのような不思議な感覚を持っている。

「パパにスイカ切ったから食べていいよ」

いつの間にか寝ていたらしい柚希を抱えた母が、そう言いながら畳の部屋に入ってきた。どっこいしょと真ん中の布団に下ろされた野生の三男の、身体の力がすべて抜けたような気持ちよさそうな寝顔を確認してから、李一がご飯の部屋を見ると、父はスマホをちゃぶ台の上に置いて何かの動画を見ながらお好み焼きをつついている。きっと、強い男同士が本気で戦う動画だ。浴衣を先に脱ごうか迷って、畳の部屋の柚希の寝姿の横で着替え出した母と父を廊下から見比べていると、父がこちらに気づいた。

「お、リイ兄は風船作らなかったのか」

スイカあるよ、と付け加えた父に、俺はユズのシールの方手伝ったんだ、と答えた。

「ケイタもうまいけど、ユズも絵はうまい」

父にそう教えながら李一は布団を敷いている間も手首に下げたままだったスーパーボールの袋をようやく外した。ひとつ取り出して板張りの廊下の床に一バウンドさせてみると、中くらいの、中が透けないまだら模様の紺色のボールは李一の胸の辺りまで勢いよく戻ってきて、危うく取り損ねるところだった。父の横で自分が描いた、やや浮きがあまくなった風船二つと柚希の描いたシールを見比べていた桂太がこちらに興味を示したので、どれかひとつ取っていいぞと言ってボールを袋ごと渡し、先ほど取り出したひとつだけを手に持って、几帳面な長男は浴衣を脱ぐために一度母のもとに戻った。

いつもより早めに寝た李一が、桂太に揺さぶられて目を覚ましたのは日付の変わる少しだけ前だ。廊下のコンセントに挿した小さいランプ以外の電気が大体消えているので、両親もどうやらいつもより少し早く寝ることにしたらしい。眠りについてからそれほど時間が経っていないせいか、李一の視界はなかなかはっきりとしなかった。そもそも最近は徐々に黒板の文字が見えづらくなっているので、もしかしたらもうすぐ眼鏡が必要かもしれないと学校の保健師にも言われたばかりだった。

ようやくはっきりした視界で桂太を見ると、桂太が寝ていた布団の脇に、吐いたようなあとがあるのが目に入った。

「え、だいじょうぶ？」

一気に眠気が後退するのを感じながら、徐々に薄暗さに慣れていく目でもう一度桂太の顔を覗き込むと、なにやら顔が赤く、目は充血しているようだ。吐いた後に李一の方へ回ってきたらしいが、真ん中の布団の柚希は枕を無視して床を抱きかかえるように盛大に脚を広げ、敷布団に押しつけた横顔は中途半端に口を開けて平和に眠っている。

「かあちゃん呼んでくる」

目をぱちぱちさせる桂太を布団の上に残し、李一は水色のパジャマのまま廊下の電気をつけ、両親の眠るご飯の部屋の奥の方へ歩いた。普段は音をたてない床が、李一の汗で少し湿った足を置くたびにぺちぺちと音をたてる。

一緒に寝ていると思っていた両親はばらばらで、母は先ほど父がビールを飲んでいたソファに、父の方は本来の寝床でありもともとは納戸だった小さなスペースのマットレスにいるのが見えた。母のいるソファは廊下の照明が漏れてよく見える場所にあるので、李一はご飯の部屋の電気はつけずに母のもとに寄った。とっくに浴衣は脱いでいた杏子だが、どうやら化粧をしたまま眠っていたらしく、瞳を閉じた目尻に黒い化粧品の汚れが滲み、寝息は母の飲んだ缶ジュースを続けて飲んだときと同じほのかな口紅の匂いがする。

「かあちゃん」

李一は桂太が自分にしたように手を母の脇腹にあてて軽く揺すりながら声をかける。部屋と部屋を間仕切る壁が少なく、どの部屋も狭いマンションの中で、父と柚希に気を遣った低い声では力尽きた母の夢の中には届かないのか、杏子は手で鼻をこすったかと思うと再び寝息をたて出した。

「かあちゃん、ケイタが吐いた」

先ほどより喉の奥の方からはっきりした声を眠る顔のすぐ横で出すと母は即座に大きな目を見開き、何が起きたかを確認するように壁時計と李一の顔を数秒見比べて、ああともあれとも取れる寝ぼけた声を出した。

「リイ兄、どうしたの」

「ケイタが具合悪いって。部屋で吐いた」

え、と声を出しながら母は機敏に上半身を起こして目を三回ギュッと瞑り、最後にしっかり見開いて、コンタクトしたままだった、と独り言をつぶやいてから立ち上がり、小走りで畳の部屋へ行った。李一が急いで後を追うと、桂太がまた少し、掌の上に嘔吐《おうと》していた。

「ケイちゃん、どうしたの」

母は柚希が起きても可笑しくない普通の声でそう言いながら桂太を抱え、気持ち悪かったの？　と聞きながら風呂場の方に連れて行く。追いかけようにも、脱衣場の入口が狭くて三人では混雑すると判断した李一は、桂太の吐いた、少しピンクがかった黄色い液体を廊下の明かりがついた状態で再度確認する。最初に吐いたのは桂太の布団横の畳に二十センチほど広がり、布団カバーの端もその湖につかっている。李一を起こした後は李一の布団の上にいたから、掌からこぼれた透明の液体が、先ほどまで李一が頭をのせていた枕についていた。

柚希が生まれるまで、李一は小さい子どもは年から年中具合が悪いのだと思っていた。桂太は車に乗っては酔い、保育園に行こうとしては腹痛になり、昨年末の自分の誕生日の前夜は身体に発疹《ほっしん》ができて病院の救急外来に行くことになった。柚希も赤ん坊の頃は毎日ミルクを戻したり、便秘になって苦い顔をして泣いたりしていたが、二歳の誕生日を過ぎてから身体の調子が悪くなったのをほとんど見たことがない。しょっちゅう畳の部屋と廊下の間の一センチもない高さの仕切りにつまずいて尻もちをついて泣いている他は、ビー玉を飲み込んで母が慌てて病院に連れて行ったことがあるくらいだった。運よく一歳で入れた保育園でも怪我こそするが、病気で早退してきたという話は聞かない。今では、柚希の方が桂太よりずっと出かけている時間が長いくらいだ。

畳の嘔吐物はどうしていいかわからないので、濡れた枕カバーだけ剝がして、李一はそのまま自分の寝ていた布団に体育座りになって柚希の寝顔を見ていた。廊下の煌々《こうこう》とした灯りが漏れて、柚希のすぐそばに光と影の曖昧な境目をつくっている。風呂場からは何度か水を流す音と、桂太を心配する母の優しい声がした。今日母が外に干していた新しいTシャツで寝ていた桂太は、その白い、李一のお下がりではない安物のTシャツの肩口で口をぬぐったのか、着てから四時間ちょっとで洗う前よりも激しく汚した。母は再び乾燥機能のない旧式の洗濯機でそれを洗い、雨の降らなそうな日にベランダに干すだろう。

「お、リイ兄が気づいてくれたのか」

母に起こされたらしい父が腹の辺りを左手指で引っかきながら畳の部屋に身体を半分入れて

そう言った。

「ケイタに起こされるまで寝てた。この枕汚れたから」

そう答えて父に剝がした枕カバーを渡すと、父はそれをつまむように持って、脱衣場で桂太を着替えさせている母に声をかけにいった。柚希は頑として起きない。もしかしたら、すでに起きているが、目を開けて見える汚物の世界よりも、目を閉じていれば作り出すことのできる世界の方が心地よいと、光と影の境目に横たわるこの野性的な小さい動物もなんとなく気づいているのかもしれなかった。

李一がこの畳の部屋で唯一の子どもであった頃、今では子どもの前で感情をぶつけ合うことのない両親、というよりは母が、ときどき感情を極まらせて半泣きで父に文句を言うことがあった。そういうとき、李一は起きていても目を開けずに、できる限り音も聞こえないように枕に片耳を埋《うず》めていた。他のことは何ひとつ覚えていないが、その枕に顔を押し付けて、すぐ近くで起こっていることと自分を隔てていた感覚だけがところどころ身体に記憶されているのだった。今では何があっても最初に起こされるのは自分だ。杏子の祖母、つまり李一の曽祖母の容態が深夜に悪化し、母だけ東京の病院に向かわなくてはいけなくなったときも、母は畳の部屋で寝ている息子三人のうち、李一だけを起こして事情を説明した。その代わりに、父の休みに稀に計画される家族での外食の行先や、生協のカタログにあるヨーグルトの味の種類について母は李一にだけ選択権を与えてくれる。寝ているところを起こされることと、この選択の自由が実はセットになっていることに、近頃の李一はなんとなく気づいている。

母に渡されたらしい雑巾とウエットティッシュを手にした父が再び畳の部屋にやってきて、

柚希の布団を踏まないように大股で桂太の布団の脇に足を下ろし、ウエットティッシュで畳を拭いながらあくびをした。

「そっかピンクなのはスイカで、血とかじゃないよな」

あまり何事にも動じない父が、やはり特に大きく動じずに大人が拭けばすぐに片付く程度の嘔吐物をみるみる綺麗にしていく。急にまた眠たくなった李一が手をついてカバーを外した枕に頭をつけると、少し酸っぱい匂いがした。

「リイ兄悪いけど、もしかしたら母ちゃんと病院に行ってもらうかもしれないんだ」

絞った雑巾を広げて概ね綺麗になった畳をさらに磨きながら父は申し訳なさそうに言った。

「病院行くの？　血じゃなくても？」

桂太の体調不良は今に始まったことではなく、特に胃腸の調子はいつも割と悪いといってよいほどだったので、畳や枕を綺麗にして、桂太に白湯《さゆ》を飲ませて着替えさせても夜が正常に戻らないのは意外だった。

「ただ疲れてるだけだろうけどな。ちょっと熱があるとまだ一応検査しないといけないだろう。コロナまた流行ってるから。母ちゃんが運転してるときリイ兄がケイタと後ろに乗ってくれるか。ユズと父ちゃんが留守番になりそうだ」

寝ている柚希の鼻が間の抜けた音をたてたので、李一は一瞬そちらを見て、呑気《のんき》な寝顔を少し羨ましく思った。寝たふりができるほどまだ柚希は器用ではない。父の仕事用のライトバンを母が運転するのは大抵夜の緊急事態のときだけだ。父はビールを飲むが、母がお酒を飲んでいるのを李一は見たことがなかった。それどころかお酒を飲む店を経営するオガの母が、酔っぱらって帰ってくると聞くまで、女の人でお酒を飲む人がいるのを知らなかった。

自動ドアが背後で閉まった瞬間に鼻をついたのは、学校でトイレを失敗した友人がいたときに保健師が持ってくるバケツや雑巾と同じ匂いだった。歯の検査をするときも似たような匂いがする。その匂いで自分がマスクを未だポケットにしまったままであったのを思い出して、李一は慌ててそのくしゃくしゃの不織布で顔の下半分を覆った。桂太を抱っこしたまま救急窓口で人と話す母の少し後ろで、真っ黒で不気味な植え込みをガラス張りの入口の内側から見つめる。学童の本棚にあるぼろぼろの絵本のかいじゅうたちにも見えるし、巨大な犬にも見える。何回か来たことのあるはずの病院でも、夜間の入口はいつも人の往来がある正面から東側に随分離れたところにあるので、全く知らない場所に来たような気分になった。

母に後ろから呼ばれたおかげで明るい病院の待合室に入ったが、そうでなければあの黒いかいじゅうたちの中に吸い込まれていた。李一は時々、歩道橋の下の激しい車の往来やところどころホームドアのない私鉄の駅の線路、学校から学童に行く途中の道にある深くて大きいゴミ箱など、中に入ってはいけないところに吸い込まれてしまいそうになることがあった。我に返れば近づいたことすら怖いと感じるのに、車や電車の音、あるいは静寂の中で自分の意思とは関係なく足が浮いてよろけるような感覚になる。

「リイ兄、寝ててもいいからね」

母はそう言ったが、親切そうな看護師のおばさんが、おにいちゃんも入って平気よ、と言ったので李一も母の後ろに続いて殺風景な診察室に入った。ところどころに間仕切りのある広い待合室には、李一たちが到着する前からうつむいている若いおにいさんとその身体に寄りかかるおねえさん、それから李一より少し年上に見える女の子をつれた両親らしき大人がいたのに、最初に呼ばれてよいのか少し不安になって、ドアを閉める前にその人たちの表情を見ようとしたが、誰も李一たちの方を見てはいなかった。

「頭とかぶつけてないね？」

桂太を椅子に座らせるなりそう言った医者は若く、少し長めの髪の毛を全て後ろに流して眼鏡をかけた男で、家の近くの小さなクリニックのもう少しおじさんの医者と違って、子どもたちにだけでなく母にも敬語ではないなれなれしい話し方をする人だった。マスクをしているものの、医者が動くたびにタバコの匂いがする。李一が母の顔を覗き込むと、杏子もその匂いを嗅ぎ分けたようで、マスク越しに鼻でクンクンと嗅ぐ音がするのが聞こえた。

李一が生まれるよりずっと前、ホテルに就職すると同時にタバコをやめた杏子は、桂太の授乳期間が終わればまたタバコを吸おうと思っていた。ホテルでは固く禁止されていた喫煙を、大きな川のこちら側では誰も酷く糾弾したり嫌悪したりしておらず、店によっては定食を食べている真横でタバコを吸っても怒られない。ホテルの仕事を辞める代わりにそれくらいの自由は取り戻してもいい。派手なネイルでタバコを吸っていれば、堅苦しい仕事は過去へと遠ざかっていく気がした。

ただ、なんだかんだやめて十年以上経つタバコを吸う習慣が戻らないまま柚希ができて、いつの間にか喫茶店で喫煙ＯＫの表示がある店を臭いと思うようになった。息子たちを連れていればなおさら、喫煙所からはみ出してタバコを指に挟んでいる人が怖い。そう感じる自分は都会のホテルＯＬでもなければ派手ネイルの喫煙者でもない、どちらにも入りそびれて狭間《はざま》に漂っている存在に思える。李一もその弟たちも、杏子がタバコを吸っていた事実は知らない。

検査の結果を待つ間、再び待合室の同じ席に座ったので、先ほど待っていたカップルや家族も検査結果や薬の処方を待っていただけかもしれないと李一は思った。母は横に伸びるビニール素材の長椅子にケイタを寝かせて、先ほどの親切な看護師のおばさんの貸してくれた、薄いビニール袋に入ったブランケットのビニールを破いてかけた。

「リイ兄も横になる？」

ひとまず診察を終えて安心したのか、眠気と疲れが見える母の顔を見て、李一はだいじょうぶ、と答えた。

「どれくらい待つ？」

「そんなに時間はかからないんだって。最初の頃の検査はもっと時間かかったよねえ」

杏子はバッグに入れっぱなしだった携帯を取り出して、周囲を少し確認してからパスワードを入れて画面をなでた。李一には、母が父に事務的な連絡をしようとしているようには思えなかった。

病院に行こうと家を出たまさにそのとき、時計の針がてっぺんで重なってからさらに三十分近く経っていたが、すぐ近くにある月極《つきぎめ》駐車場に向かうためにマンション下の横断歩道の前に立つと、一階のコンビニから大きな声で話す女の声が聞こえ、声の主のすぐ後ろからその大声をたしなめるようなことを言うマコトさんが出てきた。話していたのはマコトさんの彼女で、いつも底の厚い靴を履いて、短いスカートやショートパンツから細い脚を出している若い女の人だった。マコトさんはすぐに杏子と李一に気づき、母におんぶされている桂太にも気づいたが、少し酔っていたからか、あるいは彼女といるからか、いつもより言葉少なめに挨拶と、何かあったんですか、というようなことだけを口にした。杏子はちょっと子どもが熱出したので念のため夜間外来まで、とあまりマコトさんや彼女を見ずに答えた。李一は母が、マコトさんがひとりのときに話すのと、マコトさんが彼女といるときにたまたま出くわすときとでは、声の高さが違うと感じている。強いて言えば、マコトさんがひとりのとき、母は父と話すときより少しすました、長毛の猫みたいな声を出す。コンビニの有料のビニール袋にパピコを数袋入れて振り回していたマコトさんの彼女は、別に変な顔はせずに会釈をしたが、視線がサンダルを履いて出た母の足元に向けられていることが、付き添いの長男には不思議だった。挨拶は顔を見てするようにというのは、遊びに行くといつも急いで玄関を出る李一に祖母が口を酸っぱくして言う小言のひとつだ。

だからなんとなく携帯画面に映っているのは、改めて桂太を心配するマコトさんからの連絡のような気がしたが、母のスマホの画面は横からは鈍く光っているようにしか見えない。李一はビーチサンダルを片方脱いで、下駄で擦れた親指の付け根辺りを人差し指で触る。押すと痛いが、血も出ていないし我慢できないほどではなかった。

「リイ兄は、来年引っ越しするとしたらどんなおうちに住みたい?」

携帯を触っていたと思っていた母が画面を再び暗くして、李一の後ろ髪を触りながらそう言った。桂太が無理に保育園に行かなくていいと決まってから、思えば母と静かな場所で二人で言葉を交わすことはとても少なくなった。むしろ、桂太にも柚希にも邪魔されない状況で母や父に小さな子どもとして扱われたのがいつまでだったか、李一には思い出せない。

「うーん、家は広いのがいいけど」

「うん、けど？」

「なんか言うのはいやだ」

夕方に浴衣を着せてくれた祖母の言葉がほんの少しだけ李一の頭の中に浮かんだが、それをそのまま母に伝えることはしないでおこうと思った。李一はいつも一定の温度で、庭に面した居間は外の空気を一杯吸い込んでいて、どんな洗濯機でも置けるくらい広いお風呂場と脱衣場がある祖母の家が好きだった。でも、自分が口にすることで、母や桂太の思いがどうあろうと、瞬く間に現実のこととして実現してしまいそうなことを、あえて言葉にするのは嫌だった。夕飯にサイゼリヤを選ぶか商店街の方にある中華屋さんを選ぶか、それを聞かれることも最初は好きだったのに、最近は聞かれない方が楽だと感じる。一度李一の意見でスパゲッティを食べて、もともと食欲がなさそうだった桂太が取り分けられた分をだいぶ残した上に、ちょうど今夜と同じように夜に胃の調子を悪くしたこともあった。

「なんでよう、教えてよ」

母は無邪気に、携帯を一度バッグにしまってから李一のおなかの辺りをくすぐった。李一はキャッと声を出して、その声が自分の思う自分の声よりもずっと高いのに少し驚いた。逃げるように身体をずらすと間仕切りで見えなかった一角から子連れの家族は消えているのがわかった。うなだれたおにいさんの方は相変わらずほとんど動かずに下を向いていたが、おねえさんはトイレに行ったのか、あるいはお金でも払っているのか、姿が見えない。桂太はぐっすりと眠ってしまったようで起きる気配がない。李一はこの広い広い待合室で自分が一番無力な子どもであると気づいた。

「ケイちゃんは二階のおにいさんに会えなくなったら悲しむね」

母はくすぐるのをやめて桂太の寝顔を一瞬見下ろすように確認してからそう口にする。先ほどまで母が触っていた後頭部やおなかの辺りがじんわりと温かいが、母はもうどこも触っておらず、目も李一の顔を見てはいなかった。

「超寂しがるよ、でも引っ越しても絵の教室行けば会えそうだよ」

「またご近所さんだったらね」

母もやはり寂しそうな顔でそうつぶやいた。マンションがなくなるのであれば、住民全員がマンション跡地の近くに引っ越すのが当然だと李一には思えたが、母の口ぶりからするとそうでもないのかもしれない。

「眠くなってきた」

李一はマコトさんについての会話を終わらせて小さな子どもがそうするように手の指をまるめて目をこすり、母の顔を見上げて口を大きく開けてあくびをしてみた。待合室には窓がないので外のかいじゅうは見えない。

501号室
十七歳はこたつで美白に明け暮れたい

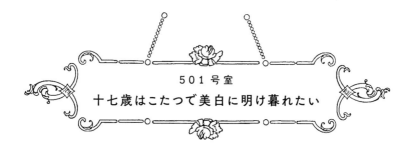

一途で思い込みが激しくてしつこい女の歌のせいで世間の蠍座《さそりざ》に対する印象が定着してしまったことを、羽衣《うい》は恨みがましく思っていた。そもそもサソリなんて星座や干支《えと》の中でも抜群に毒が強く、有害な感じがするわけで、さらにあの歌のせいでおどろおどろしい印象がぬぐえない。大体ミカワさんは蠍座じゃないし、女でもないし、どうせ他人事だからあんな妖艶な声で、笑えばいいわ〜なんて歌えるのだ。恋愛に興味のない本物の蠍座の女としては全然笑えない。ひとこと言ってやりたいのに、検索してみると奴の名前を冠したラーメン屋は二年前から閉まっているようで、ついでにウィキペディアページを開いたところ、彼が今年もう七十一歳になっていたことを知った。

——うっそ、五十くらいかと思った。

羽衣の母は四十三歳だが、よく三十代にしか見えないと言われることを、本人も当然のように受け取っている。実際、羽衣が高校に上がるタイミングで目黒区から今の家に引っ越したとき、入学式で見た他の子の母親たちの老けっぷりは衝撃だった。もともとアパレルブランドでデザインの仕事をしていたこともある母は、最近ではSUPヨガを教えるようになってますます肉体美に磨きがかかっている。周りの四十代がラッシュガードにスパッツのような格好でしか行かない海やプールにも、平気でスポーツ系ブランドのビキニを着ていくし、日焼け止めを塗っても年中こんがり焼けている肌は今のところ目立つ皺もない。引っ越した年の夏に一緒に市民プールに行ったときには監視員に臍ピアスを外すように注意されていた。大学生以上でプールの監視員に注意される人間を、羽衣は母の他に見たことがない。

——それにしてもオバアより年上か。

羽衣はオバサン臭い溜息をついてスマホのウェブページを閉じ、そのまま画面も暗く落とした。もうすぐ年が明けるというのに無駄な時間を過ごしてしまった、と思い、ますますミカワ氏を嫌いになりそうだったが、たしか来年七十歳になるはずの祖母よりも高齢の人を嫌っては、なんか悪いことをしている気分になる。高齢者苛《いじ》めはいけません。それにミレニアムベイビーの羽衣はつい先月十七になったばかりで、一の位と十の位を入れ替えると七十一だと思うと、少しだけ親近感を覚えなくもない。蠍座のイメージに迷惑する十七歳も大変だが、ヒット曲〝さそり座の女〟のイメージが強すぎる七十一歳にもそれなりの悩みはあるような気がする。

スマホをベッド脇の充電器に繋いで床に足を下ろし、特に意味もなく両腕を上に伸ばして左右に傾けるヨガのようなポーズをとった後、やはり充電用コードを外してスマホを手に持ち、母のいないリビングに向かった。リビングと言っても本来は小さな食卓をひとつ置けば十分なキッチン一体型の狭い部屋だが、前の家にあった、流木にガラス板を載せたような低いテーブルをどうしても置きたかった母は、かつてそのテーブルの横にあった大きな白い革製ソファの代わりに、木と布でできたラブチェアを買ってきて、すぐ横の流し台やガス台とは高さもデザインもちぐはぐな、目黒区風のおしゃれな一角を作った。羽衣の部屋とリビングを隔てる壁際にはこれもやはり木製のやや不安定な棚が配置され、その上には母が海で見つけて自分で乾燥させた流木や貝殻が飾ってある。

中高一貫の女子校の受験に失敗した羽衣は、滑り止めに受けた少しランク下の私立には行かずに地元の公立中学を選んだため、ほとんどの友人は都心にある都立か、高校から募集のある私立の高校へ進んでいる。人によっては大学附属の女子高を受けて毎日神奈川県まで通学している例もあるようだったが、川を渡ったこちら側の県の、しかも県立高校に入学したのはもちろん羽衣だけだ。そういう意味で羽衣には抵抗する理由や父と暮らすことを選ぶ理由を並べようと思えばいくつでも並べられたのに、引っ越した後もダサくて古いマンションにいちいち文句をつけて、ダイニング・キッチンに流木を運び込むような稚拙な抵抗を続けているのは母の方だった。羽衣の唯一の希望だったペット可の条件を母が重視してくれることはなく、結局飼っていた猫のツムギは父がそのまま引き取った。

母はおしゃれな人だ。友人もおしゃれな人が多く、冬なのにデザイナーズホテルに併設されたカフェの温かくも美味しくもないヴィーガン・プレートを「Sunday Lunch」なんてキャプションをつけてインスタにアップしていたし、かつては家具をイタリアから取り寄せると言って、家族にテーブルなしの生活を二か月も強要していた。母の三つ年下の妹である麻衣《まい》ちゃんは、夏に一緒にディズニーに行ったとき、羽衣が着ていたステラ・マッカートニーのワンピを見て、「私より高い服着てる！」と驚いていたが、それらも全部母の趣味によるもので、羽衣は韓国の通販サイトの服の方が好きだ。

流木テーブルにスマホをリングで立てるようにして置き、何か見るあてがあるわけでもなくユーチューブを開いて、一番上に表示された動画をタイトルも見ずに再生する。違法にアップロードされたテレビ番組らしく映像が不安定で音も悪かったので、すぐにアプリごと落としてテレビをつけると女の演歌歌手がちょうど歌い終えたところで、羽衣は母に出かける直前に紅白の録画を頼まれていたのを思い出した。以前は目黒の家の二階に置いてあったこのテレビには全録機能がなく、母は時折目的の番組の録画予約をしているようだが、羽衣は予約機能自体使ったことがない。前のリビングにあったものの方が色々な機能が充実していたはずだが、ここに持ってくるには大きすぎたので父が持って行ったはずだ。

今からでも録画して、一応努力はしたという記録を残した方がいいだろうか、と一瞬思ってリモコンの番組表のボタンを押したが、やはりあと五分も経たずに番組は終わるし、母が安室奈美恵の特別ステージ以外の場面に興味があるとは思えないし、そもそも正月にこんなに幼い娘を放って友人と温泉に行くような女には録画ボタンを押すコンマ数カロリーすら割きたくない気がしたのでやめた。本当は先ほどベッドで延々とミカワ氏について調べる直前、インスタのストーリーに何人かが純白の安室奈美恵の動画をあげていたのを見て、羽衣は録画のことを一度思い出していたのだった。しかし引退前に純白のドレスで登場した安室ちゃんだって、家庭を崩壊させた不倫オバサンに録画で消費されたくなんかないだろう。実際、何人もが感動のステージを十秒ほど切り取ってインスタにアップしているそのすぐ後には、母がアップした山梨らしき場所のおしゃれカフェのカプチーノとそれに添えられた黒糖が表示された。母は女友達といるときは馬鹿のひとつ覚えのように集合自撮り写真をストーリーにアップする。テーブルの上の食べ物や景色だけがアップされているときは男といるときだ。

――蠍座より獅子座《しし ざ》の方が余程恋に溺れる体質だよ。

テレビの中では司会者がくだらない視聴者投票の結果などを発表し出したので、羽衣は結局一度もリモコンを下に置かずにテレビを切って、キッチンの方を見ると電子レンジの上に、昼間探して見つからなかったスイスミスのココアの箱があることに気づいたので、ラブチェアを離れてバルミューダのおしゃれケトルに水道水を入れてお湯が沸くのを立ったまま待った。注ぎ口が細いものじゃないと嫌だと言う母が選んだケトルは沸くのが遅い。羽衣は大抵湯気が出てきたところでケトルを持ち上げてしまう。ウォーターサーバーを置いてくれるように頼んでいるのに、「そんなの置く場所どこにある?」と母は冷たくあしらう。流木テーブルをシンプルな食卓に替えればウォーターサーバーどころか駅などにある自販機すら置ける気がするが、口喧嘩の嫌いな羽衣はそう口答えをしたことはない。

バルミューダがシュウッと音をたて始めたので羽衣は電源ボタンが戻っていないことは構わずにケトルを持ち上げ、スイスミスを入れた厚手のカップを手に持ったままお湯を注ぐと、人差し指の付け根に熱い水滴が跳ねた。熱いとは思ったが、そんなことくらいで羽衣はバランスを崩したりしない。適量のお湯を入れてカップをかき混ぜると、先ほどと同じラブチェアの左側に座り、リングで立てたまま画面が暗くなっているスマホを手に持った。カップに口を付けると、ゆっくりと少しだけカップを傾けて温度を確認しながらココアを唇に当てる。表面に浮かぶマシュマロのひとつを吸い込むようにして一口飲み、満足してカップをガラス板に置いた。母がいるとすかさず藁《わら》のような素材のコースターを差し出されるが、いないときにそんなものを使ったことはない。

スマホを手に持ったまま少しだけ固まったように動作を止め、やはり気になるので羽衣はもう一度インスタを開く。フォローはしていない、しかし何度も繰り返し見ているので検索画面にするだけで表示されるマントヒヒみたいな顔の男のアイコンを手で触る。プロフィールページが表示され、何かしらのストーリーがアップされているのを示す色が、ＳＵＰボードのアイコンを囲んでいた。母は羽衣がこの男を突き止めていることを知らない。最初に発見したのは中二になったばかりの頃で、目星をつけたこの男のアカウントを父に教えたのは他の誰でもない羽衣なのだ。母は、インスタのストーリーを頻繁に閲覧している、アイコンがイラストの鍵アカウントが羽衣だということすら気づいていない。ちなみに母のアイコンはわざとらしく顔を寄せ合って映っている母と高校に上がったばかりの羽衣のツーショットだが、羽衣はそこに母の愛情を感じるには十七で色々と知りすぎた。

男のプロフィールページに戻り、そのままチェアに胡坐《あぐら》をかくようにして上げた太腿の内側にスマホを置くと、羽衣はもう一度スイスミスを口に含んだ。カチンと音をたてて再度ガラステーブルにカップを戻した後、意を決してストーリーを表示させるためにＳＵＰボードをタッチした。高速道路を走っている車から撮ったらしい流れる景色が十秒流れ、横文字で描かれたワイナリーの看板の静止画像が映し出された後、あえて目線を外し、壁に寄りかかるようなファッション誌インスパイアなポーズでハットを押さえて立っている母の写真に切り替わった。男はどうやら車どころか車の免許も持っていないようで、二人で出かけるときは母が運転している。助手席のポケットから、羽衣が買ったことのない外資系メーカーのミントの空き容器が出てきたことがあるのも、ここのところずっと助手席の足元のマットの端にビーチの砂がこびりついているのも、きっと母は知らないし、指摘したところで涼しい顔で無理のある嘘を並べるだろう。

羽衣がデジタルネイティブ世代特有の勘で男のアカウントを割り出した頃は、母も男も相手の写真こそ載せなかったものの、数日ずらして京都の南禅寺だと明らかにわかる写真を双方がアップしたり、ときには共有したらしい同じ写真をストーリーに載せたりはしていた。父と離婚してからは男の方は平気で一緒にいる写真や母をモデル風に撮った写真を上げるようになり、母の方もより一層の匂わせ写真を投稿している。旅行に行くのも、人を愛するのもどうぞご勝手に、と羽衣は思っていたが、インスタは一体誰に向けてアップしているのだろう、と見るたびに苛々する。それでもただでさえ気に入らないマントヒヒをもっと嫌いになりたくて、ついついチェックしてしまうのだった。

画像が切り替わらないよう画面を指で押して、母がハットを押さえた画像をじっくり見てみる。真冬なのに薄着で、麻素材のバッグなんか持って、おしゃれというよりもはやこれではハワイのロコかLAガールワナビーという感じだが、一六五センチ以上あるすらっとした体型で、なおかつお尻が小さいせいか、スニーカーを履いていても様になるのはLAガール並みでさすがだとも思う。しかしやはり目線を外して足を片方だけ少し持ち上げたポーズは、プロのモデルとカメラマン以外が真似すると、少なくとも身内には滑稽に見える。先ほどから耳の内側で微《かす》かに鳴っていた〝さそり座の女〟のメロディが、歌詞を伴って耳鳴りのように流れてきた気がした。

気がすむまで笑えばいい、というような内容の歌詞を自分でも小さく口ずさんだ後、羽衣はお尻をずらして、大人二人がぎりぎり座れる程度の幅しかないラブチェアに丸くなるように横になった。足を折り曲げてクッションに横顔を埋めるこの体勢は、身体半分が布に埋もれるからか、古いマンションで寒い日にテレビ画面で映画を観るときには最適で、大きなソファで寝っ転がるよりも安定すらしている。スマホの画面をくるくると操作して、再びウェブブラウザを立ち上げ、ミカワ氏のウィキペディアページを無視して検索バーに「獅子座　性格」と打ち込んだ。検索をかけるといくつかそれらしいページ候補が表示されたが、「自信家」と「自由人」の二語が見られただけで満足したので、そのままページは開かずにスマホを股に挟んで、横になったまま目を閉じた。ココアが半分以上残っていることも、トイレを含めてすべての部屋の電気と暖房がつけ放しになっていることにも気づいていたが、フリースの部屋着はそここそ暖かく、急速な眠気が襲ってきたので素直にそれに従うことにした。

三が日を過ぎるまで母がいないのをいいことに、大晦日の深夜を皮切りに、羽衣はその後もソファの上で多くの時間を過ごした。暖房の温度設定を高くしたままつけ放しにして、フリースの上下の上からさらに母が自分用に買ったタオルのような素材の丈の長いパーカーを着ていれば全く寒くはなかったが、眠るとき用に一応布団は持ってきておいた。ベッドの脇のコンセントに挿さっていたスマホの充電器はリビングにある明るさも高さも中途半端な見栄えだけいい電球スタンドのコードを引っこ抜いたところに移動させ、ついでに母と共有している主に動画を見るためだけの韓国製のタブレットも流木テーブルの上に設置した。それとテレビを合わせれば二十四時間退屈で死にそうになることはない。父の実家からは十月の終わりに正月の誘いがあったが、友人らと約束があるから、と言って断ると祖父母は結局グアム旅行に行くことにしたらしい。テレビの制作会社に勤める父はどうせ今年も仕事だ。

元日はテレビをつけていると思いのほか次から次にバラエティが始まって、いつもより多くある気がするCMの間はトイレに行って友人からのメッセージに返信するのにちょうど良い長さだったので、動画を漁《あさ》る必要すらなかった。中学の友人たちも、こちらの高校の友人たちも、正月は暇を持て余している者が大半で、グループチャットはせわしなく通知を繰り返している。時々話題に上がる恋愛リアリティ番組に興味はなかったが、元日のテレビは友人たちの家でもついている場合が多いようで、何度か話題は同じ芸人のネタについてなどでリンクした。たしか年末の流行語にもノミネートされた黒髪ボブの女芸人が可愛いので、羽衣が中学の同窓五人のグループチャットで黒染めをして髪を切ろうかなと何気なく話すと、家族でハワイに行っているはずの中学時代の親友である千紗《ちさ》も含めて全員から反対された。千紗がチャットに登場したのは今のところその「ないない、てゆうか多分ブルゾンもカツラじゃない？」というひとことだけだ。

二日の昼になるとテレビが突然あまり面白くなくなったので、夕方までずっとタブレットでパズル系のゲームアプリをいじっていた。他のゲームはスマホに入っているのに、このゲームだけタブレットでダウンロードしてしまい、スマホに移行しないまま勝ち進めてしまったのだ。いつも以上に友人たちとのメッセージのやりとりが頻繁で、さらに母が突然電話を鳴らしてきたりするので、タブレットでやるゲームの方が都合がよい。ラブチェアの木の部分に頭を載せて時々身体の向きを変えてパズル対戦を続けていると、一ゲーム終わるごとに窓の外が暗くなっていくのだった。

ひとつのキャラクターを最高レベルまで育てたところで飽きて、ちょうどバッテリー残量も少なくなったタブレットをひとまず流木テーブルに戻し、少し眠ると外はすっかり真っ暗になっている。日が短くなったのかと思ったが充電器に繋いだスマホをそのまま持ち上げるともう九時だった。冷凍庫を開けると、あとひとつあると思っていたケンミンの冷凍ビーフンが、外装袋だけ残してもうなくなっている。母はか弱い娘を放置する罪悪感を埋め合わせるつもりなのか、出かける前に三万も置いて行ったが、出前を取るにはもう時間が遅い気がしたし、そもそも三が日に世の飲食店が出前をしているのかどうか、羽衣は確信が持てなかった。羽衣は食べることにあまり興味がない。インスタ映えするスイーツや、母のようなおしゃれでナチュラルなイイ女フードにも興味がないが、かといって高カロリーのフレンチや松阪牛《まつざかうし》にも、焼肉食べ放題に行くとかいうことにも特に惹かれたことはない。出されればあまり好き嫌いはないし、千紗や高校で一番仲の良い琴美《ことみ》のように年がら年中ダイエットをしているわけでもないのだが、気づくと夕飯を食べそびれていることはよくある。母が時折、わざわざ地方から食材を取り寄せたり、新しくできたスイーツ店に一時間かけて出かけてさらに一時間並んで食べたりするのは、羽衣にとっては全く理解不能な行動だった。

そんなわけで出前を調べてみるほど切羽詰まって空腹を感じていない羽衣は、下のコンビニでサラダと肉まんでも買ってくることに決め、仕方なく五十時間以上着たままだったフリースの上下を脱いだ。デニムとスウェット素材のトップスに着替え、髪のべたついたのが目立たないようキャップをかぶって、迷った挙句にダウンは羽織らずにスマホと現金の両方をポケットに入れて鍵をかける。部屋を出たところで共用廊下の柵から道路を見下ろすと、いつもなら帰宅中の人がまばらに歩いていそうな時間帯なのに、大型犬を散歩させるおじさんがひとり見えるだけだった。

——別に普通の街だけどな。

母は追い出されるように離婚した自分の責任は棚に上げてよくこのマンションに悪態をついている。ぼろいとか住民の民度が低いとか一階のコンビニの品揃えが悪いとか言いたい放題で、稀に駅から一緒に歩いたりすることがあると、その悪口は町全体に波及していく。スーパーにパクチーやディルが売っていない、パチンコ屋に並んでいる人の顔がこの世の底辺って感じだ、犬猫までなんかダサい、私鉄の満員電車で会社に通う人の気が知れない、国産車しか走っていない、などなど。ときには友人との電話で具体的に引っ越しの計画などを話している様子だが、その割には昨年、モデル時代の後輩だというライターのアユちゃんに同じマンションの空き部屋を紹介して呼び寄せていた。たまたまこの近くのビストロで再会したらしい。十年以内に取り壊される予定のこの賃貸マンションの家賃は破格で、母も知り合いの不動産屋に見つけてもらったのだった。

——人に教えてもらっておいて、しかも友達に紹介しといて悪口言うのはどうなんだろ。

マンションを紹介したこともそうだが、アユちゃんの彼氏はそのビストロのシェフだかオーナーだかなので、母が近所に冴えない店しかない、と文句を言うとき、羽衣はいつも少しハラハラしている。アユちゃんが半年ちょっと前に引っ越してきた頃、一度だけ羽衣と母と三人で彼氏のビストロでご馳走になったことがあるが、目黒の家から一番近い似たような店よりも美味しかったし、アユちゃんの彼氏は去年見た男の中で一番美男子だった。そのときとその後一回、アユちゃんは雑誌の編集部や取材先でもらう新発売の化粧品をごっそりくれて、羽衣はそれが今後も続くと思って気前よく琴美たちと山分けしたのだが、思えばそれ以来、あまり会う機会がなくなった。母と同じく、あまり地元にはいないようだった。それに、たまたま再会しただけで、もともと母と特別仲が良かったわけではないのだろう。

母の自己中で若干ヒステリーな性格は父との結婚式でのエピソードでよく知られているので、若いときから変わらないのだろう。友人の中でも一番乗りの二十四で結婚した母は結婚式ではしゃいでいた父の同僚に腹を立て、ホテルのチャペルから披露宴会場に移るタイミングで、ご祝儀の入ったロック付きの箱からその同僚たちの名前のものを探し出し、父に「これ付き返して帰れって言ってこい!」とすごんだらしい。父は懐かしい話として笑って教えてくれたが、羽衣は子どもながらにドン引きした。私だったら絶対友達になれないタイプだなと感じている羽衣はいつも、そんな獰猛《どうもう》なボス猿みたいな母とそれなりに友人付き合いしてくれる人たちにインスタ越しにささやかな感謝の念を送っている。幼い頃は、母が時折気まぐれで褒めてくれたり、可愛いーと言ってくれたりするのが嬉しくて、母に対して媚《こ》びることをやめられなかった。中学に上がると、母の理不尽な気分の揺れが憎らしくなり、父が母に気を遣っていることが妙に腹立たしかった。急にSUPに目覚めた理由がどうやら男にあると女の勘が働いたのも、憎らしい母の弱点を見つけようと目を凝らしたからかもしれない。

そもそも結婚式でふざけた同僚たちというのも、前の方の席に座って、誓いのキスのタイミングで立ち上がって男同士で一斉にキスし出したというだけらしく、特に誰を傷つけたわけでもない。父と母の誓いのキスを邪魔したわけでもない。本当に全員ゲイで、感動して愛する人とキスしたくなっただけかもしれないし、同性婚が認められない日本でせめて友人の結婚に便乗してチャペルでキスしたかった可能性だってなくはない。羽衣が母の怒りを理不尽だと思うのは、大切なものを傷つけられたとか、大きな権力のせいで弱い者の命がないがしろにされたとかいう理由ではなく、単に自分自身の思い通りにいかなかった、という怒りだからだ。ただ、それらに対する苛立ちも、母が父と離婚し、羽衣自身も高校に上がると次第に収まった。母はこういう人なのだし、自分は友人でも恋人でもなく娘だから、成人するまでは刺激しない程度の会話で付き合い、あとは適当に距離をとればいい。新しい地元の高校の友人の母親たちに比べれば、見栄えがよくフォロワー数も多く、お下がりでももらえるものが諸々《もろもろ》おしゃれなものである分、利用はできる。イエベ日焼け肌の母に対して、ブルベ美白派の羽衣は冷めている。

コンビニに入るとレジのところに羽衣がこのマンションで唯一可愛いと思っているウサギ顔の女の人がいたが、お正月だからかいつもより顔面偏差値が八ポイントほど落ちている気がした。それでも真っ白なつるつるの肌は健在で、羽衣は思わず彼女の籠に入っていたのと同じカップの春雨スープを真っ先に自分の籠に入れ、サラダのコーナーにはめぼしいものがなかったので、なんとなくおにぎりを手に取り、やっぱり気分が乗らないのでビニール袋に入った蒸しパンだけ籠に入れてさっさとレジに持って行った。ホットスナックはそこそこ補充されているが、見かける店員の中で一番感じの悪い女の人だったので特に買わずにスープとパンのお金だけ払う。羽衣は平日の夜に見かける中国系の店員が一番仕事がデキる人だと思っていた。割と最近見かけるようになった、ちょっと派手な大学生風の若者の仕事ぶりも悪くはないが、混雑具合や客層を見て手の動きを速めたり逆に丁寧にしたりできる中国系の人の方がキャリアで勝る。お正月だし実家のある国に帰っているのかもしれない、でも中国ってお正月が他の国とずれてなかったっけ、と思いながら外に出ると、横断歩道の向こうに先ほど上から見えた、犬種のわからない黒っぽい犬が見えた。おじさんだと思っていた飼い主はジャンパーを着たおばさんだったので、羽衣はなんとなく気まずく思って下を向いて住居のエントランスの方へ歩いた。

琴美から上野のバーゲンに行こうとDMが来たのは、夜にコンビニで買った蒸しパンを、トースターで一瞬温めてココアと一緒に流木テーブルに運んでいる最中だった。

春雨スープを食べた後、タブレットの充電をしている間にスマホでインスタをなんとなく眺め、先ほどまでとは違うLINEのゲームをしていたらいつの間にかやはりラブチェアで眠っていた。丸まった体勢で三日連続眠ったせいかさすがに背中が痛くなって目が覚め、顔のすぐ近くにあったスマホを見ると早朝五時半。そこからなんとなく再び目を閉じたり、やはり首と背中が痛いので一度体勢を起こして伸びをしたり、数件未読があったグループのメッセージを読んだりして、ココアのためのお湯を沸かしに立ち上がったときも六時半になっていなかった。

パン皿とカップを流木テーブルに置き、音のしたスマホを見て「え、今日？」と返信すると、珍しく琴美が電話をかけてきた。

「驚き。起きてたの？　まさか徹夜？」

早朝だからか少しトーンを落とした琴美の声はスピーカーではやや聞き取りづらい。

「いや、昨日の夕方から寝すぎて目が覚めたところー。今からパン食べる」

トースターから出したてのパンを触ると絶妙な温度だったので、スピーカーにしたままのスマホに大きめの声で喋りかけて、羽衣は両手で蒸しパンを二つに割った。

「今日だよ、今日。昨日からバーゲンやってる。上野じゃなくてもいいよ。そっちの駅からだと出やすいかなと思って上野って言っただけ」

琴美の家は羽衣の住んでいる場所より私鉄だと三駅分東京から離れているが、ＪＲとの乗換駅でもあり、都営地下鉄の終点でもあるのでこの辺りだと一番交通の便がいい。

「いいよ、そっちまで一回出れるよ。なんでコトミンも起きてんの」

「似たようなもん。田舎帰ったりしてる奴が多いかなと思って暇してたけど、そういえばウイちゃまは留守番とか言ってたと思って。ママ旅行でしょ？」

羽衣からすると十分田舎である地元で、「田舎に帰る」という表現には引っかかったが、祖父母の代から同じ場所に住んでいるはずの琴美にそれを突っ込むのは危険な気がして、そうだよ、とだけ返事した。

「もしかしたら例のブサイクと一緒かもって言ってたじゃん」

琴美が一層声を落としてそう言ったので食べながらだとさすがに聞き取りづらく、羽衣は仕方なく一度ココアで口の中のパンかすを胃に流し込んでからスピーカー機能をオフにしてスマホを耳にあてた。

「ビンゴだったから。インスタスクショとった。後で見せる」

「マジで。ちょっと早めに待ち合わせ希望」

入学当初、羽衣は親が最近離婚したことだけを友人グループには伝えていたが、一年の夏休み明けにはすでに母親の男の話をするようになり、二年に上がるタイミングのクラス替えで運よくまた同じクラスになった琴美を含む新たなグループには時折その男の写っている写真やインスタのスクリーンショットをグループチャットに送信していた。

フライング不倫ではあったものの、一応離婚が完了した今、母に恋人がいることは仕方のないことだと思っている。羽衣の中学の友人にはもともと片親の家庭の子もいて、そういう場合は親に特別な恋人がいることは不思議ではない。それにニュースや漫画を見る限り、幼い女児と母親の男との悲惨な事件は悲惨も悲惨で悲惨すぎるので、今のところ父にはもちろん母にも母の男にも虐待されていない自分はマシな方だ。しかし羽衣は、母が多くの時間を一緒に過ごし、どうやら新しく二人で会社を立ち上げようとさえしている男のマントヒヒ顔が心の底から気に入らなかった。友人たちに見せても、誰もがブサイクとの評価をするので、別に母とどうこう以前にブサイクなのだと思う。ただブサイクならば全然いい。そもそも羽衣はキザなアイドルかブサイクな芸人かだったらブサイクを選ぶタイプだった。ただし、生理的に受け付けない顔というのはあって、今でしょ!の人とこの男だけは許せないのだった。しかも、今でしょ!の人のような才能や財力は全くなく、車もなければたしか高卒だし、おそらく年上の女に寄生するような人間だ。横暴なボス猿とその恩恵にあずかる姑息なマントヒヒ。羽衣の想像力の及ぶ範囲でこれ以上最悪な組み合わせはない。

母の二つ年上の羽衣の父は、少なくともやや下品な中学生女子に「ウィのパパとならパパ活したーい」と言われる顔で、長身で服装は高級志向、学歴こそないが順調に出世してそこそこの高収入だった。父と比べていいところがひとつもない男に家庭を壊されただけでも恨む理由は十分なのに、さらに自慢するように母の写真をアップするなんて本当に許しがたい。羽衣の中でこの男への憎悪が膨らむと同時に、母の性格に対して持っていた不満や憎しみは和らいだのだが、それがブサイクや貧乏人と熱愛報道があって一気に好感度が上がる女子アナやタレントに対するものと似た効果なのかどうかはよくわからなかった。母がこの男と別れてくれれば羽衣は次にどんな男を連れてきても受け入れるつもりですらいた。

琴美の家の近くの駅ビルに入っているカフェで十時に会う約束をして羽衣は電話を切った。いい加減お風呂に入るきっかけができたし、新宿方面に出るなら、去年から話題のウユクリームが買えるかもしれない。出かけるのを楽しみに少しだけぬるくなったココアを口に含み、蒸しパンの残りの半分を口に入れると、中の方がやや冷たくて、羽衣にはそれがちぎって置いておいたからなのか、トースターに入れた時間が短かったからなのかは知るよしもなかった。

＊

ゆっくり湯船に浸かった後に服を選ぶと何かと失敗することが多いので、羽衣はあえてタオルを身体に巻き付けた寒々しい格好のまま髪を乾かし、けばくならないよう細心の注意を払ってBBクリームとアイブロウとマスカラだけの簡単なメイクを済ませた。そうやって十分身体が冷えてからタイツやニットを着たにもかかわらず、駅までの道のりを歩くと腋や胸にじんわり汗が滲《にじ》み、駅の階段を上ってホームに立つと今度は耐え難いほどの寒さに震えた。冬の朝風呂は今後余程の特殊事情がない限り避けるべき、と心に誓って踵を上げたり下げたりしながらなんとか外気に耐えて電車を待った。

――サウナかこたつに入りたい。

流木テーブルに折り畳み式の鏡を立ててメイクをしている最中、なんとなくつけていたユーチューブの動画では、整形顔の元読モがこたつに入ってコスメの解説をしながらメイクしていた。寒さを紛らわせようと、自分がこたつの中にいる姿をなんとか脳内でイメージしてみるが、想像すればするほど足先が凍るように冷たくなっていく気がして途中からはマフラーに顔を埋めて無心でいるようにした。

イメージがうまくいかないのは考えてみれば当然で、羽衣がこたつに入った回数は十七年間の人生で十に満たない。覚えているのは家族で訪れた山形のひなびた温泉宿に掘りごたつがあったことと、中学の友人である千紗の部屋にやぐらタイプの簡易でおしゃれなものが置かれていたことくらいだ。たしか小学四年か五年のときに行ったその温泉宿のこたつがあまりに幸せ空間すぎて、羽衣はその後とりつかれたように母にこたつをねだった。中学に入り、掘りごたつを後から作るのは現実的でないことはわかったが、千紗が姉と共有する部屋に置いていたこたつを発見してから再び、今年のクリスマスプレゼントはおしゃれなこたつにして、と千紗の部屋の写真を見せながらねだってみたが、母は絶対に首を縦に振らなかった。

そんなとき母はいつも、妹の麻衣ちゃんが持っていたサンリオのキャラクターがついた学習机の話をする。母や麻衣ちゃんが小学生の頃、サンリオや任天堂のキャラクターのついた学習机が大流行して、麻衣ちゃんはそれがどうしても欲しいと言って買ってもらったものの、中学に上がるとその机が子どもっぽくて恥ずかしかったらしく、キャラクターのところにポスターを貼って隠していた、その点母は親に買い与えられた極めて普通の木目の机を使っていたので全く恥ずかしい思いをせずに長く愛用した、という話だ。母はいつも誇らしげにそれを語る。ただ、羽衣にはその話とこたつを置いてもらえないことが、どう重なるのかいまいち腑に落ちないでいる。こたつはキャラクター机とはむしろ真逆のもののように思えて仕方なかった。

三が日の午前中の下り電車は比較的空いていて、羽衣はドアのすぐ横の座席に浅く座った。ひとつ隣のドアのところに、坊主頭の若い男の人が立っている以外、乗客は全員座っている。母は電車で立っているとインナーマッスルが鍛えられると信じているらしく、指定席がある長距離移動を除いて空いていてもほとんど座らない。坊主頭の人も何かスポーツのトレーニングをしているのかもしれないが、その割には姿勢悪くドアに寄りかかっている。ヒーターのきいた座席は温かく、ドアが閉まって外気が遮断されると、冷え切って硬直していた背筋や腰の辺りも徐々に柔らかくなっていく気がした。

スマホを取り出して画面に触ると、二分前にメッセージが来たことを知らせる通知が表示されていた。琴美からの、もう駅ビルに着いたけれどちょっとだけ本屋に寄ってくる、という旨の連絡で、文章末尾に思わせぶりなハートマークがついているので、それが琴美の好きな塩顔俳優に関する用事なのだとすぐにわかった。琴美は一年の頃のオリンピック期間中は水泳選手について騒ぎ、M－1が盛り上がるとお笑いの人に熱をあげ、ドラマを見れば出演俳優の顔面に順位をつけるような素直なところがあるが、一貫してさっぱりした顔が好きなところだけはぶれない。羽衣も濃い顔や西洋風の顔より琴美の好きそうな塩顔の方がいいと思っていて、母の男について、耐えられないブサイクだと最初に同意してくれたのも琴美だった。日焼け肌のそのブサイクは世に色々いるブサイクの中でも目が大きくまつげが長いタイプのブサイクなのだ。

今電車もう乗ったから五分で着くし本屋まで行くよ、とメッセージを作っているうちに電車はすでに二つ目の駅に着きそうだったので、今電車もう乗ったから、の部分だけ削って送信した。ドアが開くたびに冷気が舞い込んできてやはり寒いが、窓から見える空は寒さに不釣り合いなほど青く澄んでいる。昨日保存したスクショの他に、男が母の様子をストーリーに上げていないか確かめようとインスタのアプリを開いてみたが、母も男も新しく何か投稿している様子はなく、ハワイ旅行中の千紗のアイコンを触ると、エルヴィス・プレスリーの格好をした白人男性とのツーショットがアップされていた。


息を止めるようにして改札を早歩きで通過し、階段を下りてJRの駅と一体化した駅ビルまで歩くと電車内で緩んでいた上半身が再び寒さで硬直していくのがわかった。本屋はカフェのあるフロアのひとつ上の階に入っているので、階段を上りながらスマホを取り出すと、メッセージを送るまでもなくこちらに向かってくる琴美の姿が目に入った。少し底に厚みのあるブーツに分厚い黒いタイツを合わせて、ダブルボタンがついたワンピース風の赤いコートを着ている。迷った挙句にダウンではないフード付きのコートにしてよかった、と羽衣は思った。あの赤いコートの横に黒いダウンで並んだら、なんだかとても不釣り合いだ。

「もう本屋いいの？」

階段を上りきらずに立ち止まり、羽衣がそう声をかけると、琴美は下唇を突き出して眉を八の字の形にした変な顔をしながら足早に駆け寄り、羽衣のすぐ横に来てから、まだなかった、と声を出した。

「発売日五日だからもうあると思ったんだよ」

目当てはやはり好みの塩顔俳優が表紙に大きく載った映画雑誌だったらしい。羽衣は映画や動画を見て、かっこいいなと思う顔があっても、画像検索でいくらでも顔の出てくる俳優の写真が載っているという理由で雑誌を買う精神性はよくわからない。

「お正月だからまだ入荷する業者とか休みなんじゃない」

「でも、ものって絶対休みの日の方が売れるじゃん。なんなら年末に入荷してるのかと思ってた」

「それじゃあ発売日の意味ないじゃん。そもそも雑誌って、十月号が八月末に発売したりしない？　あれ意味わかんない。じゃあ何月号ってつけなくてよくない」

「次の号が出るまで売り続けるわけだから、最後に買う人も古く感じないような仕組みになってるんだよ。そもそも服とかさ、八月末に八月っぽい夏の服買わないじゃん。先のもの買うわけだから、その頃のファッション載ってる号ってことでいいと思うけどな」

「でもなんか自分が置いてかれて、時間だけさっさと過ぎ去ったみたいな寂しい感じするな」

琴美の解説になるほどと納得してしまったものの、なんとなく羽衣は最後まで反対の立場を保ちながら、今しがた一人で上ったばかりの階段を今度は二人でドスドスと下った。階段を下りながら喋るときの声は大きくなる。もともと割と大きい琴美の声は、上の階にも下の階にも響き渡っている気がした。

自宅付近や駅周辺の道はまだ通常よりも人通りが少ない気がしたが、駅ビルは混んでいる。野菜や肉などを売るスーパーマーケットのエリアは特に混んでいて、周辺の和菓子屋や雑貨屋のテナントもつられてごった返している。レストランエリアに入るとさすがにまだ行列などができている店はなかったが、一番手前のカフェの中は午前中にしてはかなり人がいて、片側がソファになった一番いい席はすべて取られていたので、仕方なく羽衣たちは通常の小さなテーブルとあまり座り心地のよくない椅子二脚がセットされた席に上着を置いた。

「私アサイーのやつにしよ」

注文カウンターで前にいた一人客の会計を待つために後ろに並ぶと琴美がそう言ったので、羽衣もメニュー表を見上げる。琴美の言う栄養価が高いのであろうドリンクはいかにも冷たそうで、羽衣は思わず寒くなりそう、と言った。

「ウイちゃま寒がりだよね、私冬でも夕飯の後はアイスだよ」

琴美が先に注文してスマホの電子マネーで支払い、続いて羽衣がホットココアを頼んだ。コーヒーは牛乳が入っていようが豆乳やアーモンドミルクが入っていようがアイスクリームが載っていようがあまり好きではない。コーヒーゼリーも風味の付いたチョコレートや飴《あめ》もあまり得意ではない。味が嫌いというより、ちょっと具合が悪くなったり後味が異様に気持ち悪かったりするので体質に合わないのかもしれないと思う。母は朝に一杯だけコーヒーを淹れるが、昼を過ぎたら喫茶店に入っても飲まない。きっとこういうところでは、琴美が頼んだような美容系のドリンクを飲む。

「これお年賀代わりー」

カウンターの近くで待ってからドリンクを受け取り、席に座ると琴美がトートバッグから小さな赤い紙袋を羽衣の目の前に出した。

「え、なに可愛い。私なんも持ってきてない、気が利かなくてすまん。コートと同じ色じゃん」

「このコート、ママの」

光沢のあるぱきっとした赤の紙袋を開けてみるとイケアのジップ付きビニール袋の中に、さらに薄い紙で包んだアクセサリーらしきものが入っている。店内は席の間隔が狭く、飲み物を買っている間に隣の席が運よく空席になったのでとりあえず羽衣は自分の鞄をその席の椅子の上に置いた。混んできたらどかせばいい。母の知人がデザイナーをしているネット販売限定ブランドのバケツ型のバッグは、薄くて柔らかい革が使いやすい。高校生の娘さん用に、と夏にサンプル品を送ってくれたのだ。サーモンピンクは確かに年中日焼け肌の母よりも色白の羽衣に似合う。

「あ、もしや最近コトミン作ってるって言ってたやつ」

「そうだよ、一回貴和製作所の講座行って作り方習って。道具はママと共用だけど。というか母親が買って、今のところ私が使ってる。これくらいのものなら無限に作れるよ。パーツとかそんな高くないんだよ、丸カンとか五十個入りで百円とかだし」

薄い紙を開くと、タッセルのついた引っかけるタイプのピアスが一組と、コットンパールを繋げたキャッチで止めるピアスが一組入っていた。羽衣は中三になった頃、目黒の皮膚科で両耳にひとつずつピアスホールを開けた。母親には、原宿にあるニードルで開けるピアッシングスタジオがいいと言われたが、すでにピアスを開けていた何人かの友人はみんな皮膚科で開けたと言っていたし、なんとなく針で突き刺すよりピアッサーの一瞬の痛みの方が怖くない気がした。

琴美の母親は若い。羽衣を二十六で産んだ母も今どきの母親の中では若い方だろうけど、琴美の母親はさらに若く、まだ三十代か、今年四十になるか、たしかそれくらいだと言っていた。父親は羽衣の父よりも年上で、なんとなく聞いた話ではバイトと店長のような間柄として出会ったらしかった。琴美は母親と仲が良い。羽衣が母や母の男の悪口を言うと、大抵の友人はなんとなく話を合わせて親の悪口を言うが、時折無理やり悪口を絞り出しているように見えることがある。そういうとき、羽衣は別に合わせてくれなくていいのに、と感じる。離婚の話をしたときも、両親の不仲や親族の離婚を持ち出して同じテンションで話してくる同級生は多かった。そんな中、琴美は家族の仲が良いことを一切悪びれない。羽衣は彼女のそういうところを、他のクラスメイトより少し信頼しているし、良い家族のもとで育った者独特のまっとうな正義感を眩しいとも思う。

実際、何度か家に遊びに行ったが、琴美は特に母親とは姉妹のようにふざけ合っていて楽しそうだった。叱ることくらいはあるのだろうが、結婚式でブチギレる羽衣の母のような癇癪玉《かんしやくだま》は持っていないだろう。別にそれは琴美と羽衣に根本的な違いがあるとか、二つの家庭の成り立ちがあまりに違うとかそういうことではなく、母親の性格と相性の運でしかないと羽衣は思っていた。相棒と仲の良い刑事もいれば、あくまでビジネスライクな刑事もいるし、前の相棒とは仲良かったけど配置換えで新しく相棒になった人とは全然ダメ、みたいな人もいる。多分。

「それで、スクショってもしやえぐいツーショットとか？」

よく見ると羽衣にくれたものと色違いのタッセル付きピアスをしている琴美が、太いストローでアサイーのなかなかえぐい色の飲み物を一口飲んでから聞いた。羽衣も自分のしていたシンプルな星形のピアスを外して、タッセルピアスをつけ、お揃い嬉しい、と言いながらカップのココアをすする。

「ううん、ブサイクが撮った母親の写真」

「げ、それを男の方がアップしてたの」

「そうだよ、キモイでしょ」

羽衣が隣の席に置いたバッグに手を伸ばしてスマホを取り出し、カメラロールを開いて一番下に出てきた昨日のスクショを見せると、琴美がスマホを受け取りながら、ひえーともはあーとも聞こえる声を出した。

「いや、ウイちゃまのママは美人でスタイルいいと思うよ、でもこういうのアップする神経ってどんなだろ。略奪したぜ俺、ドヤ、みたいなことかな」

「誰に向けてなんだよ、ってのがほんと謎」

「ひーくんとアオイちゃんのインスタすらちょっと引くのに」

琴美と羽衣の一年のときのクラスメイトで、入学後初めてできた同級生カップルである浩也《ひろや》と葵《あおい》は、クリスマスにお揃いのバングルをアップしたり、二人で行ったらしいディズニーでの仲の良さそうな写真をアップしたりするが、自分で撮った恋人のワンショットを上げているのは見たことがない。浩也が撮ったらしい葵の写真は無数に葵のアカウントの方に並んでいる。

「うちの親の写真よりはマシだけど、全然。ひーくんキモくないし。でもあの二人も別れたら全部消すのかなとか思っちゃうな」

「それなー。でもあの二人、親同士も仲いいし結婚しそう」

「だとしたら子どもとかにさー、ママとパパの高校時代のデート写真ーとか言って見せるのに使えるよね」

　コートを椅子にかけて座っていても店の中は別に寒くない。その割にココアは急速に冷めて、すでにごくごく飲める温度になっている。家で入れるココアはかなり時間を置かないと冷めないのに、それよりも濃くてドロドロしているはずのお店のココアがどうしてこんなに早く冷めてしまうのか、羽衣は不思議だった。

　何か通知が来たのか、琴美が自分のスマホに目を落としたので、なんとなく羽衣もつられてスマホのロックを外すと、先ほど表示して見せた母のモデル風ポーズが表示されて滅入《めい》った。急いでカメラロールを閉じた瞬間に、スマホが一瞬フリーズしたように止まった後、着信を知らせる黒い画面に切り替わる。大きく表示された「真美子《まみこ》氏」は母の名前だ。琴美の方を見ると琴美も顔を上げて、着信？　と聞いてくる。

「母親からだけど。とりあえずいいや」

　羽衣はそう言って、隣の席のバッグを膝の上に引き上げてスマホをしまう。まだ何席か空いている席はあるものの、入ってきたときよりは少し人が増えたので誰かが席を使うかもしれない。スマホの入ったバッグを膝に抱えたままココアのカップを再び持ち上げると、先ほどまでじんわり温かった取っ手の周りがすでにぬるいを通り越して冷たい。構わず口に運んだが、冷めたココアは一口がいつまでも口の中に残るほど甘かった。

「コトミンのとこ、こたつないよね？」

カフェで二時間粘った上に、どこに行くかという話をさらに三十分ほどして、地下鉄のホームに降り立ったときには一時を過ぎていた。新宿ならJRでも一本で行けるが、都営地下鉄の方が少し安い。階段を下りている最中に再度母親から着信があったので出ると、明日の朝ではなく、今晩帰ることにした、ということだった。布団だけは自分の部屋に放り投げてきたが、携帯の充電器や食べかすやタブレットはそのまま流木テーブルに置いてあるので、できれば自分の方が先に家に着くといいなと羽衣は思った。今日は琴美と買い物行ってくる、と言ったら、母はふーんとなぜか面白くなさそうな声を出して、戸締りだけ気をつけてね、あと火の元、とテンプレなことを言ってさっさと電話を切った。明らかに地下鉄の駅のアナウンスや車両が入ってくる音が聞こえているはずなのに、今から戸締りに気をつけるにはどうすればいいのかよくわからないし、そもそも羽衣は時々鍵やスマホを忘れて出かける母よりずっと戸締りや火の元について慎重だった。

「え、こたつ？」

並んで座れた地下鉄の座席で、手袋を外しながら琴美が言った。内側のグレーのファーが手首の上に少し見えるデザインの手袋は、よく見ると黒い布地に黒い刺繍《ししゅう》でバーニーズのロゴが描いてあるのでこれも多分母親のものなのだろう。

「こたつこたつ。テレビの前のテーブルとか、あれこたつじゃないよね」

「あ、そういえば前はあったわ。あのテーブルに替える前、たしか冬はこたつになるやつだった。今はもうない。なんでこたつ？」

「こたつ絶対最強にあったかくない？」

琴美の家はそれほど古くない一軒家だが、四人で住むにはかなり狭い三角形のような造りで、たしか一階は狭いキッチンとトイレとお風呂の他にはテレビと低いテーブル、それから座椅子みたいなソファがあるだけだった。二階に二つある部屋の片方を琴美と琴美の弟が使っている。でも弟の勉強机は一階のテーブルの端っこを活用、みたいなかなり無理やりな配置だ。

「いや、あったかいけどその分エアコンの温度低めにしてたからみんなこたつから出られなくなってたよ。それで次はこたつ機能なしのにしようってことになった気がする。こたつ買ったの？」

「ううん、欲しい」

「あ、猫飼ってたんだっけ」

「前にね。でも前の家もこたつなかった。人生で持ったことない。憧れ、こたつ」

「猫にはこたつだよね」

琴美が横にいる羽衣の顔ではなく前をまっすぐ見て真顔で変なことを言うので、羽衣はなぜかそれが妙に可笑しくて、引きながらなるべく大声を出さないようにして笑った。

「え、変？　こたつって猫とセットじゃない？　あと蜜柑《みかん》」

「蜜柑はわかるけど、猫はただのあの歌に出てくるからじゃん、完全に引っ張られてるって。ああ苦しいツボった」

「ご飯どうする？　新大久保でなんか食べればいいか」

琴美は少しだけつられ笑いしてから気を取り直すように聞いた。琴美のアサイードリンクはドロッとしてボリュームがありそうだったし、羽衣も冷めたココアを一口ずつ口に入れ続けたので今のところ何か食べたいという気にはなっていなかった。買い物を済ませた頃には多少おなかが空いているだろう。そうだね、と言いあってしばらくしてから琴美は思い出したように、一人用のこたつ、前になんかで見たよ、と言った。

新宿ではルミネを回り、琴美がスウェットのワンピースを試着したものの結局何も買わず、スニーカーを見たいという話になって寄ったABCマートでもさんざんあれこれ喋りながら回った割に、二人とも特に何も買わなかった。ルミネは各店が福袋や目玉のセール品を前面に出して、店員がいつも以上に増員され、忙《せわ》しなく接客していたし、ABCマートでも鏡の前や試着用の椅子のところでは絶えず人が動いていた。これ可愛い、確かに、履いてみよっかな、という話にはなるのだが、履いてみると、でも結局白のコンバースで事足りそう、とか、去年そういえばエアマックス買ってまだあんまり履いてないや、と買わない理由が色々と口から出てしまう。その点については羽衣も琴美も似たような温度だった。

「クリスマスのときの話したっけ」

歌舞伎町を通って新大久保の方へ坂を上りながら羽衣は半歩前を歩く琴美に話しかけた。琴美が覚えているような思い出しかけているような微妙な顔をしたので、アイシングクッキー、と付け加えようとすると、ほぼ同時に何かを思い出したのか琴美の顔がぱっと明確な色に変わり、あーうちらにくれたやつの話、とそれまでよりやや大きい声で言った。

「あれ美味しかったー、ディーンアンドデルーカだったよね」

「それを、母親に持ってかれた話」

「え、あれ、なんか間違えて捨てたのとは別の？」

「それはカナちんの誕生日のとき」

二学期の試験最終日、羽衣は琴美たち一年のときに同じクラスだった仲良しのメンバー七人でカラオケでクリスマス前夜祭と称して打ち上げを予定していた。一年のときはプレゼント交換をしたのだったが、プレゼントは人によって好きなものも欲しいものも違うから誕生日に統一しようということになって、今回からはお菓子とか配る系でいいよねという話になった。七人がそれぞれ、普段コンビニで買うよりちょっとしゃれたチョコやディズニー土産のクッキーなどを、カラオケの店員に持ち込みがバレないように鞄や紙袋に忍ばせて持ち寄って、その場で食べたり持ち帰ったりした。羽衣は一枚一枚ビニールに入ってリボンが結ばれたアイシングのクッキーを人数分買っておいた。母親と麻衣ちゃんと八重洲《やえす》で会ったときに自分の分を含めて七枚買って、準備しておいたのだ。十種類以上あるアイシングの絵柄から、じっくり時間をかけてクリスマスっぽいものを選んだ。

「あれさ、アヤネがインフルになってなかったら自分の分なかったんだよね。母親の目の前でちゃんと数確認して買ったのに、多分彼氏か、もしくは仕事の人に会うのにちょうどいい手土産みたいなの買う暇がなかったんだろうね。母親が勝手に一枚持ってったの」

「マジか。聞かずに？」

「聞かずに。いなかったから、って、別に電話でもなんでもかけれるじゃんね。ほら、試験前の日曜うちとカナちん、コトミンの家で勉強してたじゃん。あの日だよ、で、当日うちが学校行く直前に袋の中確認して、え、一枚減ってるって言ったら、あ、そうだこないだちょっと急ぎだったからもらった、とか言って」

「人数分なかったらダメなやつだもんなー。ちょっと酷いかも」

「そうだよ、旅行土産とかで、明らかに大入りで適当に入ってるやつじゃないじゃん。自分の分買ってたからまだよかったけど、もし六枚しか買ってなくて、その場で気づいたら超きまずいじゃん。いじめかよってなるよ」

「自分の部屋に置いてたの？」

「いや、キッチンの近く。涼しいとこって思って」

「今後は自分の部屋だな。でも万が一またそういうことあったら、うちナシにしてもいいからね、代わりに翌日蜜柑でもくれればいいよ」

「なんで蜜柑」

「こたつの話からずっと蜜柑食べたいんだけど。後でお店入ったら蜜柑のなんかあるかな」

琴美がやや大げさに蜜柑、にアクセントを置いて喋るので、羽衣はまた引き笑いが止まらなくなった。

アイシングクッキーの件もそうだし、一年で同じクラスだった夏南《かな》の誕生日もそうだ。誕生日は大抵、六人で相談して割り勘でひとつのプレゼントを買って当事者に渡すことにしているが、夏南のときはそれぞれが化粧品を買おうということになった。夏南が部活の後に化粧をしているのを見るといつも試供品を使っていたため、奴に必要なのは化粧品！　という話になった。ベース担当だった羽衣は韓国ブランドのＢＢクリームをネットで買って、後でラッピングしようと思ってテーブルの上に置いておいたら、母がゴミと間違えて捨てたのだ。羽衣にだって父にだって、そういう凡ミスはある。クッキーだって、頼み込まれたら自分の分は今度買ってもらうっていう約束でいいよと言ったかもしれない。母が人と違うのは、責めると絶対に謝らないことだった。ああごめん、と最初に言ったとしても、その後になじると、色々言い訳を並べてすかした顔をしている。クッキーのときは、じゃあ今から買ってくればいいの？　それで学校に届けるの？　と逆ギレされた。羽衣は母を絶対に友達になりたくないタイプだと感じている。母は羽衣をなんか難しい子だと思っている。でも、もう慣れてはいるので、いつまでも引きずりはしない。あの男と別れてくれたら全部許してやる。

行ったことのあるコスメ屋は遠いので、税務署通りから脇道に入ってすぐのところにあった割と大きい韓国化粧品のセレクトショップに入ると、ウユクリームは探すまでもなく一番目立つところにマカロンタワーのように大量に陳列されていた。行きの地下鉄の中で羽衣が騒ぐので、琴美もスマホでユーザーレビューや商品説明を読んでいた。ひとつだけあったテスターは中身が綺麗になくなっていたが、羽衣は迷わず手に取った。

「試さないでいいの？」

琴美は興味はありそうな、でも買うほどの情熱はなさそうな顔で箱をひとつ手に取って成分表のような表示を見ようとするが、箱の裏の表示は全てハングルで何が書いてあるかわからない。その代わり商品の近くに立ててある日本語のポップと、雑誌で取り上げられたときの切り抜きらしきものを熱心に読んでいるようだった。

「いい、これ絶対欲しかったの。容器も可愛くない？」

「容器は普通。あ、色は可愛いかも」

羽衣はウユクリームを手に持ったまま、結局箱をもとに戻した琴美と店内をうろうろと見て回り、貼って剝がすと色がついているタイプのリップティントや、小さいパールが入って少しだけ肌が光る下地クリームをテスターで試し、途中でおばさんの店員に買い物かごを強制的に渡された。芸能に詳しい琴美があれは誰だこれは誰、と店内に貼ってあるポスターや広告記事のアイドルを指さして話し、後ろにいた大学生くらいのカップルの女の方に少し笑われていた。

琴美はお年玉の、羽衣は母の置いて行った三万円のおかげで、今日はあまり値段を気にせず欲しいものが買えるはずだったが、欲しいものが詰まっているような場所も、足を踏み入れるとひとつひとつは何か欠点があって、見ていて楽しいが買うほどではない。結局、羽衣はウユクリームとビタミンと書かれたシートマスク五枚入りをワンセット、琴美はシアバターのシートマスクとアボカドの絵が描かれたボディクリームをひと瓶買っただけだった。でも、羽衣は満足だった。親の手を離れて友人と買い物に行くようになった中二の頃は、余計なものを買って、帰りにやっぱりいらないかもと思うことが多かった。今は前々から欲しかったものや本当に必要なものがもう少しちゃんと見分けられる。ウユクリームを早く試してみたくて、店を出た後も何度か袋の中の箱を触った。

母から再度電話がしつこく鳴ったのは、割と何でもある韓国料理屋で最初に頼んだトッポギと韓国風のケーキみたいな卵焼きがなくなり、もう一品追加するか、カフェに移動して甘いものを食べるか相談しているときだった。トッポギの量が思いのほか多く、羽衣はすでにメニューを見る情熱が残っていなかったが、琴美はキンパかスンドゥブのどちらを頼むか迷っているようで、結局隣のテーブルにスンドゥブが運ばれてきたのを見て同じものを頼んだ。椅子の背もたれに押し付けるように置いたバッグの中で、スマホが振動をやめるのを確認してから取り出したのに、ロックを外した途端に再び震え出した。真美子氏が連続でかけてくるときは大抵出るまで止まない。

席に設置された端末でスンドゥブを注文してなお飲み物やデザートのタブを色々と押してメニューを見ている琴美に、ごめん母親だから出ていい、と確認してから通話ボタンを押すと、もしもし、も、自分が今どこかも言わずに母は、いまどこー？　と聞いてきた。

「まだコトミンと一緒。ご飯食べてるの」

「新宿で？」

「新大久保だよ、化粧品見てた」

羽衣がよく見ている美容系チャンネルのヨガ講師兼モデルの人は、紫外線は最大の敵、五万の美容液より日傘、と言っている。五万の美容液なんて本当にあるのかどうか知らないが、科学的にはそうなのだろう。確かに小学生の頃に真っ黒に日焼けしてピースサインをする羽衣の写真は、父に似た少しだけ横広の鼻のせいもあってとても田舎臭い。あれで白い肌だったらまだ少し都会的な児童という感じになっていたかもしれない。ヨガモデルの肌はライトに照らされているとはいえつるつるで真っ白でとても綺麗だし、紫外線が田舎臭さを演出するだけでなく、皺を作り、肌細胞を傷つけ、シミやそばかすを作るのは羽衣でも知っている。ただ、肌の手入れには時間をかけているとはいえSUPやボディボードばかりして日焼け肌が通常運転になっている母の肌は今のところ四十代には見えないほどハリがある。

羽衣が幼い頃、一時的に主婦業に専念していた頃の母は、モデル時代と同じく色白で、でも母の肌が綺麗なんて思ったことはなかった。だからと言って母のスタイルが衰えないのも、肌が輝いているのも、あのブサイクとの恋のおかげだなんて絶対に言わせない。現在では都内に店舗がなくなってしまったが、割と人気のあった小さなアパレルブランドでデザインをしていた頃の母は、仕事が忙しいときでもいきいきとして家族のことも手を抜かなかった。母の若いときのモデル仕事は何度か見たことがあったが、それでもSUPヨガを教えている姿が初めてアウトドア系雑誌のウェブ版に載ったときは、羽衣も父もその肉体美を褒めた。もともとうっかり忘れものをしたり、時間に遅れたりする粗野さはあった母だが、生活があまりに雑になり、明らかに自分のミスが招いた事態について謝らなくなったのは、仕事のせいではなく多分男のせいだと思う。

「迎え行けるかも、と思って。何時までいる?」

「まだわかんないよ」

トッポギも卵焼きも驚くほど早く運ばれてきたので、スンドゥブも多分すぐに出てきそうだが、それでもこの後、さらにデザートを食べるとかカフェに寄るとか、それを決めるためにきっと羽衣と琴美はまた三十分くらいは話し合う。

母は新宿ならあと一時間くらいで行けると言ったが、羽衣は残りの今日の予定が、母の車の到着場所と時間に縛られることになると案じてちょっと答えあぐねていた。

「コトミンと一緒だし」

端末メニューのドリンク一覧を真剣に見ている友人を一瞥してそう言うと、グアバジュースを指でタッチした琴美は羽衣に、ほとんど声を出さずに口を大げさに動かして何か頼む、と聞いてくる。羽衣のグラスには最初に頼んだとうもろこし茶がまだ半分残っていたので首を横に振った。

「コトミちゃんも送ってあげるよ、今ちょっとひとり友達乗ってるけど、」

「なんで、じゃあいいよ、いい、いい、いい、いい!」

母の話を遮るように羽衣が大きな声を出したので、琴美も端末から手を放してちょっと気まずそうにほとんどなくなった自分のグラスを傾ける。氷をつたうように山ぶどうジュースが細い線となって琴美の唇に数滴届く。

「なに、ちょっと興奮しないで。友達と会えって言うんじゃなくて、友達いま乗ってるけど、目白で降りるからコトミちゃん乗れるよって意味だよ」

「ううん、いい、大丈夫、まだもうちょっとゆっくりするかもしれないし。コトミンと電車で帰るし」

羽衣はまだ話を続けようとする母の制止を遮って、半ば強引に電話を切った。運転中であろう母が、イヤホンではなくスピーカーで電話しているのではないかという考えが頭をよぎって、先ほど変に声を荒らげたことを後悔し、最後は素っ気なく冷静な声を出した。琴美は運ばれてきたスンドゥブを真ん中に置き、店員に取り皿を要求して、机に備え付けられたカトラリーの籠から柄の長いスプーンを二本出すと羽衣に渡してくれた。

「食べよ、ちょっと食べれるっしょ」

「食べる〜。辛そうで美味しそう」

店員はすぐに少し深さのある取り皿を持ってきて、続いてまたすぐ別の店員がグアバジュースを運んできた。店員は全員細身の若い男で、揃いの黒いTシャツを着ている。琴美が、ジュース持ってきた人カッコよい、とひそひそ声で言ったので、羽衣は短く声を出して笑い、歩き去る店員がこちらを向くのを期待して待ってみたが、振り向いた店員は目尻が少し下がっている以外は特徴のない顔で、他の店員に比べてそれほど目立つ感じもしなかった。


午前中に琴美と待ち合わせた駅までまた一緒に地下鉄に乗った。食べ過ぎたし歩こう、と言って新大久保から歩いて新宿三丁目の駅で乗ったせいか座席は微妙に埋まっていた。一人分のスペースが空いているところはところどころ目についたが、結局森下という駅で二人の立っていた扉近くのおばあさんとおばさんが降りるまではドアに寄りかかるように立ち、行きの電車ほどは饒舌《じょうぜつ》に喋らず、扉が開いたときに寒いね、とか、向こうに座ってる人の髪の色すごいね、という短い会話をいくつかした。座席に座ってもそれは変わらず、あと二駅で降りるというときになって羽衣はスマホを取り出し、画面に表示されている通知は無視して、通販アプリを立ち上げた。

「ね、一人用こたつ、で出るかな」

にやっとした笑顔で琴美を見ると、琴美はさらに元気そうな笑顔になって、出ると思う！と言って一緒に画面を覗き込んだ。

「何？　買っちゃう？」

一緒に悪だくみをするような顔で琴美が楽しそうにするので、羽衣は次々に商品が表示される画面を勢いよくスクロールした。

「めっちゃ種類ある。この机型のやつとか、学校の机これにしてほしい」

「寒いよね教室。ヒーターの横の席の奴、うらやましすぎる。この小さいちゃぶ台みたいなのとか、どこでも置けそうだし収納できそうだよ。なんか私も欲しくなっちゃう」

琴美はそう言ったが、きっと買わないだろうと羽衣は思った。弟と共有している部屋は狭いし、家族でご飯を食べているのであろうテレビの前のテーブルは端っこに落書きを消した痕が少し残る以外は、まだ新しくて丈夫そうだった。それに、羽衣の個人的な買い物に、結構気に入っていそうなスウェットワンピですら結局買うのをやめた琴美を付き合わせるのは申し訳ない。

「私、これ買うわ」

かなり後ろの方までスクロールして見つけた、ピンク色の短い長方形のこたつテーブルを指して羽衣は言った。商品を指でタップしてページを開き、下までスクロールしていくと、ご丁寧に中綿の入ったピンクのこたつ布団や白いフリルのそれがおすすめとして表示される。テーブルと布団を合わせても、一万五千円で足りてしまう。

「あえての白、可愛いと思う」

琴美が興味深そうにスマホを持つ羽衣の手首を少し触りながら少し大げさに画面を覗き込む。

「うちもそう思った。ベッドと机の間に置けるし、これなら一人暮らしするときも持ってけるよね。軽そう」

「いいじゃん。でも決めるの早っ」

ひとまず商品をカートに入れ、代引きで購入してしまおうとも思ったが、後でコンビニで専用のギフトカードを買うことにして一旦アプリを閉じた。今度は、直前でやめたり、一晩考えなおしたりせずに絶対買おう。羽衣は固く決意した。ウユクリームと食べたものの代金を入れても思ったよりお金は使っていないし、祖父母がハワイから帰ってきたらお年玉ももらえるだろうから今月は金銭的には相当余裕がある。試験期間中から休んでいた寿司チェーンでのバイトも新学期とともに再開する。

琴美も羽衣も笑顔で、しかし一日中喋り倒して少し疲れていたので、残り一駅となってからは二人とも黙ったまま、羽衣はなんとなく父と協議離婚した直後の母のことを思い出していた。今の家への引っ越しの準備をしているとき、手伝いに来てくれた妹の麻衣ちゃんに、母は「自分の人生」というような言葉を使って低いトーンで何か喋っていた。自分の部屋で持っていかない古い服などをゴミ袋に分ける作業をしていた羽衣は、真横のウォークイン・クローゼットでの二人の会話を、断片的にしか聞いていない。羽衣が大学に行くまで待てばいいのに、と言う麻衣ちゃんに、母は別に大学に行くって決まってないでしょ、高校出るまで、って言えばいいじゃん、となぜか少し苛々した様子で語っていた。最初は人の言葉尻を捉えて文句を言うところが母らしいなとしか思わなかったが、羽衣の人生をこうして当たり前、という型にはめないであげてほしいという意味でもあるような気が、後からちょっとだけした。

それは父にさんざん浮気をなじられて、仕事のことも若干ディスられて、自分の両親にはもっと責められていた母が、結婚の型を破った自分の選択を肯定する詭弁《きべん》だったのかもしれない。でも結局羽衣は、悪いことをしていないのに家庭を壊された父より、一日三食食べなくても、眠くないときに寝なくても、テンプレで小言を言わない母と暮らすことに最後まで迷いはなかった。友達にはなりたくないタイプで、時々本当に人の気持ちをおろそかにするけれど、なんとなく一緒に暮らすのは母の方だと確信があったし、ブサイクなマントヒヒと母がなるべくべったり一緒にいないように画策したくもあった。相手があのマントヒヒでなければ、母がしていることは、そこまで全ての人に責められることなのかどうかもよくわからなかった。今のところ羽衣は結婚にも恋愛にもあまり現実感や興味が持てないが、それでもただでさえ味方の少ない母をあんまり孤立させて否定すると、自分の人生が限定されてしまうような恐怖も少しだけあった。ボス猿な母の自己中っぷりは、羽衣の最大の苛立ちポイントでもあったが、その迷惑なほどの自由さは自分の今後の自由を保証するような予感も少しだけある。


地下鉄を降りて私鉄に乗り換えるために一度地上に出ると、都心とは違う色の夜が駅前を覆っていた。琴美が私鉄の改札までお見送りする、と言った後、あ、と低い大きめの声で言って一瞬だけ立ち止まった。

「どっかで神社くらい寄ればよかったよね、初詣」

すぐにまた歩き出した琴美が、悔しそうな顔を作ってそう言った。羽衣は神社と寺の区別が未だによくわからないほど神頼みと縁遠いが、おそらく家族でもう初詣くらいは行ったのであろう琴美が大晦日から引きこもっていた自分にそう言うのなら、ちょっと行っておいた方がいいような気分になった。

「学校始まる前、空いてる日ある？」

改札のすぐ手前で羽衣がそう聞くと、琴美は、てか全部ヒマ！　と言って、立ち止まって手を振った。羽衣はスマホを改札機にあてて中に入ってから、ありがと、連絡する、と言って、こちらが立ち去らない限り琴美が動かなそうなので背を向けてホームまで小走りで向かった。電車に乗ったら母から入っているであろうメッセージを確認し、急いで自宅マンションの下のコンビニでカードを買って帰ろう。すでに半分こたつを手に入れた羽衣は、高校の卒業式まで、あるいはもう少し今のマンションに住み、母とブサイクを別れさせるか、あるいは完全に切れないにしてもあまり時間を使わないよう目を光らせ、大事なものはキッチンや流木テーブルに放置せず、ウユクリームを使い切って美白肌を手に入れる暮らしの計画がようやく動き出したようなちょっと逞しい気分だった。

——とりあえず紅白の録画だけは一応言い訳しよう。一回だけ謝ろう。

早くコンビニに着きたかったのに、私鉄の来る時間をホームの掲示板で確認すると、まだ八分も先で、羽衣はホームの自販機の周囲を、寒くないように早歩きでぐるぐる回った。

309号室

三十三歳はコインロッカーを使わない

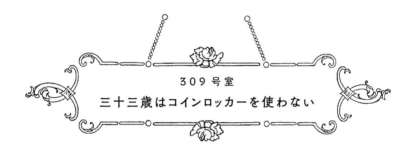

久しぶりに本名で呼ばれたことに気づいたのは、風林会館一階の薬屋で虫刺され用の塗り薬を選んでいる最中だった。とは言っても歌舞伎町でよく聞くその響きのせいで初めはどこか別の店のホストか誰かのことだろうと見向きもしなかったのだが、三回続けて名前を連呼する声が徐々に自分の方へ近づいていることに気づいて初めて春樹《はるき》は新ウナコーワクールの箱から目を離して顔を上げた。先ほど見たウナコーワαとの成分の違いは結局よくわからない。先週買った液体ムヒSとは何が違うのか。そういうことを酔った頭で考えているので顔を上げても眉間に皺が寄ったままだった。

「ハルキさんだ、やっぱり」

見覚えのある、しかしどこで見たのかの記憶は薄い若い女の顔が春樹の手前一メートルを切った辺りで止まる。派手な若い女だらけのこの時間でもかなり際立つ美形の童顔だが、黒髪ツインテールはやりすぎな感じがしてあまりそそられない。

「わかります？　セリです」

春樹が虫刺されの成分について考えていた顔のまま、どこで会ったのか思い出そうと口を少しだけ開けて二秒ほど黙っていると、それを見かねたのかツインテールの女は自分から名を名乗った。職業柄女の名前を覚えるのは得意だが、本名で呼ばれる間柄にこんなに若い女がいるとは思えない。店の社長がハルさんと呼ばれている三つ年上の男なので、店の客で春樹を本名で呼ぶ女はいない。同棲までした元エースですら、ハルって言うとハルさんの顔思い出すし、と言って最後に売掛《うりかけ》を残したまま姿を消すまで源氏名で呼んでいた。

「おお、一瞬わからんかったわ、いつぶりだっけ」

どこの誰かを思い出せないまま一つ二つヒントを引き出そうとなんとなく口を動かしてみる。手に持っていた新ウナコーワクールの箱が、クールの名に似合わず温まってきた気がして、一瞬女から目線を外して棚に戻した。どこかの女の家に忘れたのかまだ二回しか使っていない液体ムヒSが見当たらないのでどうせなら別のものを買ってみようかと思ったが、とりあえずそう急ぐわけではない。

「二年以上ぶりですよ。うちが大学の卒業式の直前だったから二〇一七年でしたよね、あれから実家帰ってないんですか」

客との関係性が思い出せないときに使うヒントを引き出すための口の運動が功を奏して、目の前の女のことをはっきり思い出した。父親の葬式で久々に実家に戻ったときにうっかり手を出した、春樹の実家と同じマンションに住む女子大生だ。それがわかればそのときの会話や性感帯まですする思い出せるのはここ十年で鍛え磨き上げられた春樹の才能だ。とはいっても春樹ではない方のハルさんのように、女を見送ったタクシーのナンバーまで記憶するような芸当はできない。以前はこの街で天下を取るくらいの気概があったものだが、最近はそういうことのできる人との間に越えられない隔たりを感じるようになった。

「おお、無事卒業して今はＯＬさん？」

目の前の女にそう言ったものの、目の周りの不自然なピンク色も目尻が跳ねたアイラインも、会社員という感じはしない。店に来たらそれなりに金づるになりそうな匂いがするし、アイドルっぽい黒髪と眉毛の辺りで揃えたバングスはホスト受けがよさそうでもある。そもそも、もともと大した面識があったわけでもない、数年ぶりに里帰りした明らかに昼のまともな仕事をしている出《い》で立ちではない男を、会ってすぐに部屋に入れてしまうのだから不用心なところがあるのだろう。寂しがり屋で不用心なウサギ。そういう危なっかしさは川の向こう側にある実家周辺ではくすむが歓楽街深夜二時のドラッグストアでは眩《まばゆ》い。

「会社、すぐ辞めちゃったんですよ。今またコンカフェで働いてて」

「マジか。コンカフェってこの辺の？」

「いや、上野の。そこ右に出てちょっと坂上がったところに系列店があって、今日ミーティングついでにヘルプで出てました」

セリと名乗る女の手には特に何の商品も握られていないので、何か買い物の用事があったというより始発までの長い時間をちょっとでも消費するための寄り道なのだろう。コンカフェだけで生活しているのかどうかは知らないが、タクシーで川を渡ってあのマンションに帰るのはそれなりに料金がかかる。

高校を出てカラオケ屋の呼び込みのバイトを始めるまで春樹が暮らしていたのは、住民の誰もが現状維持で満足しているような冴えない私鉄の駅周辺の、雨風を凌《しの》いで生活を営むという以外に何の狙いも感じられないつまらない集合住宅だ。生まれたときは都内の端のさらに小さいアパートにいたらしいが、そこでの記憶はないので実家というと、あの、一階にあるコンビニまで生活感に溢れた、住みたくて住んでいる人間が一人もいないようなマンションしか知らない。若い女の一人暮らしは少ないが、このコンカフェ嬢はマンションの持ち主の孫だか姪《めい》だかで安い家賃で住んでいると、たしかベッドで春樹が射精した後にさっさと服を着ながら言っていた。

「始発まで時間潰すの？　変な人について行かないように」

春樹が冗談混じりで言うと、それってハルキさんのことじゃないですか、と女はコンカフェと聞けばいかにもコンカフェ風の、水商売の泥臭さとも風俗嬢の崇高さとも違う、現状に満足していないくせにやたらと周囲を見下すような笑顔を作った。手足が細く背は割と低いが胸は大きい。どうせこんな時間にこんな場所に現れるような生活なら、何かを欲しがればもっと大きく稼げるだろうが、おそらく何か特定の欲しいものがあるわけでもないのだろう。見るからに何かを得るより何も失わないことをよしとするタイプだ。そういえば下着をずらしてちょっと触っただけであからさまにイッたふりをされた気がする。あのときだって別に無理やり連れ込んだのではなく、むしろついて行ったのは春樹の方なのに、なぜか女の部屋を出るときには、食われちった、とこちらが積極的に食しに行ったことになっていた。

「サウナ行こうと思ってメイク落とし買いにきたんですよ、私ああいうところにあるオイルだと肌乾燥するから」

店でもらったらしいすぐ近くのラブホテルと隣接した女性専用サウナの割引券を斜めがけのディオールのバッグから出して見せて、コンカフェ嬢はその場に立ち止まったまま洗顔用品の棚の方にちらっと目線をやった。会話が途切れてもすぐに立ち去らないのは春樹が誘えば家まで来るつもりだからで、自分から泊めてと言わないのは言い訳を残しておきたいからというよりは本当に欲しいわけじゃないからだ。ホスト相手にその性質は致命傷になる。

「ああ、サウナいいね、俺も最近ハマってんだ」

首の後ろの低い位置にあるそれなりに目立つタトゥーのせいで、春樹が入ることを許されるサウナは限られている。この街の中でさえ、新しくできた広く清潔なサウナでは入店を断られたのだが、そんな説明も面倒でとりあえずそう告げると春樹は先ほど一度棚に戻した新ウナコーワクールを手に取りかけ、やっぱりウナコーワαに替えてレジの方に一歩踏み出しながら、また暇なときにでも連絡ちょうだいよ、と女の肩をくすぐるように右手指四本で数回撫《な》でた。客として育てようと思えば結構簡単に育つ女だとわかったが、本名で呼ばれたせいか、寝たのが父親の葬式の前日だったせいか、なんとなく見逃してあげたい気分だった。

「って、実家には滅多に帰ってないけど。またカブキ来ることもあるっしょ」

春樹が思ったほど自分に食いつかなかったことをほんの少しだけ気にしているのであろうコンカフェ嬢は、そのほんの少しの不快を一切表に出さないよう注意深く表情を作って最後に言った。

「そういえばもう家族から聞いてるかもですけど、やっぱり取り壊し決まりましたよ、あと五年とちょっとで退去です」

ああそう、と言って一瞬止まり、何か言おうかと思ったが何も思いつかなかったので虫刺されの薬を指でつまんで掲げ、買ってくるわ、と春樹はそのままレジに向かった。一か所しかないレジは先客が一人だけいる。仕方なくすぐ後ろに立ち、ツインテールに前髪パッツンのかなり可愛い女がいた方を振り向くと、プライドの高そうなコンカフェウサギはすでにその場を立ち去っていた。前の客が度入りのコンタクトレンズなんかを買って名前と電話番号を書かされているせいで時間がかかっている。

すでに築四十年を超えるマンションが近く解体されるかもしれないということは、あの女とセックスするまで誰にも聞いたことがなかった。葬式が終わった後、母親にちらっとそんな話をすると、まだ退去勧告や時期などの連絡はないが、そういう話になるかもしれないことは管理会社だかマンションオーナーだかからの封書で案内されていると言っていた。知らなかったよ、と母親にやや強い口調で告げると、あなたもう別にここ住んでないじゃないの、と言われた。毎月のように孫の顔を見せに寄っている妹と対極的に、十八で家を出てから正月も帰らず、余程収入が高いときにたまにお金を送る以外ロクに連絡もしなかった春樹は確かに、実家のある賃貸マンションの事情など知るわけもないのだった。そもそも小学校も高学年になれば、パーテーションで隔てたひとつの部屋を妹と共有するような手狭な間取りが嫌で早く大人になって出ていくことしか考えていなかった。それでも、物心ついてから一か所に住み続けていたからか、実家というのはいつまでもそこにある盤石なものだと勝手に思い込んでいた。

ようやく前の客の会計が終わり、店員に促されてウナコーワαを差し出し、パンツの後ろポケットから財布を出して現金で支払う。少しゆっくり小銭を探したがその間、コンカフェ嬢がメイク落としを持ってレジにやってくることはなかった。もともと買う気があったのかどうかもわからないし、気に入ったものが置いておらずドンキまで足を延ばすのかもしれないし、他にちょうどいい男を見つけてサウナに行かないかもしれない。レジ袋を断ってその場で箱を開け、プラスチックの容器を財布と逆側の後ろポケットに突っ込んで春樹はドラッグストアをあとにした。なぜか店を出て左の角のところにあまり会いたくない筋の悪い男が立っていたので、見つかっていないのを確認しながらやや遠回りになる右回りのルートでその場から逃げ出す。春樹の勤めている店とは別系列のホストクラブグループの会長だが、線の細い見た目からは想像できないほど好戦的で、昔春樹の先輩が帽子を取らずに挨拶したという理由で監禁されかけたのだ。このルートであればセリと名乗った女が話していたコンカフェの辺りを通るはずだが、そういえば店名は聞いていなかった。コンカフェは最近あやしげなものも含めれば無数にある。

買った薬と相性が良かったのか、昼過ぎに起きるとしつこく痒かったくるぶしの虫刺されは腫れも痒みもほとんど気にならないほどになっていた。それよりも、またソファで眠ってしまったために身体のあちこちが軋《きし》むように痛んだ。ソファ横の充電器に繋いだ携帯に軽く触れると、いくつかメッセージの通知が来ている他、天気を知らせる自動通知と、ゲームアプリのメンテナンス完了を知らせる通知も届いていて、画面が未整理の机の上のように散らかっている。それは部屋全体にも言えることで、それほどものが多いわけでもなく、絶望的に汚いわけでもないが、ガラスのローテーブルの上は、ゴミとも備品とも言えないもので常に雑然としているし、電子タバコ、携帯、ゲーム機、テレビなどの配線も計画性がなく部屋のどこの一角にも黒いケーブルが走っていて、緩慢な檻の中にいる気分になる。

半年前に同棲していた女が勝手に出て行った。客ではあるがもともと高額使っていたわけではなく、どちらかと言えば高額使ってくれる太客たちの接客の合間に、休憩卓になってくれる物わかりのいい女だった。レミという名前はたまに出勤していたらしいどこかの風俗店での源氏名で、普段は本名でクリニックの看護師をしていた。ホストなんかに高額をつぎ込む女は基本的に全員情緒不安定だが、最低料金で月に二、三回しか来ないのに細かく暴れる客も少なくない。他のテーブルで高額オーダーが入って担当ホストがかり出され、ほんの五分と少しだけ卓にホストが一人もついていないオンリー状態になっただけで帰ると言い出したり、ヘルプの若い男に辛く当たったり、逆に当てつけのようにヘルプといちゃつき出したり、安いシャンパンのコールでマイクを渡すと他の客を牽制《けんせい》するようなイタいことを喋り出したりするのはまだ序の口だ。五年以上前だが春樹の昇格イベントの真っ最中に、店のグラスを割って自分の腕を切りつけた客もいた。その日初めてシャンパンを入れただけの細客だった。

エースと呼ばれる一番の馴染み客と住んだこともあったが、独占欲が強く他の客のアフターや店外デートが思うようにできず、春樹の監視のために自分の出勤もさぼりがちになり売掛をもらすことが増えて、最後には未収金がある状態で夜逃げのように出て行った。金額は百万円以下で、他のもっと悲惨な未収の話が転がっている店の中では春樹の売上を考えれば大したことはないと誰もが思ったが、二年近く自分のためだけに生きていると思っていた女が簡単に音信不通になることは精神的にこたえるものだとわかった。女の家に転がり込んだ形だったのでどうしたらいいのかよくわからずそのまま一か月そこに住んだが、家賃が振り込まれていないことを管理人から聞いて巻き込まれないうちに今度はこちらが私物をまとめて急いで退去した。寮とは名ばかりの、店が借り上げて売れていないホストを何人も住まわせているタコ部屋に三か月近くいることになり、もう同棲はこりごりと思ったが、その翌年、レミと会った。

　昨夜はドラッグストアにだけ寄って歩いて帰ったので大して酒は残っていないはずなのに、最近起きてからしばらくはどうしても身体が重い。ソファから立ち上がり、充電器から外した携帯と電子タバコを持って今度はベッドルームの方へ移動する。二十代の頃は出勤時間の三十分前まで寝ていても飛び起きて走ってヘアメイクへ行けた。最近はどんなに遅くまで飲んでいても夕方まで目覚めないなんてことがなくなった代わりに、起きて二時間くらい経たないと外出どころかシャワーを浴びる元気もない。血圧か何かの問題なのかとも思ったが、店で強制的に受けさせられた健康診断ではこんな仕事を十年以上続けている割にはあまり大きな問題がなく、血圧も正常値だった。唯一店に残っている同時期にホストを始めた男は数年前から痛風で時々店を休むようになったし、ハルさんはたしか三十歳くらいのときに一旦ドクターストップで酒を一切飲まない一年間があったはずだ。春樹にとっては身体がボロボロになっていない事実も、ここ十年ほどの自分の仕事に現実味がない理由のひとつだった。

　虫刺されの薬に気を取られて電子用のタバコを買い忘れたことに気づき、残りの二本をしばらく眺める。外出できるくらい身体が動くようになるまでもたない気がして気分がふさぎ込んだが、そういえば誕生月に十近く年上の客がカートンでくれた、以前吸っていた銘柄の紙タバコが残っているのを思い出し、いざとなったらそれを吸えると思って電子タバコにフィルターをセットして加熱ボタンを押した。紙タバコの頃は思わなかったが、電子にしてからどうもこの吸引が、栄養を効率よく補給されて生かされている人造人間の食餌《しょくじ》のように思えてタバコを吸うたびに少しだけ凹《へこ》む。客とディズニーに行く約束をしている日がすでに二日後に迫っていることもついでに思い出し、それについては大いに凹んだ。

二つある枕を重ねてもたれかかるように座り電子タバコをくわえていると、ベッドの上に置いた携帯が微かな振動音をたて出した。何かしらのメッセージの受信かと思ってすぐには反応しなかったが、連続して長く振動している様子から、誰かからの電話だとわかった。

「ルイ様ごめん、寝てた？」

画面で名前を確認してから通話ボタンを押し、そのままスピーカーにした携帯を器用に膝の上に置いてもしもし、と言うと、思いのほか声が掠《かす》れていたので反射的に咳払《せきばら》いした。電話の向こうではまっとうな昼間の体調がうかがえる女が、こちらが寝起きであることを察したのか申し訳なさそうな声で店での春樹の名前を言った。

「いや、大丈夫、ちょうどさっき起きたところ」

すでに終了間近のランプが点灯している電子タバコのフィルターを噛んで、もう一度あまり音をたてずに咳払いしてから春樹がそう告げると女は再度短く急にごめんね、と言った。通話アプリに表示された名前は、ここ三か月ほど頻度的にはかなり熱心に通ってくれている昼職の女の本名だった。たしかテレビ制作の仕事をしていて、こちらの都合で呼べるほど暇ではないらしいが、それでも来ると言ったらちゃんと来るし、高額な注文はしないにせよ会計でけちけちすることもない、今のところまっとうな良客だ。春樹より二つ年上だが、連れ歩いても気まずいような老け方も若作りもしていない。不安や不足を埋めるためではなく、満足を得るために金を使いたがる女の相手は気楽だ。

「今夜、行くって言ってたでしょう。予定通り行けるんだけどね、ちょっと聞きたいんだけど、お店って男の人連れて行っても大丈夫なんだっけ」

今夜の来客予定が今のところ彼女一人だったので、急な予定変更だったら嫌だなと一瞬思ったが、どうやら来られなくなったわけではないらしい。

「ああ、一緒に来るってことでしょ。大丈夫だよ、もちろん」

「よかった。なんかどうしても行ってみたいって人がいて、前に男の入店だめな店あるって話聞いたことあったから」

「いや、女の人と一緒に来る人まで断るのは特殊っていうか、新しいグループだけだよ。接客に自信がないんだろ。普通は男がだめってことはないよ、同業じゃない男が一人で来るのは断るって店は結構あるけど、うちは特にその規定はない。もう長らくそんな客来たことはないけど」

「ふーん、そういえば昔よくあった、ほらプリクラだけのゲーセンみたいなところで、男は女と一緒じゃないと入れないってところあったけど」

プリクラ施設が男性一人の入店を制限していたのはおそらく痴漢や盗難防止の観点なのだろうが、一部のホスト店がゲイの一人客を嫌がるのは大した根拠のない苛めのように春樹には思えた。ごねたりトラブルを起こしたりする客がいた、というのが主な理由なのだろうが、そんなことを言ったらごねてトラブルを起こす女は無数にいる。明らかなマナー違反や金銭トラブルがあった場合にその客を締め出すことはあっても、一人二人女がトラブルを起こしたからと言って女全員を入店不可にするわけがない。母数が小さい者たちが一人の愚行で排除されることを認めるなら、それはこの街や春樹が働くような店の存在自体が危うい。ただ、そういう大きな矛盾に疑問を持たずに十年以上過ごしてきたからこそ、ここでそれなりの結果を残してやってこられたのも事実で、それなら最後まで何にも気づかずにいればいいのに、最近はそういった難しいことばかり気になるようになった。

「全然、歓迎だよ、その人と二人で来てくれるの？」

「ううん、女の子が二人と男の人が一人。私以外は全員ホスト初めて。時間はいつもと同じくらいかな、遅くとも九時半には行けるはずよ」

了解、楽しみにしてると言って電話を切ると、起きたときに重力に負けてちっともまっすぐ伸びなかった身体はかなり楽になっていた。電子タバコの吸い殻を抜いてベッド横の小さいカラーボックスの上に投げると、続けざまに最後の一本を挿し込んで加熱ボタンを押す。空になった箱に先ほど投げた吸い殻をポンと入れて今度は投げずにボックスの上に立てた。

春樹が十代で今の仕事に就いた頃はどの店も今より物騒ではあったが、羽振りのいい男性客が女を連れて金を使いにくる光景はかなり頻繁にあった。男性客の接客ができてこそ一人前のホストと教えられたこともある。少なくとも女性同伴の男性客を断るなどあり得なかった。今は同業者以外の男性自体を断り、接客しやすいぬるい環境を整えないと若い男の子たちは簡単に辞めてしまうのかもしれない。

カラオケ屋の客引きをサボって喫煙所にいるところをスカウトされ、最初に入店した地下にある店に二年半、今の店に移って十年以上、世間から乖離《かいり》した街の中だけで、この場所の価値観だけを飲み、この場所で求められることだけをして、この場所でだけ威張れる姿を作って生きてきた。水商売を始めたときからSNSがあったような若い世代と違って、オンライン上の広がりを無条件で自分の世界の延長のようには思えない。半ば強制的にアカウントは作らされたものの、携帯は専ら顔を知っている客との通信手段と暇潰し用のゲームにしか使っていない。

カラーボックスの上のタバコの空き箱を取って、ついでにいつ飲んだのかよくわからない空のペットボトルも蓋の部分を指で挟むように持ち、二度寝を諦めて未だに重力を感じる身体でソファのあるリビングの方へ移動すると、キッチンに置いてある大きいゴミ箱用の三十リットルのビニール袋が切れていることを思い出した。一昨日切れていることに気づき、ゴミをそのままプラスチック製のゴミ箱に入れるのが嫌でゴミ箱の横にいくつかペットボトルやコンビニの袋に入った細かいゴミを並べていたのだ。ドラッグストアで何か他に買うものがあったような気がしたが、ツインテールの変な女に声をかけられたせいですっかり忘れていた。

仕方なくタバコの箱とペットボトルをもともと並べてあるゴミの横に丁寧に置き、ソファに脱ぎ捨てたパンツを穿《は》いて、後ろポケットに財布があることを確認した。ようやく軽くなったと思った身体は再び伸ばすのも曲げるのも軋むように重い。絶対的なエースがいるときもあればいないときもあったが、春樹の売上は少なくとも今の店に入店してしばらく経ってからは安定して高い。何も変わっていないはずなのに、ここのところ何か心のつかえが取れないような、小さな焦りと小さな失望が毎日飲むアルコールとともに常に血中に混じり込んでいるような妙な感覚の原因がよくわからない。むしろ何も変わっていないことこそが大きな問題なのかもしれないが、独立や経営側へのシフトチェンジにはあまり積極的ではなく、順調な現状維持を好んできたのは自分自身だった。着たまま寝たために胸元のロゴに妙な皺が走るジバンシイのTシャツを気休め程度に手で引っ張って伸ばし、玄関脇の造り付けの棚にある鍵を取って、コンビニに行くことにしか使わない、ビーチを歩いたことのないビーチサンダルを引っかけて外に出る。棚にはレミの置いて行ったルームフレグランスが、半分以上残ってそのまま置いてある。

いっそ雨が降ってくれた方がまだマシだと思えるような湿気をかいくぐってコンビニに入ると、今度は外のじっとりした暑さを一瞬で奪う冷気に思わず春樹は猫背になった。間の悪いことに、コピー機の前で同じ店の若いキャストが見覚えのある客と何かで揉《も》めている。女の服は昨日見たものと同じもののようだし、目の周りは化粧が落ちて桃色に腫れていることから、昨日から揉め続けて途中体力が尽きたあたりで仲直り、一緒に寝た後に体力回復のためにコンビニで栄養補給をしようとしてまた揉めている、というところだろうか。寮に女を連れ込んだわけではないだろうから、ホテルに泊まって寮の近くのコンビニまで女がついてきたのかもしれない。春樹が歓楽街の喧騒が少し和らぐこの辺りに越したときにはまだ店の寮はもっと西の方にあったのに、ここ二年ほど店がリクルートを強化して若いホストが増えたせいでこの近くにも新たに二部屋ほどマンションを借り上げたのだ。

「おつかれさまです」

明らかに機嫌の悪い若いホストが春樹の顔をほとんど見ずに顎だけで礼をして客を一瞥し、深いため息をついた。こちらは平和に寝ていただけなのに、思えば昨日と全く同じ格好をしているのはこちらも同じで、向こうから見れば客の家に泊まった帰りに見えなくもないだろう。この二人にどう見えていようと心底どうでもよいが、たまにしか来ないこの女の友人は春樹を指名しているのが引っかかった。

「おお、おつかれ。コンタクトしてないからよく見えないわ。ソファでテレビつけたまま寝ちゃったよ」

聞かれてもいないのについ言い訳がましいことを言って春樹はさっさと二十枚入りのゴミ袋とペットボトルの炭酸水を手に取り、惣菜《そうざい》やサンドイッチの並ぶ冷蔵棚の前を一往復して結局何も食べる気にならず、レジに行って電子用のタバコとコーヒーを注文した。店が終わった後にごく稀に客や若いホストと鮨屋や焼肉に行くことはあるが、それがない場合、春樹の食事は店に出る直前の一日一度だ。

コーヒーのカップを受け取ってから、ドリップマシンが客と揉める若いホストの立つすぐ後ろであることを思い出して、せっかく豆もコーヒーメーカーもあるのに家で入れることにしなかったことを反省した。とはいえ買ってしまったものは勿体ないので何も気にしていない風を装って後輩ホストの真後ろに立ってホットのラージボタンを押す。午後二時のコンビニには春樹と例の二人以外に近くの営業所の職員らしき作業着の者が三人、タクシー運転手の制服を着た男が一人、ジャージの若い女が一人うろうろしていて、ちょうど昨日と今日の間にあるような空気が流れている。レミと住むことを決めたとき、どちらにせよタクシーに乗るならばいっそ新宿の外に居を構えることも考えたが、昼過ぎに昨日の続きのような格好でコンビニに入っても何の罪悪感も劣等感も持たないでいい地域を離れられなかった。

「じゃあなんであの帽子の子と同棲してることになってんの」

マシンが大げさな音をたてて豆を挽《ひ》くので、なるべくその音に集中しようとしても、どうしても後ろの二人の会話が聞こえてくる。ホストの方はこちらを気遣ってか声の音量を絞って話をまとめようとしているようだが、女の方はむしろこちらに聞かせようとしているのかと思うほど一音一音はっきり発音する。

「寮だって、ミカサも言ってただろ、他の誰にでも聞いてみろよ」

「店でグルになってるに決まってるじゃん、もし女と住んでたってそう言うワケない。うち別に店休日《てんきゆうび》もアフターも何もしてくれなくても、稼ぐために他のお客さんに時間使ってくれるならって何も文句言わなかったのに」

「だから昨日とか他の客もいたけどお前と過ごしてんじゃん、そうやってなるべくお前が不安にならないようにしても信じてもらえないならじゃあ何してほしいわけ？　月に何本指名取ってると思ってる？　他の客がどれだけ金使ってると思ってる？」

マシンが小さな電子音と画面表示でコーヒーの出来上がりを知らせてきたので、春樹はカップの蓋をうまくはめられないままゴミ袋と炭酸水が入ったビニール袋を手首にかけ、片手で蓋をねじ込みながらコンビニの出口へ向かった。自動ドアの前で後輩ホストと客の方を一瞥したが、挨拶する余裕はなさそうだった。別に構わない。まだ若いが、昨年は二度も月の売上が一千万を超えた有望株で、店での肩書きももしかしたら今年中に春樹と並ぶかもしれない。客が若ければ簡単に寝るし好きとは言うけど彼女とか結婚とかそういう言葉を気軽に使うことはない、できるホストだ。付き合おうだの本気だのと言った後にちゃんと店に通う客は限られている。ほとんど手に入っているけれど最後のひとつだけ手に入らないような状態は最も客が育つが、相手を病ませて通わせていると、自分も消耗する。春樹は自分が徐々にそういう芸当ができなくなっていること自体には全く悲観的ではなかったが、最も伝統的で最も消耗が激しく最も金を生み出す正当な営業が全力でできる若者に対して敬意は持っていた。

冷気に包まれていた身体が再び湿気を含み、表面から徐々に温度が上がっていくのを不快に思いながら、春樹は弁財天を祀《まつ》る神社の通称がついた交差点で信号の変わるのを待った。五月に春樹とは別のグループの知らないホストが刺されたマンションの前に一か月以上ぶりにマスコミが数社来ているようだった。めった刺しになったホストは死ななかったし、刺した方の結構可愛い女は勾留《こうりゆう》中だか裁判中だろうし、何か別の事件の容疑者でも住んでいるのだろう。女が現行犯で捕まり事件が報道された直後、すでに出て行って三か月以上音信不通だった女が連絡をよこした。場所がすぐ近くだったのと最初の報道ではホストの年齢などが公表されていなかったため、まさかと思ったけど、と純粋に心配する声だった。店に出る支度をしながら手元に置いた携帯で対戦中だったアプリの麻雀《マージヤン》ゲームは、レミからの電話のせいで大きく負けた。

レミは本当は先ほどコンビニで揉めていた二人のような、あるいはとちくるってナイフで刺すような関係を求めていたのかもしれない。好きとも可愛いとも言うが付き合うとはなかなか言わないような男と一緒に消耗したかったのかもしれない。春樹は他の客にするような店内やアフターでのサービスをしない代わりに、レミには店で金を使わないでいいと言ってあったし、付き合うとも一緒に住むとも将来的に一緒にどっか田舎で住むのもありかもなんてことまで言った。けれど思い返してみれば好きとも可愛いとも言った記憶がない。春樹がレミに与えたのは常識的に考えればホストに入れ込んで通う女が求める関係そのものだったはずだが、だからと言ってレミが望んでいたのがそれとは限らない。現に特に何か揉め事があったわけでも、他の客と寝たのがバレたとか金銭的な問題が起きたとかそういうきっかけがあったわけでもなく女は出て行った。三十五歳までプレーヤーをやったら店を辞め、そのうち取り壊しになる実家にレミを連れて行って母親とうまくやれるようなら母親を引き取って暮らしてもいいと本気で思っていた。ただレミとの間にナイフで切りつけるような情熱を感じたことがないのは確かだった。

横断歩道を小走りで渡り切って、その勢いのまま、重い身体をマンションのエレベータに押し込み、それだけで若干息が上がる自分に慄《おのの》きながら三階のボタンを押した。何の因果かこのマンションの部屋番号は、昨日会ったウサギ女が住むマンションの春樹が育った部屋と同じである。玄関扉に鍵を挿し込み、左に軽く回しても手ごたえがないので、鍵をかけずにコンビニまで行っていたことに気づく。一階のオートロックがしっかり機能しているので、もともと部屋の鍵をかける習慣があまりなかったのだが、レミはそのだらしなさを嫌っていた。

＊

キャッシャーの男の声に振り返ると、昼にコンビニで若手ホストと揉めていた身長の割に顔の面積が広い女が無表情で階段を下りてきた。昼間と同じサンダルに同じMCMの四角いハンドバッグを持っているが、服が替わっているところを見ると、あれから一度自分の家に帰ったらしい。よく見れば崩れていた化粧も絡まっていた髪も清潔に整えられている。

春樹と出くわしてから小一時間ほどコンビニや横断歩道の前で揉めた後、すっきりしないまま自宅に帰って、もう離れた方がいいのか、ここで引き下がったら今まで頑張って彼に注いできた時間と労力とそれなりの金額が無駄になってしまわないか、そもそも離れることなんてできるのか、でもこれ以上自分のものにならないものを追いかけて若さと時間を浪費してもいいのか、という逡《しゅん》巡《じゅん》を一通り終えて寂しくなってきたタイミングで若いホストからツボを押さえた良いLINEが入ったというところだろうか。客に揉める体力があるうちはその客が切れる心配はない。女が男を切るときは、死に場所へ向かう猫のように小さな兆候の後に何も言わずに静かに消える。

「ユウも今日誘ったんですけど、まだ予定がわからないらしくて。来れるようなら連絡するって言ってました」

席まで内勤に案内されるMCMのバッグの女は、春樹の前で一度足を止めてそう言った。稀に春樹指名の友人を伴って店に来る彼女は、なぜか春樹にだけ敬語で喋る。従業員の若い男に敬語を使われると仕事と経験を重ねてきたという気分になるが、女に使われる敬語はただただ若くない年齢を感じさせるだけなのでできればやめてほしい。それに、指名しているホストとの関係を中心にあらゆる物事を考える女が、担当ホストの上司に敬語を使いがちなのは、何か夫婦のシミュレーションに巻き込まれているようで若干気色が悪くもある。純粋にその日の夜を楽しもうと思って店に来るお客は、年上年下を気にせず水商売の人間にあまり敬語を使わない。

「ありがとう、俺からも連絡してみるよ」

さらに何か言いたげな女は、春樹がそう言うと諦めたように内勤の案内する奥の席の方へ小走りで去って行った。ボルドー色の椅子と黒いテーブルで統一された明るい店内には他に、キャッシャーの裏へ回ったコの字形の席に同伴で入ってきた珍しいほど高齢の客と、入口から近い縦長の席に案内所の紹介で来た二人連れの初回客が座っている。顔の大きなMCM女の友人が来なければ今のところ春樹の予定はテレビ関係の仕事をする指名客だけだが、内勤の話によれば初回客の一人から写真指名が入っている。テレビの客は四人でやってくるようだから、それなりに長く席に着きたい。九時半頃と言えばきちんと九時半頃やってくる客だから一時間以内には来るはずだ。正直、初回の写真指名に湧き上がるような気合はもう春樹には残っていない。写真指名をした子が指名に切り替えて飲み直しをすると言ってきたりしたら、テレビの団体の席と行き来することになるため少々面倒だとすら思った。

ホールからキッチンの方へ向かう廊下には比較的若いホストが手持ち無沙汰に並んでいる。一応歌舞伎町では老舗を名乗っているこの店は売り上げをたてられるようになるまではスーツ着用を義務付けているので、半分ほどの男は安物のスーツを身に着けている。店の幹部の出勤時間はまちまちで来客や同伴の予定があれば九時頃にやってくる者もいる。三年ほど前までは春樹も、なるべく遅くにやってきて誰より高い売り上げを打ち立てるような仕事の仕方をよしとしていたが、最近は新人の採用や教育の担当を押し付けられているため、開店前の七時頃には店に来ていることが多い。今は同伴や店外デートをして営業努力を重ねるよりも、新人の男の子の悩みを聞いたり他店からの移籍を希望する者の面接をしたりしている方が気楽なのも事実で、早い出勤時間をそれほど苦痛とは思わなくなった。

内勤に呼ばれたのでヘルプグラスを持って初回卓の方へ歩く。向かって右の少しウェーブがかかった長い髪の華奢な女が春樹の写真を選んだらしかった。四年も宣材写真を替えていないので写真指名が入るたびに微妙な罪悪感がある。自分の客が道を踏み外し精神を壊しても特別ごめんとは思わずに働いてきたが、まだ自分の客とは言えない初回客に思っていたより老けていると言われたら素直にすみませんと思う。そのあたりの自分の気持ちのからくりはよくわからない。

「ご一緒させていただきまーす」

低く小さな声でそう言ってひとまず名刺を出しながらウェーブ髪の女の向かいの丸椅子に座る。女は直前まで覗き込んでいたスマホから顔を上げて、人の良さそうな笑顔を作った。二十代前半に見えるがそれにしては持ち物が比較的まとまりがあって扱いも雑ではない。隣に座る連れと同い年だとしたら、若く見えるアラサー女子かもしれない。最近は女の職業をパッと見て当てるのは難しく、水商売の女と風俗の女すら見分けがつかないことも多い。春樹がこの街で水商売を始めた頃は、爪と髪を見れば大体どちらかは言い当てられた。

「やっぱりかっこいい」

ウェーブ髪は隣に座るストレートのボブ髪の女の肘を少し触ってそう言った。ひとまず写真との違いには失望されなかったらしい。ウェーブ髪より少しガタイのいいボブ女はこういった場所で遊び慣れているようで、電子タバコのボタンスイッチをいじりながら春樹を一瞥して、確かにアキが好きそう、とコメントした。ボブの横にはブサイクな若いホストが座り、春樹の左横の丸椅子にはやはりブサイクなヘルプが座っているが、それに対して別に文句がある様子はない。

「アキちゃんって呼んでいいの?」

春樹が聞くとウェーブ髪は、はい、アキです、とはきはきした声で言った。テーブルの上には初回客用の焼酎ミニボトルと割りもののデキャンタが二つ、おそらくボブ髪の方はアセロラ割り、ウェーブ髪の方は緑茶割りを飲んでいるようだった。春樹が自分のグラスに氷を手早く三つ入れると、ブサイクなヘルプが作りますと言って半ば強引にグラスを奪った。

「一緒に飲んでいい？」

春樹は形式的にウェーブ髪の女に聞いた。

「もちろんです。ホスホスでルイさんの写真見て来たんです」

ホスト情報サイトの写真も春樹は店内の宣材写真と同様、四年前のものをそのまま使っている。

「なんかすごく敬語なのは俺がおじさんだから気遣ってくれてるの？」

「え、ぜんぜんおじさんじゃない。私と多分三つくらいしか違わないからルイさんおじさんだったら私もおばさんです」

サイトに載せているのは春樹の実際の生年月日なので、女はやはり若く見える三十歳のようだ。

「じゃあ俺も若いってことで。だとしたらお前は中坊くらいか」

ボブ髪の横の若いホストにそう言うと、ハイ自分かつて中坊でした、とノリの良い、しかも嘘が混じらない返しをしてきた。今年に入ってから春樹が面接をした茨城出身の二十一歳で、顔は平べったくいまいち華がないが、話に筋が通っているし酒も飲める。それに変なプライドをかざして機嫌が悪くなったりしない。春樹としてはこういう若い男が夢を見られる職場であってほしいと思うが、先輩ホストたちに好かれている以外、現在のところまだ美味しい思いはしていないようだった。遊び慣れたボブ髪が彼を気に入ってくれるとよいが、ヘルプとして気に入られるところに留まるような気もする。

横の丸椅子に座った年季の入ったブサイクが春樹の酒を作って渡してきたので、春樹はそれを受け取り、隣いい？　と言いながらウェーブ髪の隣に席を移って形ばかりの乾杯をして口をつける。身体の中から十年以上消えたことのないアルコールが、今日の最初の一口によって皮膚の内側で溶け出し、血液と一緒に循環を始める。起きてからずっと重くだるかった身体が僅かばかり軽くなって小さなエネルギーが湧いてくる。

「この辺で飲むこと結構あるの？」

ウェーブ髪の身体にはまだ触れないように気を遣いながらソファの背もたれ部分に腕を回してそう言うと、女の首は見てわかるかわからないかという程度に紅潮した。こういうとき、女を喜ばせるという意識以上に、うだつの上がらない後輩たちに手本を見せるという意識が強くなったのはいつ頃からだったか、春樹にはよく思い出せない。付き合いの全くない他店のホストにまで名前が通っているほど有名にはなり損ねたが、ルイ様なんて呼ばれてグループ内ではそこそこ実績のあるカリスマ扱いされている春樹に何かしらのアドバイスを求める若手はいる。彼らの存在こそが、春樹がこの街に留まり続けるモチベーションのひとつとなっているのは確かだった。

「そんなに知らないいんですよ。でもずっと来たくてルミにお願いして連れてきてもらったの」

ボブ髪はルミという名前らしい。春樹と視線が合うたびにさりげなく下を向いて目線を外すウェーブ髪女の様子を見て、育つ、と春樹は直感的に思った。そして何の罪もない多分昼職の結構綺麗な女を見てそういう判断をしてしまうこと自体をどこか申し訳なく思っている自分にも気づいた。

「可愛いから、日々こんなところで飲んでたら心配だよ」

春樹は半分は反射的な社交辞令で、残り半分は嘘偽りない気持ちでそう言った。テーブルの下にちらっと見える女の靴はマルジェラのベルト付きサンダルで、やはりまっとうなお金の使い方をしている女に対する罪の意識は消えない。

他のテーブルではあまり見ることのない麦焼酎のボトルを傾けて、一番下の氷がちょうど沈む高さまで注ぎ、一度マドラーで三、四回氷を回してからやはり滅多に注文されないソーダ水を注ぐ。炭酸が抜けずに焼酎がよく混ざるよう注意しながら再度二回だけマドラーを回して男性客に差し出す。酒以外の目的があって来る女たちと違って、男向けのグラスには細心の注意を払ってマニュアル通りの作り方をする。

「何人くらい働いてるの？」

趣味の悪いシャツを着た四十代後半に見える業界人の男は春樹の目をちらっとだけ見てそう聞いた。

「今キャストは二十五人ですね。グループ全体だとあと歌舞伎町に四店舗あるんで百名超えますけど。最近はたまに他の仕事してる奴もいるので毎日全員いるわけではないんですよね」

「君は毎日いるの？」

「僕も、こいつも、今このテーブルにいるのはみんなレギュラーメンバーですね。週一休みで基本的に毎日います」

丸椅子に座ったヘルプ二人と、それぞれ女性客の横についているホストたちの顔を見回して春樹は答えた。男性客のいるテーブルには色恋の得意な顔の良い男や新人はつけない。ノリの良い若い奴とベテランのヘルプがいい。ホストクラブに来たがる男は例外なく、女たちに自分より身分の低い男に威張る自らの姿を見せたがる。

「女たちに綺麗と言ったりいちゃついたりするサービスと同じように、男はひたすら持ち上げて自分らを下げて盛り上げろ」

今よりずっと男性客が多かった深夜営業の時代を生き抜いた先輩たちから、入店したばかりの頃にそう教わった。男性客の割合は年々少なくなっているものの、春樹は未だに男性客を満足させてこそ一流だという教えを新人たちにも伝えている。場を盛り上げるサパーに徹しろ。女を褒めるのは男性客が外しているタイミングのみ。あとはひたすら男性客を持ち上げろ。絶対に張り合うな。

「今一緒に情報系の番組やってるんだけど、もともと完全にバラエティ畑なんですよね。だからほんとに顔広くてびっくりしちゃうの」

いつも春樹指名でやってくる女も春樹のリズムに合わせて不自然ではない程度にずっと男性客を盛り上げる。いつもパンツにヒールを合わせている彼女は今日も幅の広い薄手のベージュのパンツにノースリーブの白シャツ、爪先のあいたネイビーのパンプスを身に着けている。今日はルイ様〜と黄色い声をあげるわけでもなく、春樹の隣にぴったりくっつくわけでもなく、ビジネスモードの顔を崩さない。彼女は詳しいことは説明しなかったが、もともとこの男のホストクラブを見てみたいという一言で四人の来店が実現したというのだから、立場的にも今日の支払いもこの男の比重が大きいと見て間違いはない。女は男性客の他に、彼女より少し年下の黒髪の一部をピンクに染めた背の低い女と、身長も体重もビッグサイズの三十代と思われるステラ・マッカートニーの大きなグリーンのバッグを持った女を連れてやってきた。酒を飲んで徐々に声が大きくなっていく男に比べるとこの二人のテンションは一定で、総じてそんなに興味がなさそうに見える。ひとまず今夜をそれなりに楽しんでもらい、見送り役に誰を指名しようとしつこい営業をかけないのが吉だろう。

「朝までやってんの?」

悪趣味シャツの男がどのホストの顔を見るでもなくそう言った。春樹が作り直したソーダ割りをすでに半分近く飲み干して、耳の脇が紅潮している。

「ラストオーダーが一応十二時で、十二時半すぎたら徐々にお見送りしている感じですね。一時までに完全撤収しないと厳しいんですよ」

春樹がさりげなく自分指名の女の膝に手で触れながら、その向こうに座る男性客の目を見て答えると、男性客はさりげなく自分の手首のブルガリのスポーツタイプの腕時計を覗き、ああそうなんだ、と言った。話題が豊富なわけでもなく、ホストたちに鋭い興味を向けるわけでもなく、周囲の自分への態度にはそれなりに満足している様子の男は、機嫌を取ってもここで十万円以上を支払うことはないだろう。

担当ホストのもとに通う女たちより収入が高かろうが信用があろうが、競う相手のいない状況で人が見栄のために使える金額はたかがしれている。女たちが借金してまで高額注文を繰り返すのは、そうしない限り自分らの女としての価値が失われるように錯覚するからだ。そのような錯覚を引き起こすシステムを、この類の店は巧妙に作り上げてきた。そもそも身体をお金に替えて金を稼ぐ客が多い以上、使える金額が彼女たちの容姿に左右されるのは仕方がないことで、高額を使うことは自らの女性としての値段を証明する契機にもなり得る。そこに色恋相手とその取り巻きや競争相手の女が加わるのだから、節度を守って遊べる女は余程この街の外で揺るぎない自信や立場がある者に限られる。かつて節度を守れない女子たちの相手こそ本領発揮の場だと感じていたこともあったが、最近の春樹の客はホスト以外に金の使い道と生きがいのある女が多い。半ば無意識的にそういう客を大切にするようになった。

男性客の電子タバコの充電が切れたので、春樹は同じ機種を持っている後輩ホストを呼んでひとまず貸してくれるように頼み、その間に充電することを提案した。後輩ホストの機器にフィルターをはめた男はいつの間にか出身地である京都の自慢話を始めている。

「アサオカちゃんは東京だっけ」

「いや横浜ですね。横浜っていっても綱島だから別に何もないですけど」

春樹指名の女がそう答えると、男の京都自慢が続く。自慢と言ってもとにかく観光客で最近えらく混んでいるとかホテルが高いとかいう以外にそれほど情報がない。女がいつも飲んでいる、店で一番よく出る安い焼酎のボトルは今日は飲まれないまま、「ハルカ×ルイ様♡」と女の手書きで書かれたネックタグをぶら下げて卓上にある。それより八千円高い麦焼酎は男の希望でオーダーされた。

「いや、自分は茨城っす」

先ほど春樹と同じタイミングで初回卓についていたブサイクな若いホストが丸椅子に座り、左端のピンク髪のグラスに酒を注ぎながら、男のみんな割と東京の子が多いのかという質問にはきはきと答えた。

「茨城ね、納豆しかわかんねえな。実家帰るとどこで遊ぶの」

悪趣味なシャツの業界人は相変わらずホストに借りた電子タバコをひっきりなしに吸いながら足を組み、背もたれに完全にもたれかかった背中の位置を微妙にずらしてそう聞く。ルーキーの割には視野が広い茨城出身のブサイクは男の灰皿に電子タバコフィルターが二本たまっていることに気づいて、グラスをピンク髪の女性客の前に置くとすぐに新しい灰皿と交換した。

「実家ないんすよ、中学の終わりにはほぼ完全に親がいなくなって、なんか姉ちゃんのところとか友達のところで泊まらしてもらって、十九まで地元いたんすけど、その後歌舞伎町出てきて、先輩が働いてたバーで働いてました」

「実家ないってどういうこと、家もないの？」

「なんかよくわからないうちにアパート出なきゃいけなくなって、そのアパートも今は取り壊されてるって聞いたんですけどね」

男性客の飲むペースが少し落ちたのか、グラスが大量に汗をかいているので、春樹は自分指名の女の身体にわざと触れる角度で手を伸ばし、男がグラスを置いた隙を見計らって一度乾いたおしぼりで水滴を丁寧にふく。ついでにコースターの上にリング状にできた水滴の輪も拭った。

ブサイク若手の身の上はすでに面接のときになんとなく聞いていた。よくある話ではないが、ない話でもない。春樹から見ると正直なところ、寄生虫のような親にいつまでも金を取られ続けるよりは身軽なようにも思えた。地元の風俗で働いていたという姉も今は連絡が途絶えているはずだ。幼い頃からお菓子ばかり食べていたせいか、野菜はジャガイモと枝豆しか食べられないことも聞いた。

ピンク髪とビッグサイズもヘルプのホストや女性客同士の会話に終始せずに男性客とブサイクの会話に相槌《あいづち》や笑いを挟み込みながら参加している。一対一の親密な接客を基本とする店内は音楽が流れ、人の声はあえて響き渡らないようになっているので、テーブル全体がひとつの会話で盛り上がるのはぶっちゃけて言えば結構難しい。ゲームでもしていない限り、五人以上の人間が囲む卓は会話が自《おの》ずと分裂していくのが普通だ。時折ピンク髪に質問を振るなどしている明るいブサイク若手の気配りが要となっているのは春樹の目には明らかだった。ヘルプのホストたちを含めた多くの人間が会話の中心を男性客だと思っていることも伝わってきたが、それすら若手のほどよい声の大きさと発言のタイミングがなせる業とも言える。

「苦労してんだぁ」

業界人の男は若手の境遇について、唇の右端を下げて顔をいびつな台形のようにしてそう言った。ホストクラブに来たがった割には情報番組のために何かしらのネタを拾うそぶりは全くない。女が接客する店に行ったときの会話のちょっとした小ネタくらいは拾って帰るのかもしれない。それほど興味がなさそうなのに自分と若い男を差別化するための質問は続ける。

「今はなんだ、こっちで部屋借りてるのか」

「いや、自分はまだ全然売れてもいないので、寮に入らせてもらってます」

寮あるのか、あるよな、と一人で勝手に納得した男性客の手前で、春樹は自分指名の女の手元のスマホで、時間を確認する。ラストオーダーまでまだ三十分近くある。

「寮ありがたいっすね、汚いけど。バーで働いてた最初の頃は家なくて、コインロッカーに荷物入れたりしてたんで」

春樹と最も離れた席に座るピンク髪がえー大変と相槌をいれたタイミングで、内勤が春樹のすぐ横まできて腰をかがめて耳打ちをしてきた。どうやら先ほどの初回卓で春樹とブサイク若手に送り指名が入ったようだった。

あの様子なら、初回指名のサービスボトルについて説明すれば閉店まで、指名に切り替えて飲むと言ってくれるだろう。永久指名制度を取るこういった店では初回の来店で指名に切り替えてもらえば、自分の客になるかどうかわからない女に無駄な営業をかけずに済むし、少額であっても売り上げに繋がる。春樹ひとりであれば今日は男性客のテーブルに集中し、熱心に指名で飲み直すよう勧めたりはしなかっただろうが、仕事のできるブサイクの労働は報われてほしかったし、まだほとんど売り上げを作れずにいるこの男に、まずは数字が積み重なっていく充実を感じてほしかった。

痛風のベテランホストと社長のハルさんがこちらの席に近づいてくるのが横目に入ったので、春樹は男性客と自分の指名客に少し外す旨を丁寧に挨拶し、自分のグラスにペーパーナプキンを載せるとブサイクに目配せして席を立った。すかさずハルさんが異様に高いテンションで業界人に名刺を差し出したので、春樹は安心してブサイクとともに一旦店の裏に入った。

虫刺されはすでに完治したのか、相当量のお酒を飲んでももう痒みが再発することはなかった。四人連れで来てくれた女が望めばアフターに行かざるを得ないと考えていたが、店を出る前にすでに男性客がタクシー券の確認をし出したので春樹の方からは特に何も提案せずに男性客、続いて一緒に帰るというピンク髪とビッグサイズのためにチケットに記載がある会社のタクシーを止めた。ようやく案内役を終えた春樹指名の女も、自ら手を上げてタクシーを止めて、ルイ様ありがとー！　と元気よく言ってさっさと乗り込んで帰った。今日の会計は彼女の伝票も含めて男性客がカードで支払ったため、今月はあと一度は来てくれるだろう。そのときにゆっくり飯でも誘えばいい。

「お前ルミちゃんに連絡してみ？」

春樹はタクシーの通る大通りから店の入口の方へ戻りながら、ブサイク若手の首をグーで軽くたたきながらそう言った。一緒に送り出しに出ていた団体客のその後がわからなかったために、先に送り出した飲み直しの初回客にはあまり積極的にこの後の予定を聞かなかったが、二人ともタクシーには乗らなかったため、まだ近くにいるはずだった。遊び慣れたボブ髪なら行きつけのアフターバーがあっても可笑しくない。シャンパンオーダーがいくつも入ったわけではなく、ラストオーダーの後の店内は割と静かで、男性客の接客で春樹はいつもと違う疲れ方をしてはいたが、ブサイクのチャンスにはちゃんと付き合うつもりでいた。

「あ、なんかこの後会うことになりそうなんです。さっき一瞬ＬＩＮＥさしてもらって」

「お、そうなの、じゃあ一緒に行くか」

ブサイクはかつて春樹が教えた基本動作をきちんと実行しているようで、すでにアフターの約束を取りつけていた。指名に切り替えた飲み直しの客にはサービスボトルがつくため会計は他のテーブルに比べればずっと安い。ただ、初回でアフターに誘えばああいった昼職の義理堅い女は最低一度は指名で再来店してくれる。それに売り上げがなく掃除組であるブサイクは指名のアフターがあればその日の掃除が免除される。

「いやなんか、アキちゃんの方が明日早いから帰らなくちゃいけなくて、もういないっぽいんですよ。ちょっと電話かけて確認しておきます」

「ああいいよ、俺一応LINE入れてみるわ。そしたらお前そのまま荷物持ってすぐ出ていいよ、もし人数いた方がよければ電話かけてきていいから言えよ」

春樹の親切に対して礼儀正しいお辞儀をしてから小走りで店舗に降りて行った若手ホストの、靴紐が両方ほどけているのが気になったが、言おうと思った瞬間、そういう履き方なのかもしれないと思って黙った。一人だけいる春樹より年上の内勤は、仕事でLINE電話を使うのは失礼だと新人を叱って、裏でさんざん老害扱いをされていたのだった。店に降りる前に入口から最後の客と思われる、昼にコンビニで揉めていた女が出てきたので、軽く喋りかけると、今度はユウも連れてきますーとやはり敬語で返される。静かだった今日の営業で唯一コールを鳴らしていたのは八万のロゼを入れた彼女の卓だけだ。一晩かけた揉め事が翌日の小計八万に繋がる仕事が他の世界にもあるのか、短いバイト以外は水商売だけで生きてきた春樹にはよくわからない。

飲み直しをしてくれた初回のウェーブ髪にメッセージを送ると、やはりすでにタクシーで四谷の交差点を過ぎたところらしく、来週中の来店を自らわざわざ約束してくれた。若手のアフターに顔を出してあげるのは全くやぶさかではなかったが、あの様子だと二人きりで会う約束になっているような気もする。いきなりボブ髪の家に押し掛けているのかもしれない。接客に関して目に余る行動がなければそれぞれのやり方に任せるのが店の方針で、仕事のできる若手がホテルや家に行く判断をするならそれが今夜の正解なのだと思うしかない。

男性客の相手を結構な時間担ってくれた社長に一言お礼を言って、春樹が店を出るときには、指名のない掃除組以外のほとんどのキャストがすでに出払っていた。ドラッグストアにもコンビニにも寄る用事が思いつかないのですぐに区役所通りまで出てタクシーに乗ってもよかったが、人通りの多いこの時間、さらに人通りの多い通りに出るのも疲れる気がしてそのまま店の前の坂を新大久保方面へまっすぐ上る。顔見知りばかり増える街の中で、どの店も営業を終えたこの時間に歩くときは面倒を避けるために足元を見る癖がついた。別にどこかに借金があるわけでも、顔を見たくない女が多いわけでも、他店のホストと喧嘩中なわけでも何でもないが、知り合いと目が合った際の、言葉を交わすのか会釈だけするのかスルーして通り過ぎるのか、その判断が面倒なのだ。

大通りに抜ける手前で右に折れ、道で寝ている男とその横でいまいちどうしたらよいのかよくわからないという顔をした女の脇をあまりじろじろ見ないようにして通りすぎると、左手に飛び降りが多い白いビルが見えてくる。なんとなく人のいない右側を見ると、今まで意識したことのなかった比較的古いコインロッカーが並んでいる。そういえば昨年の夏前に、白いビルの近くのコインロッカーで赤ん坊の死体が見つかったというのがちょっとしたニュースになっていた。駅以外でコインロッカーのある場所などあまり思いつかなかったが、探してみれば街中にこういうロッカーは結構あるのかもしれない。若手のブサイクはきっと、春樹よりずっとそれらの場所については詳しいのだろう。

鍵ではなくICカードと暗証番号で管理するタイプのロッカーは、横目でざっと見る限り、現在六か所も使用中だった。歓楽街の裏通りのコインロッカーに誰が何を入れるのか、何年も通ってきた道のことだが皆目見当がつかない。ひとつくらいは今も、帰る家を持たない若いホストか誰かが寮に落ち着くまでの日々の荷物などを入れているのだろうか。さすがにこのあからさまな立地で薬物の売買をする人はいまい。記憶を多少丁寧に掘り起こしてみても、春樹には駅や街中のコインロッカーを使った記憶がなかった。ロッカーにコインを入れて鍵を回す感覚を手繰り寄せても、それらはすべて実家の近くにある市民プールの更衣室か、以前たまに後輩と行っていた、タトゥーOKの古びたサウナのものだ。

昨夜たまたま会った実家のあるマンションに住むツインテールウサギを思い出す。昨日の話ではマンションはあと五年もすればなくなってしまうということだった。歓楽街で摩耗した感性では、若手ホストの話を聞いても、えー!?　というような反応が漏れることはなかったが、自分が実家のない男になるという実感は全く湧いてこない。親には妹の家や高齢者施設が用意されるとして、春樹の荷物はどうなるのか、小学校時代のアルバムなどが、女が出て行った中途半端に散らかった部屋に持ち込まれるのも、コインロッカーに仕舞われるのも想像ができない。レミがいたら、失った実家の代わりに現在の家、あるいは別の街に用意する新しい家が盤石な匂いを帯びたのだろうか。むしろ、ほとんど何も言わずに出て行った彼女がいた頃ならば、ツインテール女の話に変な動揺をしない程度には、賃貸の今の自宅にもう少し自分の帰る場所としての愛着を持っていたのかもしれなかった。

左に曲がって裏通りよりはずっと明るい職安通りの照明の中で、飲み直し客のウェーブ髪から新たなLINEが来ているのに気づいて横断歩道の前で立ち止まり、それを開く。エッグタルトの話題になったときに、ウェーブ髪がおすすめと言っていた店の名前とホームページのアドレスがご丁寧に貼り付けられた、親切だが素っ気ないメッセージだった。一週間の酒量が全盛期より少なくなった分、甘いものが嫌ではなくなった。だから純粋な興味でおすすめを聞いたのだが、LINEを見てなんとなく明後日の店休日にエッグタルトでも買ってから母親の顔を見に行こうかという気になった。マンションの取り壊しまでとその後に母はどのようなプランを考えているのか、なるべく早く聞いておかなくてはいけないような気がする。レミのようにいなくなることはないにせよ、春樹がもう長いこと母親のあらゆるプランに組み込まれていないことは確かなのだ。意外なことに春樹の漠然としたプランにはこの街を抜け出した先に母親や実家のことはふわっと含まれていた。それは母親を喜ばせるような気がするものの、レミの望んでいた関係が結局何もわかっていなかった自分のその予想は実は大きく的外れなのかもしれず、母の感触だけでもはっきりとさせておきたかった。十年以上女がどうしたらお金で埋め合わせをしようとするか、どうしたら満足しきらずにそこそこ喜んでくれるか、ということばかり考えていたはずが、女の重要な決断はいつも春樹を蚊帳《かや》の外に置く。

大きな交差点を渡って夜の暗さが実感できる辺りまで歩いているうちに、すっかりその気になって、ついでにエッグタルトを思い浮かべて甘いものが食べたくなった。ひとまず昼に若手ホストと客が揉めていたコンビニで何か買って帰ろうと思いついたところで、店休日には二十九歳のソープ嬢とのディズニー行きが、二週間以上前から決まっていることを再び思い出した。なんとか、というぬいぐるみの限定バージョンがディズニーシー内でしか買えないから付き合ってほしいと言われたのだ。断ることができないわけではないが、万が一今年中に何か自分のイベントをしなくてはならなくなった場合に、春樹の今の手持ちの馴染み客の中で高額なタワーを注文してくれるとしたらおそらく彼女が筆頭候補である。失うことが決まっている実家と注文されるかどうかわからないタワーのどちらに人生の重みを載せるべきなのか、ボトルの麦焼酎を消費し切ろうと最後にハイペースで飲んで酔った頭では、どちらの何を何と比べていいのか皆目わからず、すでに見えてきたコンビニまで、一気に春樹の足は重くなった。

403号室

三十九歳は冷たい手が欲しい

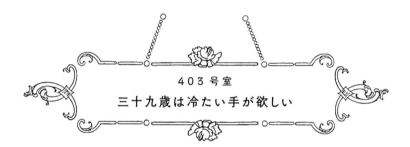

沁《し》みるとも痛むとも違う、つーんという感覚に備えて有希子《ゆきこ》は一度息をゆっくり吐いた。薬瓶の吸入口を鼻の穴の中にそっと挿し、ノズルを押しながら息を吸い込む。鼻の奥とも顔の奥とも言えるような微妙な場所に冷たい薬剤が広がっていくのがわかる。三十分後にもう一度同じ手順で吸い込むだけ。使用感としては、鼻炎のときに鼻に直接噴霧する薬とさして変わりはない。こんなもので排卵がコントロールできるなんて信じがたい。

「お、明日だっけ、いよいよタマゴとるの」

タブレットの画面を横にしてソファにうつ伏せの状態で動画を見ていた絵里奈《えりな》が視線も姿勢も全く動かさずに言った。キッチンと居間の境目のない造りの部屋ではあるものの、その姿勢で有希子が点鼻薬を差しているのが一体どうやってわかったのか、絵里奈には相変わらず謎が多い。

「いや、明後日」

有希子は流し台の横に置いた点鼻薬をジップ付きの小さなビニール袋に入れてそのままそこに放置し、鼻の奥に軽微なむず痒さを感じたまま携帯画面で次の点鼻時間のアラームを確認した。

「何個とれるかドキドキする？」

ちょうど動画が終わったのか、絵里奈がタブレットの画面を表にして一度カーペットの上に置き、ソファの上で器用に身体を二回転させながら聞いてきたので、有希子は冷蔵庫からペットボトルの黒烏龍茶を出して自分の分だけグラスに注ぎ、カーペットの上のちゃぶ台を挟んでソファの対面《といめん》にある座椅子の方へゆっくり歩いた。横のスイッチを入れると座っているところが電気で温まるタイプの座椅子で、ここへ越してくるときにドン・キホーテで購入した。ソファは絵里奈が実家の自室で使っていたもので、この部屋でも主に絵里奈が使っている。

「大量にとれたところで保存にもお金がかかるんだよ」

「でも薬とか注射とか全部タマゴ増やすためのやつでしょ」

「それもあるだろうけど色々面倒ごとが多すぎてどれが何なのかよくわかんない。とりあえず確実にこの日に採卵できるようにってことだと思う」

座椅子のスイッチは入れたままになっていたので座った途端に有希子の下半身はじんわり温まっていく。性器から肛門にかけて熱が伝わってくるのを感じながら、椅子までもが自分の子宮をいたわってくれているような、別に病人というわけでもないのに大切にされているような、悪くない気分でグラスのお茶をすすった。越してきたのが暖かくなってきた季節なのに、温め機能付きの座椅子を選んだ自分が天才に思える。

仕事で知り合ったときにはゲイだと知らずにうっかり一時期ちょっと狙っていた長身の編集者の男が、引っ越し先探しているならちょうどいいところ安く住めるよ、と紹介してくれたのがこのマンションだった。取り壊しが決まっているという理由で本来新しい入居者を募集していなかったのだが、前住民がどうしても引っ越さねばならないという理由で、格安の家賃、しかも敷金礼金ゼロで住んでくれる知り合いを探していた。なんでもその人がここに入居を決めた際に、取り壊しの前の年まで借りる約束で家賃を値切ったらしい。住む条件は四年以上居座らないこと。有希子にとってそれは障壁どころかむしろありがたかった。四年後も独身のまま今の生活を続けているなんてちょっと考えたくない。考えたくないのだがどうもそんな気がして怖いので、建物の方からタイムリミットを決めてくれるならそれに越したことはない。

ワンルームとしても使えるワンエルだよ、と聞いていた部屋は都心のワンルームにばかり住んでいた有希子が思っていたよりずっと広く、しかもパーテーションを使うとワンエルどころかベッドルームはさらに二つに仕切ることができた。一人暮らし前提で契約したが、都心から離れて大きな川まで渡ったこの近くにはエンタメが何もないので、自分でエンタメを誘致することにした。それが一か月半ほど遅れて入居した絵里奈だ。

バックパッカーで世界中の悪条件の寝床を経験している絵里奈なら、パーテーションで区切られただけのベッドルームに文句は言わないというのが有希子の見立てで、案の定、セックスはできないけどオナニーならできる系のプライバシーだとか言って喜んでやってきた。有希子としては安い家賃はさらに半額となり、ほとんどホームレス状態だった絵里奈にも自宅と呼べる場所ができ、とりあえず二人とも満足だった。もともとはきちんとした芸能事務所に所属する女優だったが、今はフリーの女優とは名ばかりで、知り合いの関わる映画にごく稀に端役で出演する以外は特に仕事をしていない絵里奈が、このコロナ禍に家賃を払い続けられるのかは謎だったが、当初は一人で暮らすつもりだった有希子としては自分だけで家賃を払う月があってもいいと考えていた。結局今のところ絵里奈はどういうわけかいつも生活できるぎりぎりのレベルのお金は作ってくるので、家賃は一度も踏み倒されていない。大家にルームシェアをすることは伝えていないが、取り壊し寸前の古いマンションでそう細かいことは言われないだろうし、きちんと家賃を納めて四年以内に退去すればトラブルにはならないだろう。

「卵子凍結かー、私も来年とかには考えないとなのかな」

絵里奈がパック入りの豆乳をストローでわざと音をたてるようにズルズルと飲みながら滑舌悪くそう言った。床に置いていたタブレットを再び手に持って、次に見る動画を漁っている。樹海に潜入して死体を見つけるやつとか、南米の危険地帯の道案内とか、世界の呪物紹介とかきっとそんな動画だろう。

「そうよ、あんた誕生日早いんだから、やるなら来年中、っていうか早ければ早い方がいいんだってば。一緒にやればよかったのに」

有希子は自分の携帯で化粧品メーカーやワイナリーからの広告のLINEを消去しながら小言っぽく言ったが、どうせ絵里奈は付き合いでそんなことを言うだけで、実際に病院に通い、高いお金を払って決まった時間に注射や内服薬、点鼻薬を使って採卵に備え、一般的な意味での女の幸福の期限を延長するなんて考えられない。コロナさえなければ今も国内や海外を飛び回って現地で何かしらの仕事を見つけ、その日暮らしを続けていたであろう絵里奈にはきっと、凍結した卵子のようなよすがも、それが繋ぎ止めてくれる一般的幸福も必要ないのだ。そんな絵里奈を有希子は広いサバンナを自由に走り回るジャッカルのようだとも思うが、一日ごろごろしている姿は砂浜で昼寝する海亀のようにも見える。

「だよねー。てかやば、ユキユキユキユキちゃんもうすぐ四十歳かよ。そして私も二年弱でなるのかよ」

ユキユキユキちゃんは二十歳前後の頃に有希子が使っていたメールアドレスだった。未だに携帯のキャリアメール時代のアドレスをネタにしたあだ名で呼んでくるのは世界で一人だけだ。絵里奈は他にも、連続ドラマ一晩一気見や、コンビニ菓子を買い込んでパーティー開けをして一気に食べまくる、思いついたら夜中に急にカラオケに行きたがるなど、知り合った頃と同じことを二十年経った今でも平気でするようなところがある。冬でも未だにUGGのブーツにショートパンツのような格好をする。年齢に振り回されないのがすごいとは思うが、五十歳になってもユーチューブ見ながらスナック菓子をつまむのだろうか、と思うと怖い気もする。

「それにしてもこんな鼻にシュッシュってだけで排卵がどうこうなるって信じがたいわ」

「私、花粉症だから鼻シュッシュは慣れてるな。ユキユキユキちゃん健康っぽいからそんなシュッシュしなくても丈夫なタマゴとれるよ」

「この歳じゃ、女の機能は自分でコントロールしないとダメなのよ、もう」

「ふうん、私ピルくらいなら飲んだことあるけど。でも決まった時間に薬飲むとか、何日に病院行くとか、子宮をコントロールしてるより子宮にコントロールされてるみたいに見えるけどな」

絵里奈が芯を食ったようなことを言ったので有希子は黙った。黙ったのを誤魔化そうとしてまだ半分残る黒烏龍茶の入ったグラスを持って冷蔵庫まで行き、またなみなみとそれを注いで座椅子に戻った。脂肪の吸収を抑える烏龍茶はグリーシーな中華料理などと一緒に飲むには適しているが、何も食べずに飲みすぎると喉の脂分を奪われて声が嗄れるらしい。たしか昨年、例のゲイの編集者が言っていた。でも昼には近所の美味しくもなんともないチェーンのカレー屋から出前を取って絵里奈とともに食べたし、いつもなら残す白米も、平気で大盛を頼む絵里奈につられてしっかり完食してしまったので、何かしら美容と健康に良いものを摂取していたい。コロナが明けてみたらぶくぶくに太っていたなんてしゃれにならない。

運動は嫌い、睡眠は好きだが規則的な生活ができるかというとそういう意志の強さはない。身体に良さそうなものを食べるのは好き、化粧品やサプリも好きだが色々と試すので何が結果的に効いているのかはよくわからない。たまに思いついたように美顔器を使ったりエステに行ったりはするがタバコはやめられない。有希子の美容健康意識はいつも中途半端で、それはきっとブスではないが辺りをはらうほどの美人でもなく、ホステスや演技派女優としては成立するが美人女優やモデルとしては成立しない中途半端なポテンシャルのせいだとなんとなく自分でも思っている。

女優としては結局エキストラに毛の生えたような役しか回ってこなかった自分よりずっと成功した絵里奈は事務所の後輩だった。単館上映の低予算映画では主演級の役を何度もやって、舞台もかなり出演していたが、日常生活や恋愛にまで口を出そうとする芸能プロダクションは全く肌に合わないと言って二十五歳のときには事務所を退所していた。絵里奈に比べれば事務所に干渉されることなく、むしろ所属していることを事務所スタッフですら忘れているのではないかと思うほど連絡がこないことがあった有希子は、ほぼ百パーセントホステスの給料で暮らしていた。事務所に所属しているという事実だけが焦燥感を緩和し、水商売で生きるような根性などないのに二十九歳まで続けてしまった。ホステスとしての戦績も可もなく不可もなくという感じだった。自分の本来の居場所はここではない、自分にはここ以外に行き場所があるのだ、という顔を隠さず、自分の負けを本来の負けと認めない、嫌なホステスだったと思う。ホステスを辞めるときに事務所も辞めたが、もはや事務所の人間には誰にも何にも言われなかった。ごく稀にカラオケの背景映像に自分の顔が映ることがあるくらいで、有希子の当時の芸名など誰も知らない。

「ねえ、お寿司食べたくない？」

唐突に酢飯が食べたくなって、有希子はユーチューブで孤独死現場リポートを見ている絵里奈に向かって言った。気を遣わない絵里奈は深夜でも早朝でもこちらが何をしていようがイヤホンなどは使わない。そのせいで一緒に住み出してから半年、有希子もアングラ系ユーチューバーが扱うようなネタに詳しくなりつつある。たとえば樹海で死体を見つけたときの対処法など。

「食べたーい。おごりなら食べるー」

絵里奈が動画を止めずに有希子の方を向いて三歳児みたいな顔をした。隣の部屋には本当の三歳児が住んでいる。ちょうどアラームが鳴ったので有希子は再度立ち上がり、流しの横でまたつーんとする感覚に備えて一度息を吐いてからノズルを押して子宮と自分をコントロールする薬剤を鼻奥に噴霧した。

出前で安い寿司を取って二人でタランティーノの古い映画を観ながら食べ、ほとんどソファを寝床にしている絵里奈を居間に残し、有希子は自分のベッドがあるパーテーションの右側の部屋へ引き上げた。明らかに一日の炭水化物の許容量を超えていたが、当分外出の予定もないので来週あたりファスティングでもして帳尻を合わせればいい。と、先週、絵里奈の臨時収入でピザを三枚宅配して揚げ物もつけて二人で昼から夕方まで昨年のM－1の録画を見ながらほぼ完食したときにも思った気がしないでもない。でも少なくとも一週間でコロナ禍が終結することは考えにくいのだから、帳尻合わせは多少延びてもいいような気がする。

時計を見るともう深夜〇時を回っていて、日付上はすでに月曜に突入している。寝て起きたら在宅とはいえ就業時間までにパソコンにログインし、今どき誰が買うんだというレベルのド派手なギャル服ECサイトの問い合わせ対応や商品在庫確認などの仕事をしなくてはならない。コロナ禍に通販関連のサイトは好調で、その波に乗って有希子の会社の商品の売れ行きも悪くない伸び方をしている。外に買い物に行けないのも暇なのもよくわかるが、外に行く用事が極めて少なくなっている今、絶対に家で着ることのない着心地の悪いド派手ギャル服を一体誰が何の目的で買っているのか、売っている会社の社員である有希子にも皆目見当がつかない。この時期にこれ着てどこ行くんだよ。人気商品の色違いの入荷問い合わせなどが多いときにはつい悪態が漏れる。それに緊急事態宣言中とはいえ徐々にステイホームな風潮が解けつつあるのは明らかで、もしかしたら年度が改まれば再びコロナ前と同じように、窮屈な電車に乗って窮屈な会社のある窮屈なビルに通わなければならなくなる可能性もある。そうなってくると有希子はまた自分の境遇を軽く呪いながら、自分より恵まれた者を苦々しく思い、自分より不運な人を見て安心するような、嫌な女の日常に戻らなくてはならない。

正直、都心とは川が隔てるこの冴えない地域の、さらに冴えないコンビニの上の冴えないマンションでの女二人のほぼ引きこもり状態での暮らしは気楽だ。家に引きこもっている以上、精神衛生に悪いSNSさえ開かなければ、自分の運命を誰と比較するわけでもなく、家にいるなら別に世田谷区も港区もこの場所も大差ないし、外に出かけないのであれば、今の自分には買えない高額のものだって別にいらないような気がする。毛皮もどんどん値上がりするシャネルもピアジェもベントレーも、外に出て初めて役立つのであって、家で七年前のドラマ一気見大会をしている自分には必要がない。ホステス時代の客からの貢物の類も今では簞笥《たんす》の肥やしになっているか、とっくにフリマアプリで売り払ってしまった。

ホステス卒業と同時にもともとあってなきような女優の肩書きもいよいよ失った有希子にとって、かつて有希子と同じ店に勤め、大学卒業と同時にさっさと辞めて外資系アパレルに就職、五年勤めた後に起業した友人の彩《あや》がいたことは幸運だった。彩はもともと経営が向いていたのか当初はカラーコンタクトレンズの通販サイト、アパレルのノベルティの制作会社などに手を広げ、ギャル服ECサイトでは有希子を責任者の一人にしてくれた。そのおかげで有希子はそれなりの安定した収入と、ギャル服を着こなせる限りは被服代のかからない生活を手に入れた。セールス・マネージャー兼カスタマーサービス室長の名刺を見た絵里奈は、「すごーい、ユキユキちゃん偉い人になってまんがな」と、なぜかいい加減な関西弁と全く邪気のない笑顔で感動してくれた。そういう言葉には実際にすごい誰もが、「いや全然すごくないのよ」という定型句で反応するものだが、有希子の場合は数ミリの曇りもない本心で、「いや全然すごくないよ」と反応するしかなかった。

――彩はすごいにしても、こんな肩書き、ホストの主任とか幹部補佐と一緒だ。

寄せ集めの社員の集合体の中で、肩書きがただのやる気を出させるためのご褒美的な意味しか持たないのは、それはそうだった。トップに立つ者として彩はそうした社員の掌握術に優れていて、だからこそこのような小さな会社には珍しく、創業当時からずっといる古株の男女が今も転職せずにとどまっている。彼らが中核的な役割を担っているのは事実だが、それ以外の社員はご褒美的な肩書きに喜び、つまらない仕事をある程度の責任感を持ってこなし、この生活が上向くことはなくとも失われないことだけをひたすら望む日々を送っている。すでに七年以上勤めている有希子であっても、やっている仕事と言えば就職当初からあまり代わり映えのしない、要は誰にでもできるサイトの管理とクレーム対応、それから簡単な企画立ち上げにすぎない。買い付けは優秀な中国のギャルがそのほとんどを担っている。

――陳《チン》さん、コロナ平気かな。

他に考えることが思いつかずに有希子はなんとなく買い付けのギャルを心配してみた。陳さんは日本への留学経験もある、彩や有希子と同年代の女性で、なんだか知らないがものすごくギャルを愛している。彩とどうやって知り合ったのかよくは聞いたことがないが、とにかくブラとスカートがゴールドのチェーンで繋がっている謎ワンピや、布の面積より肌の見える面積の方が多い謎デニムなどを買い付けてくることに関しては天才的で、日本ではもう見ることのないような振り切れたギャル服が買えるECサイトはごく狭い、しかし愛の深い客層に愛されている。九〇年代の終わりとともに高校を卒業したいわゆるギャルど真ん中世代の有希子であっても引くレベルのギャル服は、どうやら懐古的な趣味を持つ若い女性だけでなく、アダルト系メディアの制作に従事する男性や一部の変態男性にもよく買われているようだ。

暗い部屋にはきちんと閉め切れていないカーテンの隙間から、輪郭のボケたような中途半端な光が差し込んでいる。月の光だとはっきりわかるのは、有希子が自然の変化への感度が高いからでも暦に詳しいからでももちろんなく、単にこの周囲には夜更けに部屋に入り込んでくるほどの光を放つようなものが何もないからだ。華やかな都会はほとんど川の向こう、こちら側ではせいぜい湾岸エリアまで下って米国のシミュラークルの楽園がある辺りに偽物の発光体が集められているだけで、その光がこの部屋に届くことはない。

掛布団の上にだらしなく横たわっていた有希子は一度起き上がり、枕側の窓の前に立つと、やはり限りなく満月に近い明るめの月が真っ暗な住宅街を中途半端に照らしている。

――いっそ真っ暗で何も見えなければいいのに。

せっかくのスティホームに外界の何かが入り込んでくる不快に耐え切れず、勢いをつけてカーテンを引くとレールを伝うランナーがビッと布を破いたような音をたてたので一瞬焦ってカーテンの付け根の部分を見たが、別にどこも破けてはいなかった。明後日の採卵の日はすでに有給申請をしている。正直、在宅の場合は朝のログインさえ済ませれば、ずっと机の前にいなくともなんとか誤魔化せるもので、明日も朝のログインと午後一のテレカンの時間以外はトラブルがあれば対応できる態勢を整えつつ、絵里奈におすすめされたアングラ系ユーチューバーの動画でも見ていようか、ヨガでもしていようかという心構えではいるのだが、さすがにお股を広げてタマゴを採取されながら、煩いクレーマーの対応を引き継ぐのは無理があるのだった。

——まかり間違ってそれこそ海亀みたいにタマゴが勝手に孵化《ふか》してくれて、玉のように可愛い子が生まれたりしないかな。

有希子は再びベッドに戻り、起きてカレー食べて点鼻薬シュッシュして寿司を食べたときと寸分変わらぬ格好のまま、今度はいつ替えたのかよくわからないフランフランで結構高かった掛布団カバーの下にもぐり、無理やり眠りにつくようにした。


クリニックを訪れるのは三回目だったが、約八か月前に今のマンションに引っ越してからコロナのせいで電車に乗って出かけるということ自体が極端に減っていたため、すでにタマゴのために随分と遠路を通わされた気分になっていた。私鉄の下り電車に乗り、一駅で乗り換えて新宿まで、コロナ前に会社の忘年会のビンゴで二等の賞品としてもらったエアーポッズをつけて南米危険地帯を紹介するユーチューブ動画を見ながらすかすかの電車に揺られ、予約時間である十時の十分前にはクリニックの受付に到着した。朝から水を飲むのもダメだと言われていたので起きてからタバコも吸わないでいたが、脳内はすでに採卵後、とにかく早く水を飲んで新宿駅の喫煙所に行くことばかり考えている。

街は相変わらず局所的に人のいる場所を除いて人通りが少ないのに、不妊治療で有名なクリニックの中は待合の席がかなり埋まっていて、みんな自分の命を守るよりも新しい命の誕生を望む気持ちの方が大きいのか、と毎度ちょっと感動する。あるいはみんな三十九歳で、孵化する当てのないタマゴを保存するのに焦っているのかもしれない。女の体内の残酷な時計は感染症もステイホームも忌引きも三密回避も関係なく進んでいく。

「そちら除光液で落としてお待ちくださいね」

案内してくれた感じのいい受付の女性に言われて、そういえば採卵当日はメイクだけでなくネイルも落としてから来院くださいと言われていたことを思い出す。最近はズーム会議の際にも眉すら描かずにメイク落としを使わない日々が続いていたが、ネイルは暇潰しで塗り直してそのままにしていた。

「すみません！　うっかりしていました」

有希子はやや大げさに恐縮してみせながら、ステイホーム中にジェルネイルからマニキュアに移行していて助かった、と思った。さすがにここで表面のハードジェルを削り、時間をかけて溶かしてさらにやすりをかける時間はない。

「はい、大丈夫ですよ」

大げさに謝ったのが功を奏したのか、女性は張り付いたような微笑みを一切ゆがめることなく親切に除光液とコットンを渡してくれた。別に命を握られているわけではないが、お股を広げる場所で人に嫌われたり呆れられたりするのは得策ではない。まして今から、自分のことを少しも愛していない男に一番敏感な穴に何かを突っ込まれるのだ。それぞれが独立し、他の席が見えないようになっている待合の一席で鞄を膝に抱えたままコットンに除光液を垂らすと、綿が吸収する水分量と瓶から溢れ出た液体のバランスが合わず、少し鞄の中にこぼしてしまった。

コロナ禍に卵子凍結をすることを決めたのは結果的に正解だった。同い年の彩が不妊治療で苦労し、結局子どもができないまま疫病禍に突入してしまったと聞いたことと、緊急事態宣言などのない日常に戻る頃には四十歳になってしまうと思ったというのが主な理由で、焦って保管サービスをおこなう企業のホームページを調べ、提携クリニックを探した。

有希子は子どもが欲しいと思ったことはあまりないが、欲しくないと思ったこともなかった。二十四歳のときに好きな男が興奮するのが嬉しくて危険日に中出しを許してしまい、うっかり妊娠して事務所に内緒で中絶してからは、長らくピルを飲んでいたから、今は欲しくないと思っていたのは確かだ。でも子どものいない人生を選択した覚えは全くないし、そういうある種毅然《きぜん》とした決断ができるほどの仕事への誇りや自由な生活への愛着もない。卵子凍結を決めたのも、別に今は仕事が忙しくて落ち着いたら子どもをつくることを考えたいとか、特定のパートナーと不妊治療にいそしむ予定があるとかいうことは全くなく、ただ単に子どものいない人生を今選択しないで済む最良の方法だと思ったからだ。引っ越しを機に、二年ほど付き合った男と別れ、精子も男性器も持たない絵里奈と引きこもり生活満喫中の有希子には現在妊娠の希望も心配もひとつもない。そのタイミングでピルを飲むのをやめたのも、ただ生理周期を規則的にするためだけに婦人科に行くのが面倒という理由だった。

付き合っていた男は三つ年下のテレビ業界人だった。白金のやや五反田寄りの幹線道路沿いに犬と暮らしていた。愛犬家を名乗り、犬はしょっちゅうトリマーやらドッグパークやらに連れて行くが、有希子に対しては男の部屋の充電器を使うのすら嫌な顔をするドケチだった。恵比寿駅前で待ち合わせをした際、有希子がＬＩＮＥに気づかないでいると、怒り口調で電話をかけてきては電話代がどうの、と文句を言ってきた。それでも目先の贅沢より将来的な安定に重きをおけば、選んで損のない男だと思っていた。

有希子が狭いワンルームにばかり住むのは、どうせ男と付き合えば男の家に入り浸りになるし、しっかりした広い1LDKなど借りてお気に入りの家具など揃えたところで、結婚したら不要になる気がしていたからだ。彩には感謝しているし、なんだかんだ陳さんセレクトのアクの強いギャル服は笑えるし、同僚も変なプライドや選民意識がなく、どちらかというと仕事意識も低いので付き合いやすい。業務自体にそれほど大きな苦労はないのだが、それでもこの、誰も知らない企業の誰も着ないギャル服部門の誰も見ない企画などを立ち上げて一生を終えると考えるのは怖すぎる。かといって何か特別やりたいことが見つかるまで、ぬるま湯職場からの転職はしたくない。会社が鉄の檻と呼ばれる所以《ゆえん》は、その強固さではなくぬるさにあるのではないかと思いつつ、ここは結婚と妊娠で一旦区切りをつけてゆっくり資格など取るのはどうだろうなんていう邪《よこしま》な思いでケチ男に甘んじていたのだが、有希子が男の家にあったふるさと納税の高級肉を使って料理に失敗した際に、肉代払えよ、とにらまれて別れようと決心した。

ケチで嫌な奴だった割には別れるとなると男からの電話やLINEはしつこく、一度部屋のインターホンを深夜に執拗《しつよう》に鳴らされて以来、有希子は急いで引っ越しをしようと思うようになり、加えて疫病蔓延《まんえん》で自宅にいることが増えるであろうことを考えると、ベッドとローテーブルとクッションしかない自宅は些《いささ》か狭すぎると感じた。そんな折にゲイ編集者からの紹介はまさに渡りに船だったのだが、男のいるストレスから解放されてみると、男のいないまま時間が経っていく不安が常に胸をかすめるようになった。

除光液を返し、カーテンで仕切られた個室に通されてどうせ脱ぐしと思って着てきた自身の運営するECサイトの激安ニットワンピをひと思いに脱いで術衣に着替え、リクライニングチェアの端にちょこんと座って待っていると名前を呼ばれて手術室に案内される。全身麻酔はなんとなく怖くて局所麻酔を選んだので、意識が遠のくことはない。ぱかんと股を広げてぼんやりタバコが吸いたいなどと思っていると、身体の中心に嫌な硬さの器具が挿入された。どういう構造なのか、消毒された器具らしきもので身体の内側を擦られて鈍い痛みを感じる。エコー画像をぼんやり見ていると何やら看護師らしき人に説明されるのだが、赤ちゃんならともかく体内で二十年以上常に作り続けてきたタマゴの画像に何の感慨もなく、やはり鈍い痛みを少し感じながらタマゴをとられている最中、どうしてか有希子の脳内はタバコ吸いたいから玉子の握りが食べたいを経由して酢飯が食べたいという欲求に支配され続けた。

二十分ほどの手術は何の緊張感もなく終わり、痛み止めの座薬を入れられてお尻の方まで軽くロストバージンをして個室に戻ったときには、一時間の休憩やハーブティーなどいらないからすしざんまいに連れて行ってくれという気分だった。妊娠すると酸っぱいものが欲しくなるというのは聞いたことがあるが、むりやりタマゴを奪われてもやはり酸っぱいものが欲しくなるものなのか、ぼんやりした頭で考えてもよくわからない上に、さすがに混雑したクリニックの看護師にそんなことを聞くほど常識がないタイプでもない有希子は、黙って美味しくもなんともないハーブティーを飲んだ。

＊

久しぶりに入ったすしざんまいの注文方法が特にデジタル化されていなかったことに逞しさ

と心強さを感じながら、有希子はボタンを押すタイプの自動ドアを開けて外へ出た。とりあえず酢飯欲は満たされたものの、身体の奥の普段誰にも触れられないところから、全く有効活用したことはないがとりあえず大事にしまっておいた何かを強引に取られた微妙な違和感が消えず、あまり長居はしないことにした。そもそも無理してタマゴを増やした二週間、身体の調子は重だるく、もともと大してない体力が夕方には完全になくなってすぐに眠くなるようになった。

妊娠したらさらに体力が奪われ、一日中眠くなり、女優時代とほぼ変わらないサイズを維持している身体は醜く太り、タバコもお酒も我慢して生魚を使った寿司も我慢して仏頂面で過ごさなくてはいけないのだろうか。そう考えるとやはり有希子は全く妊娠したいとは思えない。別に鬼ではないので人の子どもを見たら可愛いと思うし貧困で飢える子どもがいなくなればいいと思うし子どもの多い店に喫煙スペースがなくても仕方ないと思うし、なんならたまには子どもを育ててみたいと思わないわけでもないが、現在の生活から清廉潔白な妊婦生活と自分の都合より優先すべき生き物との同居生活への変化はどうも突拍子もなさ過ぎて想像ができない。

三十過ぎるまではとにかく避妊を主にピルによって完璧にして、うっかり妊娠してしまうようなことがないように気をつけていたのに、迫りくる四十歳にビビって具体的には欲しいかどうかもよくわからない子どものためにお股に異物を突っ込まれて何十万も支払うなんて、なんとなく本末転倒のような気すらする。そもそも生物学的あるいは医学的には、四六時中避妊に気をつけていた若い頃の方が余程妊娠には適していたのだろう。なんとなくまだ多少疼《うず》く気がする下腹部を少し気にしながら区役所通りを早歩きで下って歌舞伎町を突っ切っていく。

あるいは妊娠している人はそんな眠気とか差し引いてもすぐ先に迫る大きな幸福とかいうものに気を取られて割と平気なものなのだろうか。そう思った直後、いや、そんなことあるかい、と昨日か一昨日あたりに吐かれたゲロらしきもの、を誰かが掃除したと思われる痕に気を取られながら有希子は思い直した。そういう世間の浅はかな考えがきっと世の妊婦なり子どもを産んで強制的に幸福を押し付けられた女なりを追い詰めるに違いない。ただ、思えば有希子はタバコもお酒も本来的な味が好きというよりそれを嗜好《しこう》することで参加できる若い頃のある種のコミュニティに属していたかっただけで、後に残ったのは単にやめられなくなった悪癖と、商売としての飲酒ですっかりしゃがれた声で、それをやめてもいいと思えるほどの優先事項を人生に取り入れてみたいという微かで正直な欲望がないわけではない。

ゲロらしき痕はうまく避けて歩いたが、正直これ以上日数が経てば痕はほとんど不可視になるのだろうし、この街で誰の排泄物も血液も吸収していない路面を探すのは無理があるのだろう。有希子は昔から歌舞伎町の乱雑さが嫌いだった。水商売のバイトを探したときにも、最初から新宿は排除して選んだ。年齢を重ねるにつけ、さらにこの街のがさつで遠慮のない残酷さは身に染みる。銀座や、少なくとも西麻布辺りでは何かしら別の些細な付加価値で区別される他の女と自分は、新宿の歓楽街では平気で年齢によって同じゴミ箱に放り込まれるのだ。この街で価値を持つのは、有り余る若さを棒に振り、タマゴや精子を無意味なことにだけ使って平気でどぶに捨てるような態度であって、少なくとも姑息にタマゴを増やし、それを何十万もかけて保存するような貧乏くさい真似ではない。野生動物の中に紛れ込んだ、品種改良ネズミのような心もとない気分が消えない。

信号まで下り坂だった通りは今度は急な登り坂になる。有希子は自分を待ち構えたようにスムーズに青になった信号をさっさと渡りきるとさらに足を速め、まだ人影のほとんどないカラオケ屋の前を一気に過ぎて区役所の方を目指した。区役所の脇から大通りへ出れば、そこはすでにあらゆる目的の人間が交差する大都市の大通りであり、歓楽街の内側ほど露骨に値付けされることはない。

信号を過ぎた辺りから目の前を自分と全く同じ歩幅で歩く、自分より歌舞伎町の内側での価値が高く、歌舞伎町の外側での価値はやや低いであろう二十代のストレートヘアの女の安物の靴が、一定のリズムで不快な金属音をたてている。踵のゴムが削れてしまうのは仕方ないし、安物の靴は頻繁にメンテナンスに出すと元々の価格をメンテ費用が余裕で超えるのでできればお金をかけずに履き続けたい気持ちもわかる。すぐにマウントを取り合う女同士も、踵ひとつで連帯できるのだから男とわかり合うよりは余程容易《たやす》い。有希子は出がけに寝ぼけた絵里奈と交わした会話を思い出していた。

タマゴ頑張ってね、という寝起きの絵里奈の適当な挨拶に、有希子はナニソレと笑いつつ、確かに自分がすっかり古びているはずのタマゴについて頑張れることなどもうないし頑張るとしたら採卵する医者でしかないが、タマゴが頑張って凍結に耐え、いつになるかわからない受精にやる気を出してくれるのならば、有希子は選んだはずのない産まない人生みたいなもののレールを歩かないで済む。そう考えると頑張るのは一に医者、二にタマゴなので、ユキユキユキちゃん頑張ってねではなくタマゴ頑張ってね、と言った絵里奈は本質的に正しい。絵里奈はいつも本能っぽいもので割と正しい選択をする。

「もし子どもできたら私一緒に頑張って育てるー」

大きなペットボトルから直でトマトジュースを飲みながら絵里奈はそう言い、直後に冷蔵庫の中に入っているアルコール度数がやや低めの缶酎ハイを手に取った。コロナ禍の前から絵里奈の飲酒は唐突で脈絡がなく、基本的に夕飯時以降しか飲まない有希子とは対照的に朝だろうがランチ中だろうが急に始まり、逆に深夜には大パックの豆乳や梅昆布茶ばかり飲んでいることもある。そういうところを有希子は女優としての才能とも関連性のある、振り切れた自由人だと感じているのだが、夜に飲酒するより朝から飲酒する方が変人だなんていうのは一体どこから来る思い込みなのだろうとも思う。

「なんで私が独身で子どもつくる前提なのよ。そもそもタマゴ凍結したって勝手に子どもできるわけじゃないんだってば。お守りみたいなもんだよ、保険保険」

「えーでもユキユキユキちゃん結婚しないでしょ。独り身で子育てしたいから不妊治療じゃなくてタマゴ凍結するんだと思ってた」

「日本だと凍結した卵子で体外受精したいなら結婚か事実婚しないとムズイと思う」

わかりきっていたことを改めて自分で口に出すと余計何のために早起きしてけして安くはない金額を納めに行くのかよくわからなくなった。子どもが欲しいかどうかなんてよくわからないし、この先結婚してもいいと思うような男と出会うかどうかはさらにわからない上に、出会ったところで何のトラブルもなく本当に結婚し、体外受精に励むかどうかなんて全くわからない。可能性としてはいくつものハードルの先のほんのちょっとした点のようなものでしかない気がした。

「考えてみればそっか。なんか変なの。そういう、リプロダクティブナントカっていうんだっけ？　生殖医療みたいなのをさ、めちゃくちゃ必要としてんのって、どちらかと言えば異性とつがいになってない人じゃんね」

「私もそう思うよ」

絵里奈が全く正しい、人間らしいことを言うので有希子はすでに履き終えている靴をあえてぐりぐりと土間に擦りつけながら、玄関ドアを開けるよりも同意することを優先した。

「うちら子どもつくるとしたらどっちかがアクシデント的に自然妊娠するしかないってことじゃん。頑張るよ私もそういう事故起こせるよう」

「うん、私も頑張るわ。とりあえずうちら食べ過ぎだから来週あたりファスティングでもするわ」

有希子はコロナ禍と絵里奈との同居で油断しきっていた食生活を思い返して言った。ここ数日だけでもカレーやお寿司の出前や絵里奈の買ってくるスナック菓子など余計なものを胃に入れ過ぎている。

「何言ってんの、しっかり食べないと丈夫な子が育たん」

「アクシデント的に自然妊娠するならそこそこ見た目を綺麗にしてないとそういうこと起きないでしょう」

「いや、嫁になる目的なら綺麗な方がいいかもだけど、精子だけ欲しいうちらは綺麗じゃない方がいい気がする。ユキユキユキちゃんが売ってるような安い服着て変な化粧してれば、精子だけ乱暴に出されて捨ててもらえるよ、きっと」

会話が明らかに変な趣旨になってきたところで、有希子はハハハと乾いた高い笑い声を出しながらいってきますと言って玄関を出たのだった。そもそもマンションが壊されるまでの一時のルームシェアを提案した相手が、なぜか自分らを子育て共同体「うちら」に括っていることも可笑しいし、夫を排除して精子だけ搾取しようとしているのも可笑しかった。可笑しかったが、そういう妄想で笑い合うのは悪くない時間だった。少なくとも、子宮に変なものを突っ込まれてタマゴをとられたり精子を出されたりするよりは尊い時間だ。そういう冗談だけ言い合って年齢を重ねていけないだろうか。相手が絵里奈であれば、それは割と現実的でもある生活のような気もする。

しかし自分の相手は自由を怖がらない絵里奈でも、絵里奈の相手は有希子である。絵里奈のように過去や未来に縛られない奔放さを持たない、不自由な女だ。そう考えるとそんな年の取り方は、全く現実的には思えないのだった。大通りに出ると昼の歓楽街とはうってかわって世間はずっと忙しそうで、有希子はなんとなく自分もきちんと目的地を持って歩いているふりをしなくてはならない気がして、後ろよりだった重心を少し前に傾けた。

「いや、シルバーのチェーンじゃあ違うのよ、それ前も確認したよね」
「ゴールドの方をメーン画像に出すにせよ、シルバーバージョンも発注した方が絶対いいと思います」
「いや、それだとコンセプトが揺らぐ。我が社のアイデンティティが揺らぐと言ってもいいくらい」

「でも前にも金色だと下品だって意見もあったし、実際ジュエリーはホワイトゴールドとかシルバー派の方が多いんだから、シルバー選ぶ人多いと思いますよ」

「カットソー自体が白と黒で選べるんだから、選択の余地はそれで十分なわけよ、シルバーチェーンに白Tシャツって、それじゃあクロムハーツ好きのギャル男じゃん」

年季の入った営業担当のギャル社員とそこそこ生真面目な若手社員とのやりとりを聞きながら、有希子はまだ女優として芸能事務所に所属していた頃の担当マネージャーが、いつもクロムハーツの長財布にウォレットチェーンを付けていたのを思い出した。ダメージデニムや細身の黒パンツに合わせるならまだしもマネージャーの仕事上、ほぼ毎日安いスーツを着ているので、ごついウォレットチェーンは服との相性も悪く、そもそも十年以上前のその頃でも十分に流行遅れ感というか、いい大人が若かった頃のやんちゃ武勇伝を引きずっている感というか、そういうものがにじみ出ていた。それでも今思えば、移ろいゆく年月の中で知らぬ間に失い続けるものへの郷愁と、何かひとつくらい変わらないものを握っておきたいという彼の不安があのギャル男チェーンに詰まっていたのかもしれない。それくらい嫌味を言わずに放っておいてあげればよかった。そうすれば現役時代、転機となるような美味しい役を一回くらいもらえたかもしれない。今になって振り返ればそういうことはよくわかるのだが、現役時代には女優とマネージャーだろうがプロデューサーだろうが、結局人と人との関わり合いであるということがよくわかっていなかった。会えば必ずギャル男を引きずったダサいセンスに文句を言っていた。

「ジュエリーにイエローゴールド派が少ないってのは確かに、な指摘だね。指輪もピアスもシルバー系だったら、ゴールドチェーン付きのカットソーは手が伸びにくいと思う？」

最も若い社員にやや加担するような社長の一言に、一瞬有希子を含めズーム画面に映る彩以外の全員がフリーズしたように見えたが、社員の中では陳さんと並んでギャルDNAの強い、絵里奈と同い年の営業ギャルは主張に一貫性が見える。社長である彩の意図はともかくとして、ギャル男マネージャーの郷愁を噛みしめていた有希子は、なんとなくそのギャルに肩入れしながら経過を見守る。移りゆく時代と流行の中で韓国ファッションやカジュアル化の波に押されて変化していかざるを得なかったギャルたちの郷愁が、イエローゴールドのチェーンに詰まっているなら、それくらい言い放っておいてあげたい。

「このカットソーに惹かれる人種はそんなことないと思いますよ。それに、もしそうだとしたら、我が社がするべきは、シンプルなプラチナが増えるジュエリー市場にアッパーを食らわせるような、派手なイエローゴールドの強めジュエリー特集と大量入荷です」

ズーム越しでもすっぴんとわかるほどの露骨なすっぴんの営業ギャルは社長相手に一応敬語に切り替えながらそう言い放ち、手元のスマホですでにゴールド系ジュエリーの商品を探しているのか、ああこういうのならすごい似合うわとかなんとか独り言をぶつぶつ言いながら指を忙しく動かしている。コロナ禍のせいか根元が随分黒くなったダブルブリーチのグラデーション髪はワニクリップで半分ほど留め、残り半分は汚くうなじの辺りに垂らされている。有希子は自分のパソコン画面であえて彼女を拡大してスウェットの胸元から見えるタトゥーに何と描いてあるのか見ようとしたが、さすがにズーム越しでは筆記体の文字は読めなかった。

「私も、似合うアクセサリーとかが一緒に選べるような展開だったら、ゴールド一択も少しありかなとは思いますが、いいかげん市場に合わせるのではなく市場を動かそうとしている二人がとても嬉しいよ」

「いいね、二人ともその心意気。というか私は市場に合わせるのではなく市場を動かそうとし

シルバーバージョンの発注にこだわっていた若手社員も髪を振り乱して主張しているように見える営業ギャルの熱意にあてられ、完全にトーンダウンし、さっきまで良識的な若手社員を援護しているのかと思われた社長の彩までなぜかギャルスピリットに感染して野球ドラマの熱血教師のような口調になっている。

話題となっているカットソーは腋や胸元、裾ちょい上それぞれの微妙なカットアウト部分に、きっと肌にあたればひんやりしそうなチェーンがあしらわれており、この季節には絶対に手は伸びないし、そもそも素肌に着る以外には活用方法はなさそうなのに一体どうやって洗濯してよいのか不明な、要は機能性や一般的な皮膚感覚を持っている大人が買うことはない、布の面積が極めて少ないという点ではちょっぴりエシカルコンシャスと言えなくもない、しかし寿命がものすごく短そうだしチェーン部分はどう見ても再生不可能な安いメッキでできているのでやはりエコとは対極にある服だ。そんな服に対してギャルはまだしもそこそこカジュアル化の流れ以降に青春を送ったであろう若手社員や、今やドルガバだってバレンシアガだって買えるであろう実業家の彩までがどうしてそこまで熱くなれるのか、有希子には謎だった。

丸一日有給申請をしていたものの、タマゴ採取は一瞬で終わり、すしざんまいに長居してついでに買い物に足を延ばすほど元気ではなかった有希子はまだ明るいうちにとっくに自宅付近の駅まで戻ってきてしまった。一階に入るコンビニで無駄なコスメやアニメとコラボ中の

ティッシュなどを買って時間を潰してもまだ昼間と呼んでよい時間帯で、仕方なく普段はあまり顔を出さない新商品の発注に関するミーティングのズームにうっかりログインしたせいで、思いがけない熱きギャル議論に巻き込まれることとなった。

女子高生時代、有希子は時代に迎合する形で多少の日焼けや派手な化粧をしているだけの、ヴィトンの三つ折り財布とグッチのバンブーバッグだけ使っておけばいいでしょ的な態度の、とりたてて何の思想もないギャル系女子であった。当時時代を席巻しつつあった女子高生の中でも、世間や世界にはっきりとNOを突き付けるようなギャル的精神性の持ち主はごく一部で、とりたてて何の精神性も持たない者でも、多少の財力と若い肉体を持っていると自ずとギャルっぽい女子高生になってゆく時代だった。むしろ何の精神性も持たないからこそギャルっぽいファッションになりがちだった時代であって、今、モテあざとカジュアルの波に逆らって黒ギャルをまっとうしようとする強い女たちのような選択はそこに存在していない。「オリーブ」を読むほどの選民意識がなく、「キューティ」を買うほど自意識過剰でなかっただけだ。だからやや年齢不詳の古株営業ギャルはもちろん、この時代のギャルである若手社員や、かつて稀有なギャル魂を持っていたのであろう彩とは同じ温度を共有できないでいる。

有給申請をしておきながらズーム画面に顔を出してしまった以上、次のミーティングなどを理由に退出するわけにもいかず、有希子は画面に映らないよう注意しながら朝クリニックで落としたネイルを改めて整え、マニキュアを塗る作業を始めた。甘皮を切り、やすりで先端を整えた後、すぐに乾くベースコートと、薄付きのｕｋａのカラーを塗って、大体乾いたら爪の付け根にやはりｕｋａのネイルオイルをちょんちょんと付けていく。コロナ禍にこのマンションへ引っ越し、長年通っていた都心のネイルサロンに行かなくなって定着しつつある自分ネイルは、長いこと使わないうちにものすごく進化していたネイル関連商品のおかげでサロン通いの頃に比べてものすごく見劣りするわけでもなく、思考停止的に通い続けたネイルサロン代がちょっと惜しく感じるほどだ。ネイルに関しても有希子に何かしら強い思想があったことはない。スカルプネイルの流行していたハタチ頃まではフレンチのスカルプなどにしていて、その後女優として急に仕事が入ってても対応できるよう、無難な色のジェルネイルばかりするようになって、女優やホステスを辞めて派手ネイルが多い会社に就職したのを機に以前より少しデザイン性のあるジェルネイルにすることが増えていた。

「カットソーに関しては今週中に発注して月が変わってすぐに発売したいので、ジュエリーの展開までは待てないけど、今在庫のあるゴールドジュエリーをページ下にコーディネート提案として貼り付けるようにしつつ、今後ジュエリーの担当者とも連携しながらより充実させていこうと思います」

営業ギャルがかなり現実的なところと見せかけてほぼ当初の自分の提案通りとなるところに落としどころを持ってきて綺麗に話をまとめにかかっていたので、最初から特に異存のない有希子はそろそろこの会議が終了するであろうことにひたすら安堵した。この寒い疫病禍にどこに向かったのか、有希子が帰宅してから家の中に絵里奈のいる気配はなく、だから有希子も遠慮なく共有リビングでイヤホンもせずにパソコンを開いているのだが、そろそろ彼女の行方も気になった。そして何よりここのところの可笑しな注射や点鼻薬で、とにかく眠い。

「ええと、あと何かもう一個確認したいことあったんだよな」

彩が手元の紙の手帳らしきものをパラパラめくりながらズーム画面越しに地獄のような言葉を吐くので、有希子は一瞬元ホステス兼売れない女優の就職弱者である自分を拾ってくれた恩人を呪いそうになったが、その直後に社長は、ああこれは個別に後で電話するわ、と簡潔に述べてじゃあねーとさっさと会議を退出していった。

彩に続いて退出ボタンを押した後、座椅子の温めスイッチを切って普段は絵里奈が寝ていることの多いソファに横たわると、大げさな睡魔とともに子宮だか卵巣だか何かしらの奥に鈍い痛みが蘇《よみがえ》ってきた。その痛みのせいですんなり入眠する感じでもなくなり、仕方なく有希子は横たわった姿勢のまま不自然な角度に腕を伸ばし、充電器に繋いでパソコンの横に置いていた携帯をケーブルを引っ張って引き寄せた。すしざんまいで食べたものはどれも期待通りの味で、そもそも酢飯が食べたいという唐突な欲求を満たすために入ったアラフォー女の芽ネギ四貫玉子二貫おしんこ細巻き汁物という舐め腐った注文に店員は嫌な顔ひとつせず笑顔で対応してくれたのだが、なんとなく寿司への欲求がおさまりきらない。

昔から酸っぱいものは好きだった。冷ややっこも餃子《ギョーザ》も醤油《しょうゆ》より味ぽんを付けて食べていたし、バナナや桃より蜜柑や葡萄《ぶどう》が好きだし、下のコンビニにもずく酢が入荷していると買い占めているし、辛味ではタバスコが好きだし、最近見つけたレモスコはさらに好きだ。コロナ禍になって全く興味のなかった料理に少しずつ興味が湧き出しているのも事実で、それは世界中のステイホーム民全員の平均くらいの興味上昇率でしかないことはなんとなくわかってはいるが、宅配ピザや寿司の出前を除くと都心に比べていまいちなウーバーしかないこの場所に引っ越したせいか、もう少し調理器具をそろえて、もう少し大きな冷蔵庫に替え、料理に精を出してもいいと本気で思い始めている。インスタなんかをスクロールしているとたまにえらく凝った料理をアップしている女子なんかもいて、要はみんな家で暇なのだろうけど、丁寧に料理手順を載せてくれているので、割と手先が器用な有希子は勝手に腕がなる。

なんとなく開いたインスタを閉じて、ウェブブラウザを立ち上げ、「女　寿司職人」と入れて検索してみると、寿司職人の専門学校のページなんかが出てきて、卒業生の女性をフィーチャーしたインタビューも読める。それでもやはり女で寿司を握るというのは超レアなケースなのか、話題の人物一人二人が何度も出てくる。

今の仕事を続けているよりは、多少はある蓄えを使って飲食店でもやろうかというのはコロナ禍になる前に何度か思ったことだった。水商売を上がった理由だって、いつまでも一ホステスでは未来が見えないと思っただけで、接客や飲酒に嫌気がさしたわけではない。ホステス時代のお客や今の会社の面々、女優時代に多少は付き合いのあった華やか系の業界の人々を呼べば、スナックくらいはすぐに成立しそうな気もしていた。コロナ禍で最も打撃を受けた職種のひとつだという印象が強く、ここ一年近くそんな自分の漠然とした想像はすっかり忘れていたが、逆にこの長いステイホーム期間が明けた後、疲弊した飲食店が再開していく中で、ぴちぴちに元気な新店にはそこそこチャンスが訪れるのではないか。酸っぱいものが好きで元女優で元ホステスで、未だにものすごく少数の女寿司職人になれば、そんな彼女のいる飲み屋は結構流行るんじゃないだろうか。

有希子はなんとなくその気になり、寿司職人の専門学校のカリキュラムのページなどを開いていると、さすがに子宮の僅かな痛みでは抗《あらが》えない眠気が襲ってきて、そのままソファで眠りに落ちた。

何やら動物の声のような音で目が覚めたときには外はすっかり暗くなり、どこから湧いて出たのか目の前では絵里奈が有希子愛用の座椅子に座ってお気に入りのアングラ系ユーチューバーが孤独死現場の片付けを手伝う動画を見ていた。孤独死した老人が猫をたくさん飼っていたようで、有希子の夢に侵食してきたのはおそらくその猫たちの悲痛なレクイエムだろう。絵里奈は冷蔵庫に残り三本あった魚肉ソーセージをすでに二本食べたらしく、それらのビニール包装を散らかしたまま最後の一本に食らいついている。

有希子がむっくりと起き上がると、それに気づいた絵里奈が悪だくみするような微妙な笑みを浮かべたので、嫌な予感がして寝起きの硬い背中を曲げて足を下ろし、さっさと立ち上がった。どうせまた額に「肉」とか頬に渦巻とかいたずら書きをされているのだろう。天井に向かって思いきり伸びをしてから洗面所の鏡の前に立つと落書きは想像以上で、鼻に「鼻」、耳に「耳」、顎に「チン」、頬に「ほっぺ」、額には「おでこ」とそれぞれ名称が書かれており、よく見れば首には「うなじ」、手の甲には「おてて」なんて顔以外の部位にもご丁寧な解説がついている。

「ちょっとあんた、なんで顎だけ英語なのよ」

水性ではあるが、メイクペンシルを使うような細やかな気遣いは絵里奈にはなく、紙に情報を書きつけるためのペンで顔に不要な情報が書きつけられている。その時点であらゆるつっこみが浮かぶものの、どうしても気になった「チン」の件を口に出す。

「え、だって漢字わかんなかった」

「ほっぺとかおでことかおててとか書いてるんだから、ひらがなも選択肢にあったでしょ」

筒型のウエットティッシュの容器が部屋の隅に見つかったので歩いて取りに行き、とりあえず二枚出して顔以外の部位を拭きながら有希子は言った。袖やパンツの裾を捲《めく》ってみるとやはりご丁寧に服の内側にも結構文字がある。それでもこういうくだらない時間をなるべく延長したくて、一人でぱっとしない人生を悔んだり未来に不安になったりするだけの毎日が怖すぎて、このマンションに絵里奈を召喚したのは自分で、こういうくだらないことを永遠に続けてくれそうな彼女といることで、すべり込みで使うかどうかわからないタマゴを凍結するような行為でいちいち自問自答せずに済んでいる。

「あごってなんか出汁《だし》の名前みたいじゃん。それにうちの兄ちゃんって若干しゃくれてて、そのせいで高校のときに女子たちにアゴって呼ばれてたからなんかそれ思い出して心が痛いわけよ」

絵里奈の口から出た、思いのほか重たいような言葉に有希子は特に返す台詞《せりふ》が思い浮かばず、しばらく「おてて」や「肘」の文字を消すのに集中した。顎は書けなくとも肘や膝が書けることには素直に感心する。そういえば絵里奈の実家はたしか個人学習塾を経営していたと聞いたことがあるような気もする。

「ねえ、寿司バーを経営するのってどう思う」

もといたソファに座り、鏡を覗かなくとも見える箇所の文字を大体消し終わってからそう言うと、そのまま動画を見続けていた絵里奈はいかにも絵里奈らしい、効果音をつけるならキラーンという感じの顔をして、え、なになに楽しそう、と有希子が起きてから初めて動画を一時停止した。手元から離されたタブレットをちらっと覗くと、不気味なシミのできた畳のアップで映像が止まっている。

「え、なに寿司バーってなに、バーで寿司が出るの、それともカクテルの代わりに寿司を出すバー風の寿司屋なの」

「いや、寿司バーってのは今適当につけた業態の名前だけど、なんか寿司が握れる女もかっこいいかなと思うんだよね。で、私ら飲み屋では働き慣れてるじゃん、そこでちょっと寿司も出したら、なんかいい感じの商売になると思う」

「カラオケ付けてカラオケ付けて。で、九〇年代縛りナイトとか、いけすかない男のラブソング縛りナイトとかやろうよ」

「それじゃいかにもスナックじゃん」

「いいじゃん、最近昭和とかバブルとか平成とか、若者がとにかく懐古趣味らしいから、スナックみたいな昭和の場末感あるもの絶対うけるし。で、そこでギャル服も売ったらいいじゃん。で、私は二か月働いたら二か月休んで、また二か月働くスタイルとかでよろしく」

「勝手だなぁ、あんたがいない間だけ都合よく入ってくれるバイト探さなきゃいけないわけか」

「その代わり、いいお客呼ぶからぁ。呪物コレクターとかアングラ系ジャーナリストとか」

「お金使ってくれなそう〜」

ひとしきり盛り上がると有希子はすっかり道が開けたような、少し明るい未来が描けたような気分になり、先ほど途中まで見た寿司職人学校の卒業生インタビューを再び携帯で表示させてみる。未だ全体の一割にも満たないと言われるような女性職人も、実力のある人はしっかり切り盛りしているようだ。

「お寿司をさ、女が握れないのは手が温かいからっていうあれ、なんかただの迷信だったっぽいよ」

手元のメモ帳なのかノートなのかよくわからない紙に、スナックの内装を描き出している絵里奈に向かってなんとなくそう言うと、絵里奈は一瞬手を止め、しかしすぐにまた鉛筆を動かしながら喋った。

「男の既得権益を守るために作ったのかな。なんで料理人って男が多くて、でも家で料理してんのって圧倒的に女が多いんだろうね」

「それもまたなんか昔の女性差別とかと関係あるんじゃゃない」

「でも迷信かどうかはさておき、ユキユキユキちゃんは手はめっちゃ温かいよね。そんで、汗ばみ子ちゃんじゃん」

「いやだから男でも温かい人はいるし女の方が温かいわけじゃないみたいよ。てゆうか、なにそのちびまる子ちゃんみたいなの」

「だって昔、男と歩くとき手繫ぐかどうかみたいな話したときに、汗でぬるぬるするから繫ぎたくないって言ってたし」

絵里奈の言う通り、有希子の手は普通より温度が高い気がする。平熱も三十六度以上あるので、そもそも割と体温が高いのだ。体温の高い女は妙な色気がある、とはホステス時代の上客のひとりで交通系の会社の取締役のつまらない男が言っていたことだが、それはこの際、結構どうでもいい。

「確かに汗ばむ。足も、ブーツとか蒸れやすいんだよね」

「だから男女にかかわらず手の温度が高い人がいて、そういう人が寿司職人向かないってだけじゃない」

残酷なことを言いながらものすごく適当な内装デザイン画と店のロゴを描く手を止めない絵里奈は、有希子の代わりに寿司職人学校へ通って寿司を握ってはくれないだろう。一瞬明るく開けたように見えた未来が、次の瞬間、絵里奈の描くスケッチの内側の絵空事に終わったような気分だった。魚肉ソーセージ三本を食べつくした絵里奈は、テーブルに置いたときの金属の音からどうやらすでに空になりつつあるとわかる発泡酒のロング缶に口をつけた。

窓の外が暗いのでカーテンを閉めて回ろうと有希子は再度ソファから立ち上がり、まずは奥の自分の寝ている部屋の窓の方へ向かう。

「てかさー、スナックってここの部屋でやるわけじゃないよね？」

有希子がベッドルームに引き上げたと勘違いしたのか、絵里奈がこちらの方は見ず、手元に視線を落としたまま不自然に大きな声で言った。

「そんなわけないでしょ、ここじゃカラオケ付けられないよ」

「じゃあここの近く？」

「えー、こんな場所じゃほんとに場末のスナックじゃん。レトロ感じゃなくてほんとにレトロ」

「でもここ勿体ないじゃん。四年後から始めるの」

「どっちにしろ、寿司握れるようになるまでそれくらいかかりそうだしな」

普段はふわっとした予定でしか生きていない絵里奈がやけに現実的なことを言うので、有希子は自分の部屋のカーテンだけ閉めてなんとなくそのまま絵里奈の向かいのソファに座り直した。

「じゃあさ、凍らせたタマゴはまだ使わないってこと？　赤ちゃんいたら飲み屋やりづらくない？」

絵里奈の尋問が止まない。こんな現実的な提案をしてくるようなタイプではないので、あのままソファで夢でも見ているのではないかという気分にすらなった。確かに、四年間ここで絵里奈とゆるゆると安い家賃で暮らし、ちょっとお金を貯めて専門学校で学び、その後に資金集めて内装頼んでお店のオープンとなったら自分は四十三歳になっているかもしれない。そこからお店の開業などすれば一、二年は恋愛結婚出産なんて無理に決まってる。別に子どもが欲しいわけじゃないけど、四十五まで使わないとしたら一生使わない可能性だって高いのに、一体タマゴはどこに向かって凍結されたというのだろう。

「まあどうにでもなるか、そういうのって」

絵里奈が強引な楽観主義で今度はどこから出してきたのか三色だけある色鉛筆でスナックの看板らしきもののデザインを始めた。有希子はその自由さを愛しながら、できてもいない子どもと、現実味のない店舗運営の間で身動きがとれないような感覚に陥っていた。こうなってくるとギャル服を売り、気ままに独身を謳歌し続けるのも悪くないような気がしてしまう。それにしても、うっかりしてしまった妊娠で行動が制限されることなんかは容易に想像がついたけれど、たんに冷凍保存しただけのタマゴに縛られるような感覚は想像していなかった。

1階
二十六歳にコンビニは広すぎる

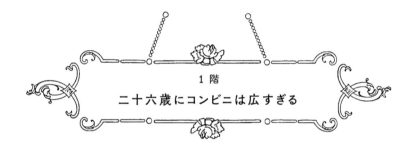

昨夜見た不可解な夢の結末がどのようなものだったか、そもそも寝ている間に結末までたどり着いたのか否かさえ、思い出そうにも思い出せないので、ジュンは辛うじて覚えている佳境の場面に連なる展開を勝手に創作しながら、レジ横の揚げ物補充の作業を淡々とこなしていた。夢ではなぜかこのコンビニのオーナー店長がジュンの父親と懇意で、二人してジュンをとある食品会社に就職させようとあれこれ裏工作をしているという設定だった。

バイト先のオーナーと父の悪だくみに気づいたジュンが何も知らないふりをして逆に一杯食わせてやろうとバンド仲間に協力を求めるところまでは簡単に思いつくものの、一杯食わせるための計画がまるっきり思いつかない。何かいい案が出そうになると店内に人が入ってきたり、揚げ物が揚げ上がったりするものだから想像がいまいち広がっていかないのだ。中学時代の将来の夢は漫画家だったが、その道を本気で志さなくてよかった、とジュンは自分の想像力の限界を噛みしめながら思った。

実際はジュンの父親がこのコンビニを訪れたことはないし、ましてオーナーと会ったことがあるわけもない。今も大阪にどっしりと根を下ろして不動産屋を営み、何か多少悪いことでもしていないと買えないのではないかと思えるような腕時計なんかをたまに買い、しかしその腕時計と全く似合わないポロシャツにジャケットみたいなちぐはぐな格好で在日コリアン仲間の店や厚化粧のホステスのいる店を飲み歩いている。独善的な喋り方をすることもあるが、総じてそんなに悪い人間ではなく、仲間や顧客、ホステスには結構好かれている。母にはあまり好かれている感じはしないが別に邪険に扱われてもいない。

だからオーナーと結託するという設定は非現実的だが、食品会社に裏口入社させようとする、というのはいかにもありそうな話だ。ジュンの兄が東京の広告代理店に入社してからというもの、父はジュンに家業を継げとは一切言わなくなり、やっぱり会社員だ、という即席の持論をかざし、大手企業への就職を勧めるようになった。兄の勤める会社は確かに給料がいいが、それは昔から優秀で有名私大の法学部に入り、カナダ留学までした兄が、日本有数の給料のいい会社を選んで就職したからであって、中堅私大でバンド活動に明け暮れていたジュンが新卒で就活したところで兄ほどの好条件はもちろん望めない。そのあたりを父はあまり理解していない気がする。昨年は父方の従妹がやはり好条件のマスコミに就職したのも父の会社員志向を加速させる悪因になったのだろう。今年成人を迎えたジュンの妹は音大に進んだが、コンクールに出たり演奏家を目指したりするタイプでもないだろうから、安定した音楽教師を志すに違いない。

——三人産んで二人が好条件の案定職に就くのだから悪くないじゃないか。

ジュンは誰に向かってでもなく、強いて言えば揚げたてのジャンボメンチカツに向かって声にならない声で言った。直近で父に会ったのはたしか正月明けに時期をずらして帰省したときだし、別に日々口煩く就職を勧められているわけではないものの、夢にまで出てくる父に対してそれなりの鬱陶しさを感じていた。オーナーと談合した設定は謎だが、年が明けてしばらくすればいよいよなくなってしまうこの愛しの職場への未練と、いい加減音楽活動に見切りをつけて会社員になれという父親の圧力が脳内でマリアージュしたというところだろう。

入口の扉が開くチャイムが鳴り、引っ越し業者の制服を着た男二人に続いて、ジュンがこのコンビニで働き始めて以来、シフトに入るたびにほぼ毎回見かけるピンクのアイシャドウの童顔の女がコロナ禍以降いつもつけている色付きのマスクをつけて入ってきた。ついに彼女も引っ越しか、とも思ったが、どうやら業者とは全く関係はなく、単にたまたまコンビニに入りたいと思ったタイミングが秒単位で一致しただけのようだ。水切りマットを踏んで店内に入るやいなや、断りもせず業者二人の間に強引に割り込んで、ジュンの位置から見て左奥の雑誌コーナーの方へ消えて行った。引っ越し屋たちはさして気にする様子もなく、むしろ彼女の短いスカートから伸びた細い脚とウサギみたいな愛くるしい瞳に下世話な興味を示すように、ちらちらと気にしながら店内をそのまままっすぐ、おにぎりや紙パックのジュースが並んだ冷蔵庫の方へ進む。時間的に、積み荷を終えて次の目的地に向かう前に小腹を満たすといったところか。

男の一人が直持ちしているスマホケースに貼られたステッカーが、ジュンがかつて入れあげていた渋めのブルースバンドのロゴに見えたのでなんとなく目で追っていると、ゴッという不穏な音がして気づけばレジの正面に童顔ピンクシャドウが立っている。いつも買いがちな紙パック入りのお茶やカップ春雨の類には目もくれず、今日の彼女はまっすぐ雑誌コーナーに向かい、まっすぐ目当ての分厚い雑誌を手に取り、勢いを弱めずまっすぐレジに持ってきたようだった。いつもならタバコ一箱買いに来ただけでも最低二周はぶらぶらとほっつき歩く童顔にしてみればかなりの異常行動だ。

「パスモで」

揚げ物のケースの前に立っていたジュンがレジの前に戻りきるより先に機嫌の悪そうな声でピンクシャドウがスマホをかざした。ジュンは急いでレジの台に裏返しで置かれた「ゼクシィ」のバーコードを読み取り、値段を言ってから交通系ICカードの支払いボタンを押す。

「袋お付けしますか」

何かを買ったらしい紙袋を手に提げてきちんと化粧している童顔はどこかへ買い物にでも行った帰りなのだろうし、だとしたらこのコンビニと同じ建物の自宅に帰るのに雑誌一冊くらい手で持てよとも思うが、買った雑誌が結婚情報誌であれば抱えている姿が過剰な意味を持ってしまうこともあろうかという親切心でジュンは一応聞いた。

「いらない」

ピンクシャドウは相変わらず思いきり機嫌の悪い声色でそう言い、キャッシュトレイに載せたレシートにも当然目もくれず、十センチ以上厚みのある付録付きの雑誌を片手で乱暴に持ち、ヒールの高いブーティのバランスをやや崩しながら足早に店を出て行った。おそらく彼女を接客した回数は三百を下らないはずだが、メントール入りの細いタバコを買わずに会計をしたのは片手で数えるほどで、それほど切羽詰まった勢いで機嫌悪く結婚情報誌を買い、それを素手で持ってやはり勢いよく店を出ていく状況とは一体何だと想像力がそれほど豊かとは言えないジュンでも好奇心が湧く。

というかマンション一階のコンビニ店員なんてやっていると、どうしたってそのマンションの住民とは顔見知りになるし、その生活や人間関係、最近の様子などが気になってしまうのは宿命のようなものなのだ。なんなら、おそらく母と二人暮らしをしていた、それでもって今年の夏、母より一足先に~と言って都内に引っ越して行った女の生理周期は女子高生時代からほぼ正確に把握している。ちなみに娘が出て行ってから変な男としょっちゅう店に来るようになり、先週もその男とともに大きな旅行用のスーツケースを転がして帰ってきた、今のところ引っ越した様子のない母親の方の生理周期も大体わかる。

気持ち悪いと言われればそうだが、そもそも同じバイトを学生時代から七年も続けていることが気持ち悪いと言えば気持ち悪いのだから仕方ない。格安で使わせてもらっているバンドの練習スタジオが近く、先輩の黒田《くろだ》さんが就職するときに紹介してくれた。それ以外に別にこのバイト先に居続ける理由はないが、それと同じくらいにここを辞める理由もない。新しいバイトで仕事を覚えるのは大変だし、オーナーはいい人でほとんど食費がかからないほど廃棄の食料をもらっている。

引っ越し屋二人の会計が終わり、忙しなくタバコだけ買っていった会社員風の若い男が出ていったので、ジュンは再度ピンクシャドウの状況を勝手に想像した。彼女を最初に見たのは七年前、つまりジュンがこのコンビニでバイトを始めたときに彼女はすでにここに住んでいた。ただ、今現在おそらく同棲か半同棲中の気のよさそうな男と付き合い始めたのは途中からで、最初の内は時折男と一緒のところは見かけても、特定の誰かと付き合っている様子はなかった。最初に見かけたときには、いかにもホストという風貌の奴と一緒だった。店内に十分以上滞在した上、揉めているのかいちゃついているのかよくわからない距離でぶつぶつ喋り続け、挙句店を出た瞬間にものすごい濃厚なキスをし出したのでよく覚えている。かなり可愛いのにこんなところに住んでいるのは、水商売かパパ活かのお金を全部ホストにつぎ込んでいるせいか、と当時は思ったが、その後も美容師風や学生風など毎回趣の違う男といるところを何度か見かけたので、別に特別ホストが好きなわけではないようだった。

そして驚くことにそのホスト風男とおそらく同一人物の男を、なぜかここ一、二年この店で時折見かけるようになった。七年も前に見た男を見分けられたのは、ひとつにはあのキスの勢いが印象的だったからだが、もうひとつにはその男が七年前と全く同じ、ドルチェアンドガッバーナのグレーのスウェット上下を着ていたから。さらにもうひとつ、あまり見かけない首の低い位置に太陽なのか人面なのかよくわからないタトゥーが入っていたのを覚えていたからだ。ジュンはその結構よい記憶力と貧困な想像力で、すでに別の男と同棲中のはずのピンクシャドウとの関係を不審に思っていたのだが、先月彼が、以前からよく見かけるやや高齢の女性住民と引っ越しの作業の合間に話しているのが聞こえて謎が解けた。どうやらあのホスト風の男の実家がこの上のマンションにあったのだ。ピンクシャドウとは幼馴染みなのか、付き合っていたのかはよくわからない。ただ、母を気遣う様子から、見かけによらず親孝行ではありそうだった。

童顔ピンク目の方はコロナ禍になってからは今の男と安定して一緒にいるはずで、男は優しそうだし危険な匂いは一切ないが、乱暴に「ゼクシィ」を摑んで帰るシチュエーションはほんわか穏やかという感じはしない。何年も同棲しているのに煮え切らない彼にキレて結婚するか別れるかを迫ったのか、あるいは住む場所ももうすぐなくなるというのに収入のおぼつかない彼が気軽に結婚しようとか言ってきたことに苛立って結婚のお値段を情報誌によって見せつけようとしているのか。

そういえばたしか今年の初め頃、マンションに住む三人兄弟の三男がふざけて雑誌コーナーに激突し、分厚い雑誌をくっているゴムが外れて「ゼクシィ」二冊のおまけや別冊付録が床にばらまかれたことがあった。拾いながらちらっと別冊付録のレストランウェディング特集を見たジュンは、「気軽」「カジュアル」「お手頃」なんて書いてあるパーティーの費用に目玉が飛び出そうになったのであった。ジュンには当然無縁の世界だが、あの、ピンクシャドウの同棲相手のいつも似たようなTシャツで暇そうにしている穏やかな男にも割と無縁そうだ。

——だから何だ。

ジュンには愛する人やセックスする人を決めた際に高額な儀式を必要とする慣習がよくわからない。

——甲斐性《かいしょう》と金がなさそうだけど、優しい男との安定した生活の何がそんなに不満なんだ。

ジュンは一瞬レジから離れ、やや乱れたおにぎりのコーナーの方へ歩きながら思った。思えばあの童顔彼女はいつもいつも何かしら不満そうな、こんなはずじゃないのにと言わんばかりの表情をしている。ジュンのバンドのファンにもそんな女が多いからよくわかる。今あるものでは何もかもが満たされない。かといって自分の欲しいものがよくわからない。すべてに一度は文句を言うが、ではどういう変化が望ましいのかと問われれば黙り込むしかない、そういう顔だ。そういう顔の女は、バンドのボーカルである飛鳥馬《あすま》が書く、やや抽象的で決して正直ではなく、わざと病んでいるような思わせぶりな歌詞に涙を流して共感する。正直、ジュンにとって飛鳥馬の声やベーシックな歌い方は魅力的でも、歌詞はさっぱり理解できない。言語は理解できるが、星座がどうの、古びた靴がどうの、という歌詞に涙して課金して共感するような気持ちは一切わからない。それがわからないのだから、バンドのファンの女やピンクシャドウの、こぞって何かに不満を抱える表情の真意もやはりジュンにはよくわからない。

　コンビニで好きなものが買えて、雨風しのいで寝る場所があるだけでなく、性欲を満たす相手までいるような人間たちが、どうして現状に満足できないのか。ジュンは自分の現状を冷静に顧みながら甚だ疑問に思う。音楽だけで食っていくのは心もとないが、バンドはそれなりにファンも多く、最近では割と大きなライブハウスのイベントにも出られた。ユーチューブの登録者数はぎりぎり千というところだが、大学の同級生のダンサー集団に協力してもらって一番バズったオリジナルＰＶは五万再生を超えた。深夜シフトに自由に入れるからかコンビニバイトの時給はそんなに悪くないし、食料は豊富だ。最も古株で上司のような存在だった李《り》さんがコロナ禍の途中でついに辞めてしまってからしばらくは仕事量が増えたが、そのうち慣れた。なんというか、幸福とわざわざ名前をつけて呼ぶほどではないが、満足ではある。紅白に出たいとは思わないし何億も稼ぐようなバンドは生活が窮屈そうだし飛行機で全世界飛び回るのもよくよく考えれば結構煩わしい。現状維持でこのまま何年も過ごせるのであればぜひお願いしたい。

　だから立退料の交渉で結局かなり折れたオーナーよりも、この店がなくなって最も辛いのはもしかしたら自分かもしれないとは思う。それでもどこかのコンビニのバイトはできるだろうし、学生時代に一時期だけ掛け持ちをしたコールセンターのバイトであれば明日にだってねじ込めるだろう。コンビニとマンション側の関係が悪くなったときはたかがバイトの身とは言えなんとなく肩身が狭いような気がしていたが、話し合いがこじれてマンションとコンビニが延命するようなことがないかと期待する気持ちも少しだけあった。結局オーナーがかなり折れる形で折り合いはつき、ジュンとしても、まあそうだよなというやや残念な気分と、立退料目当てで居座る悪のコンビニの一員のようにならなくて済んだという安堵の気分で、別に意外でもなかったし絶望的に悲しかったわけでもない。

夕方六時でバイトを上がるはずの石田《いしだ》さんが商品補充に手間取っているようなのでジュンは陳列棚の間を抜けて仕事を代わった。ＡＴＭ機の真横から外の様子を見るといつか「ゼクシィ」に激突した三兄弟とその母親がコンビニ前に停めた車から降り、店の中へ入ってくるところだった。かつての激突劇を気にしてか、小学生の長男が幼い三男の首根っこを摑んでいる。車の中の様子から、今日の引っ越しはこの一家だったのだとわかる。夏が過ぎ、いよいよ来年の年明けに迫る立ち退きの《の》リミットを嫌でも意識するほど引っ越しは増えた。もうマンションの六割の部屋は空き部屋になっており、コンビニの出勤時間が遅い時間だと、原付で近づくたびに建物の放つ光が少なくなったのを実感する。空き部屋の多い建物は昼間に見てもどこか鬱《うっ》蒼《そう》とした森のようでもの悲しい。ところどころの部屋に残った住民は、まるで暗い森に隠れる不気味な動物で、来《きた》る森林伐採を恐れてひっそりと暮らしている。ジュンの貧困なのか豊かなのか結局よくわからない想像力がまた可笑しな方向へ転がり始める。

「三十分くらいだからそんなのいらないよ」

今まさに迫りくる開発を逃れて森から逃げていく最中の母熊が大きなボトルのスポーツドリンクを取ろうとした長男熊に向かって言った。長男熊は恐ろしいほど素直に、そしてちょっとバツが悪そうにそのボトルを冷蔵庫に戻し、五百ミリのサイダーを手に取る。不安定な足取りで長男の後ろに張り付く「ゼクシィ」ばらまき幼年熊は、俺も、とも、それも、とも聞こえる奇声を発して手を伸ばし、長男はそれを適当にいなしながら同じシリーズの別の味のサイダーをもう一本冷蔵庫から出すと、今度は幼年熊の首根っこではなく手を取って母熊の方へ歩いていった。

「ばぁばんとこ寄っていくんでしょ」

「それねぇ、意外と遅くなっちゃったから、今度また改めて行こうって話になったの。今よりは遠いけど別に車でいつだって会いに行ける距離なんだから、お別れってほどでもないのよ」

「そうなんだ」

熊にしては少し複雑な長男と母親の会話をよそに、三男はお菓子コーナーの手前にあるアニメのキャラが描かれたラムネやいくつも連なったボーロなどを指でつんつんと指したり、両足を不自然な幅まで開いたりと落ち着きがない。昔ジュンの実家にいた犬が散歩の途中で興奮したときの様子にも似ている。そんな兄と弟を特に気にする様子もなく母の手を握ったまま微動だにしない次男は動物というより植物のようだ。

母熊が代表して持っていた籠の中の商品をレジに通していると、車通りが少ないのもあって、車のハザードをたいたまま父熊が中へ入ってきて横から抽出器で出すコーヒーを注文したものだから、ペットボトルのコーヒーを籠に入れていた母熊とひと悶着《もんちゃく》した挙句、結局ペットボトルをやめてカップのものを二つ注文するという形に落ち着いた。やや面倒なレジの取り消しと修正の作業となったが、ジュンはそれを難なくこなす。

誰もが焦っているようなオフィス街のコンビニであればそういった作業に混乱しそうなものだが、この店ではレジの取り消しや籠をレジに置いたまま追加商品を探しに行く客なんていうのは割と多く、ジュンもまたそうした客に対応することに慣れている。近くで大規模な道路工事や建設作業などがあるときの昼食時にはさすがに長蛇の列ができることがあるが、列ができたところでそれほど店にも客にも焦燥感がない。正確に言えば、オフィス街より根深く深刻な焦燥感を持っているからこそ、昼食の時間ごときに焦らない人が多いのかもしれない。

推定される家賃にしては住民の客層はいいと思う。三匹の子熊も清潔な身なりをして前髪も切り揃えてあるし、母熊のネイルも整っている。ピンクシャドウもあのホストも育ちは悪くなさそうな顔つきをしている。ただ、全員が何か不満、あるいは焦りの根のようなものを持っているようにジュンの目には見えた。別に何か激しい活動をしているわけでもがむしゃらにここから抜け出そうとしているわけでもないのに、何か変則的なことが起こって今の生活が劇的に変われればラッキーだと思っている感じ。思えばコロナ禍の折にはここの住民はなぜかちっとも嫌そうではなかった。そういう変化への期待はきっと日常への落胆と背中合わせのようになっているのだろう。

四年ほど前だったか、ジュンに稀に話しかけてくる割と綺麗なおばさんが、ペット禁止を理由に引っ越しを決めたのだと言って大量のガムテープを買って行ったことがあった。そのときの彼女の顔は、この街で見ることの少ないものだったのをジュンはよく覚えている。不安と期待と、何もしない焦燥感とは対極にある、今にも走り出しそうな前のめりの焦り。それはジュンがやや苦手に感じるオーラでもあった。なんというか、自分はここにいたいのに、勝手に手を引っ張られて一緒に走らされそうな気がして怖いのだ。バンドのライブに来る者も、このコンビニにやって来る者も、けして走り出すことのない、何かの行動に結びつくことのない不満が強固で半ば無意識の諦めとなって地面に根を張っている。何が不満なのかは理解できないジュンでも、慣れているからか、そちらの方が居心地はいい。

オーナーの話ではかつて上のマンションではペットを飼っている家庭がちらほらといて、だからペットフードのコーナーはそれなりに充実させていたらしかった。しかしジュンが働き出したときにはすでにコンビニの入口とは反対側にあるマンションのエントランスの掲示板に大きく「NO！ペット・動物！NO」と書かれたものすごく高圧的な貼り紙が貼られていた。おそらくペット関連のトラブルが相次いだのだろうが、途中からペット禁止になったのだとしたら、すでにいた動物はどうなったのだろうと思う。あるいは動物に限りなく近いような人間は。もしくは動物のようでありたいのに、単純な欲求の充足を幸福と思えないで悩む人間たちは……。

「あ、マコトさん」

母熊のケツにしがみついたままの子熊が店に入ってきて初めて口を開いたと思ったら、入口が再び開いて、童顔ピンクシャドウと同棲しているはずの気の良さそうな長袖Tシャツの男が紙袋を持って現れた。ジュンは一瞬、自分の鼓動が少し高まるのを感じる。「一匹の雌ライオンをめぐって古株の雄と新入りの雄が死闘！」というサバンナ辺りを映した番組のテロップが脳内に浮かんだが、コーヒーを頼んだ父熊も、熊というよりアライグマといった感じのロンT男もおよそ死闘のイメージとは遠い。どちらもにやにやとしたままぺこぺこと頭を下げて、日本に生息する人間の雄としか言いようのない生態をさらけ出している。

「間に合ってよかった。これケイタの作品と、あとはちょっとしたお土産です」

できた人間らしいロンTのアライグマは紙袋を父親の方へ手渡し、母の足元の次男坊に目線を合わせるようにかがんだ。

「また粘土やろうな」

次男に、ほらケイちゃんと挨拶を促し、急に人らしい顔になった母親はありがとうございますとロンTの顔を見ずに短く言った。

「ありがとう」

とこの世で一番小さい声で言った子熊は今にも泣きそうで、それを見た母親も寂しそうで複雑な表情をする。ジュンが雄ライオンなんかの不穏な想像をしたことに、何の根拠もないわけではなかった。ロンTの「マコトさん」は子ども好きなようで、大して近所付き合いもなさそうな賃貸マンションにしては珍しく、三匹の熊、特にこの大人しそうな次男熊を可愛がっているのは以前からなんとなく目に入っていたし、恥ずかしがり屋の次男がそれでもおにいさんに懐いて、すれ違いざまに一言二言言葉をかわすだけでちょっと顔がほころぶのと同じくらいはネイルの綺麗な母親もおにいさんとの言葉の掛け合いを楽しみにしているように見えた。三匹の雄を連れて歩く際は気を張った母熊の顔をしているのに、「マコトさん」に挨拶するときははにかんだ人間の女になる。

「ケイちゃん、またおにいさんの教室は行けるもんね」

寂しそうな次男熊に言っているのか、寂しさを隠す自分自身に言っているのか、どちらとも取れるような言い方で母親は少し顔を緩ませた。ロンTの方は縮こまった次男熊と何やら指切りなどした後、長男の肩をぽんと叩いて三男の頭をくしゃっと撫でた。とても先ほどまで上階で、素手で摑まれた「ゼクシィ」を投げつけられ、その経済力や出世欲のなさをなじられ、人間にしかない窮屈な制度への決断を迫られていたとは思えない。ジュンは勝手な想像を付け足しながらロンTを着た優しそうなアライグマに穏やかな夜が来ることをなんとなく祈った。


家族の乗った車が去り、石田さんが夜番のキムと交代してしばらく裏の休憩室でテレビを見た後に、じゃあ私あと一週間なので頑張りますぅと言って帰っていくと、一気に店は無風のようになった。石田さんはコンビニバイトには比較的珍しい三十代後半の女性で、JRの駅の方にある不動産屋の娘だ。祖父の作った不動産屋を父がそのまま継いで、今は石田さんの弟も家業を手伝っている。ジュンの親が似たような商売をしているので、なんとなくそんな話をしたのだった。

「サザエさんに出てくる不動産屋の娘いるじゃん、まさにあの子の家って感じ」

石田さんはサザエさんに出てくるやや気の強そうな女に自分を喩えたが、実際はもっと控えめで、かといって暗い感じはしない、ひょうひょうとした嫌味のない雰囲気が、ジュンとは相性がよかった。ただ、文句を言わずに淡々と仕事をこなす割に、そういう人には珍しく仕事があまりできないのが同僚としてはなんとも褒め難いところだった。彼女と二人で店を回すとなるとバイト歴の長いジュンの負担は自ずと大きくなる。若いときに作った中学生の子どもがいると聞いたときには結構驚いた。一度も結婚はしておらず、実家で特に不自由なく子育てをしているが、子どもに手がかからなくなってきたのを機にバイトを始めたというところだろう。

夜にしかシフトに入らない弱冠二十一歳のキムは、昼食時など多忙なときに仕事をすることはないが、それにしても最初から仕事の覚えがよく、かつていた李さんを彷彿《ほうふつ》とさせる、めちゃくちゃシステマティックなスーパー外国人バイトだ。コンビニバイトにはそれなりの適性がいる。飲食店なら愛嬌《あいきょう》で誤魔化せてしまうような細かいミスはただのミスでしかなく、誤魔化しがきかない。石田さんはたとえばファミレスでバイトしていたらたまに食器を割ったり客に水をかけたりしながらも特に誰にも嫌われないで続けられそうだが、コンビニでは不愛想でガタイのいい男であるキムの方に軍配が上がる。

ジュンはその中間というか、日本生まれであるという有利条件と七年も同じ店にいることで嫌でも慣れた仕事ぶりで、特に誰にも迷惑をかけていないが、もともとは面倒くさがりで臨機応変な対応力もないので李さんやキムほど素早い仕事はできない。ジュンの家族は通名を使っていないが、ジュンはバイト中の名札だけ苗字を崩して「木下」と表記している。ややこしいチケットの発券などをする客の中には露骨に日本人店員を選んで質問してくる者がいる、というのは面接でオーナーが言っていたことで、確かにこれだけ外国人の増えた職種では外国風の名前を表記すればハーフや在日ではなく外国人労働者だと思われるのはそうだろうと思った。日本に来ている韓国人の中にはやけに在日コリアンと距離をとろうとする者もいないではないが、キムは特に何も感想がなさそうに、日々システマティックに、誰に対しても不愛想にすごいスピードで品出しや掃除を進めている。

住民の少なくなったマンションの一階は近隣住民からもなんとなくうら寂しく見えるのか、日に日に夜間帯の客の入りは悪くなりつつある。ジュンはやや暇になった手を止めてしばしキムを眺めていた。三匹の熊の後に見るキムは、動物っぽさのかけらもない、人間を通り越して機械のようですらある。人間を通り越してというのも変な言い方だ、と自分でぼやいておいてジュンは思った。動物の上に人間がいて、その上に機械があるわけでもないのに、動物っぽさを手放した人間はどこか機械のようにもなる。

夜間はほぼ調理の業務がないため、ものすごい勢いで搬入直後の商品を陳列し、生鮮の廃棄時間を確認していくキムを横目に、ジュンもレジを離れて品出しと棚の整理をした。バンドのボーカルから歌詞よりはわかりやすい、しかしやはりどこか鼻につく変な文章の長いＬＩＮＥが入っていたのが気になるが、キムの仕事ぶりを見ているとちょっとサボって裏に引っ込む気にもならない。どうせボーカルのＬＩＮＥはクラウドファンディングへの意気込みと、医大の大学院に通いながら時折ライブに参加する助っ人キーボードのスケジュール管理の悪さへの愚痴だろう。

来客を告げる扉のチャイムに振り返ると、酔った男二人連れの客が入ってくるところだった。ブレスケアとレッドブルを乱暴に手に取り、べらべら喋りながら店内を幾周か徘徊し、結局最初に手に取った二つだけを買って出ていくと、ちょうどすれ違いざまに見覚えのある女二人が、いかにも部屋着のまま下まで買い出しに来たという出で立ちで高笑いしながら入ってきた。キムは相変わらず品出しを続けている。

「今日絶対あのチビたちのおうちが引っ越しだったよね」

やや年上に見える、少し落ち着いた顔立ちのボブの女がそう言うと、すでに夜は冷え込むというのにフリースの下にショートパンツを合わせた女の方が、私も引っ越し屋さん見たよぉと語尾を伸ばして遮った。酔っているのか、二人ともろれつが回っていない。コロナ禍に、ほとんど毎日順番に、あるいは二人同時に店に来ていたので、二人が姉妹や親戚ではなく、友人同士で一緒に暮らしている、かといって性的なパートナーではない、という情報はすでにジュンはインプット済みだ。

「あの長男は人間的に大きいね、絶対」

「うん、人格者にはなりそうだけど、マジで苦労しそう」

「一番ちっちゃいのは何か、ワイルド」

と、おそらくあの三匹の子熊のことを好き勝手評しながら時々あまり可笑しくないところで笑う。やはり二人とも相当酔っているのだろう。開発を恐れない派手で五月蠅《うるさ》いオウムたちはまだレジの方へ足が向かなそうなので、動向を気にしつつジュンはレジ前のお菓子の陳列を直していた。

「なんかさ、ここの強烈な貼り紙あるじゃん。動物NO絶対、みたいな、薬物啓発みたいなやつ」

ショーパンの方の女が落ち着きボブの背中に寄りかかるような変な絡み方をしながら話し続ける。ボブが持った籠にはチーズやグミやお酒やヨーグルトが脈絡なく放り込まれていく。

「人間の子どもより大人しくって手のかからない動物なんていっぱいいるのにね」

「そんなこと言ったらあんた、人間だって動物だしね」

ジュンはこの、来年には取り壊されるマンションの退去が最も遅くなるのはこの二人の住む部屋のような気がした。別にジュンには一切関係のないことだが、なんとなくそう思った。

※本書はフィクションであり、
実在の人物、団体等とは一切関係がありません。

本書はホーム社文芸図書WEBサイト
「HB」（https://hb.homesha.co.jp/）の連載
「ノー・アニマルズ」（2023年4月〜2024年5月掲載）を
加筆・修正したものです。

装画・目次、奥付イラストレーション／M!DOR!

装丁・本文デザイン／岡本歌織（next door design）

校正／株式会社ケイオウ

鈴木涼美（すずき・すずみ）

１９８３年東京都生まれ。慶應義塾大学環境情報学部在学中にＡＶデビュー。その後はキャバクラなどに勤務しながら東京大学大学院社会情報学修士課程修了。修士論文はのちに『「ＡＶ女優」の社会学』として書籍化。２０２２年『ギフテッド』が第１６７回芥川賞候補作、23年『グレイスレス』が第１６８回芥川賞候補作に。他の著書に『身体を売ったらサヨウナラ夜のオネエサンの愛と幸福論』『浮き身』『トラディション』『ＹＵＫＡＲＩ』『娼婦の本棚』等多数。

ノー・アニマルズ

2025年3月30日　第1刷発行

著　者　鈴木涼美《すずきすずみ》
発行人　牛木建一郎
発行所　株式会社ホーム社
〒101-0051　東京都千代田区神田神保町3-29 共同ビル
電話　編集部　03-5211-2966
発売元　株式会社集英社
〒101-8050　東京都千代田区一ツ橋2-5-10
電話　販売部　03-3230-6393（書店専用）
読者係　03-3230-6080
印刷所　TOPPAN株式会社
製本所　株式会社ブックアート
本文組版　有限会社マーリンクレイン

No Animals

Printed in Japan
ISBN 978-4-8342-5398-6　C0093